La tana dei peccati

I peccati di Chicago

Alta Hensley

Renee Rose

Traduzione di
Ema Ferrari

 Creato con Vellum

OTTIENI IL TUO LIBRO GRATIS!

Iscrivetevi alla newsletter di Renee per ricevere Indomita, scene bonus gratuite e notifiche riguardo a nuove pubblicazioni!

https://subscribepage.com/reneeroseit

Prologo

Benedicimi padre perché ho peccato.

La mia anima è danneggiata in modo irreparabile.

Sono passati cinque anni dalla mia ultima confessione.

Cinque anni da quando mia madre ha pianto mentre mi portavano fuori dal tribunale in manette.

Tre anni da quando ho ucciso un uomo in prigione.

Ora c'è una taglia sulla mia testa.

Tre giorni fuori, e ho commesso un altro peccato per rimanere in vita.

E poi un altro con lei, la mia bella testimone.

E un altro. E un altro ancora.

Non sto chiedendo l'assoluzione.

Tutto quello che voglio davvero è lei.

Capitolo uno

A rmando

Un peccatore poteva mai essere libero? Indipendentemente dalla risposta, ci ero il più vicino possibile. Non ero più intrappolato in una gabbia.

I cancelli della prigione si erano aperti e io ne ero uscito con nient'altro che un sacchetto di carta che conteneva i pochi effetti personali con cui ero entrato.

Mio cugino Marco mi aspettava, in piedi davanti al suo SUV con un sorriso eccessivamente marcato sul volto. Lo conoscevo abbastanza bene da riuscire a guardare oltre. Certo, era felice di vedermi, ma era ovviamente a disagio.

Non potevo dire di biasimarlo.

Marco era venuto a trovarmi occasionalmente. Veniva da Chicago, la nostra città natale a un'ora di distanza, per passare un'ora ad aggiornarmi su quello che stava succedendo con l'organizzazione. Lui, e talvolta suo fratello Leo, erano gli unici *della famiglia* che mi avevano fatto visita.

Ancora una volta, una cosa che capivo.

La prigione poteva essere contagiosa. Nessuno voleva averci a che fare.

Era una piaga che una volta trasmessa era difficile da trattare.

Nemmeno mia madre era venuta a trovarmi, non essendo in grado di sopportare di vedere suo figlio trattato come un animale.

Parole sue, non mie.

Mentre esitavo fuori dai cancelli della prigione, Marco alla fine si fece avanti, rompendo il silenzio. «È bello vederti» disse, rinunciando finalmente al suo sorriso di circostanza.

«Sì.» Non ero sicuro di essere ancora pronto per le chiacchiere.

Marco sembrò capirlo e si mosse velocemente, indicando la macchina. «Dai, tiriamoti fuori di qui.» Salimmo entrambi sul veicolo e Marco iniziò a guidare per tornare verso la città.

Guardai fuori dal finestrino, non vedendo nulla. Apparentemente non sentendo nulla fino a quando non mi resi conto che Marco aveva parlato tutto il tempo. «... quando andrai da Rocco per un taglio di capelli e per raderti venerdì. È lo stesso vecchio gruppo, ovviamente, ma scommetto che ti daranno la priorità sulla sedia del barbiere.... Il negozio di fiori è ancora lì accanto, ma Mary Alice ha venduto il locale alla sua apprendista, Hannah. Te la ricordi? Era solo una bambina quando te ne sei andato, ma ora è davvero sexy, cazzo...»

Persi l'attenzione. I luoghi di cui stava parlando – i vecchi ritrovi della famiglia – sembravano così lontani e dimenticati in questo momento. Immaginavo che sarei dovuto andare lì per sentire qualcosa. «Un po' della solita merda è cambiata da quando sei via» osservò Marco.

Non risposi, aspettando che andasse avanti. «L'organizzazione sta diventando sempre più potente, ma sta perdendo la sua anima. Molti degli uomini d'onore stanno diventando compiacenti. Non ci sono più progressi, sai? Nessun vecchio spirito di buon senso, come lo chiama il don.»

Assorbii le sue parole senza commentare. Marco era un ragazzo intelligente. Non c'era nessuno di cui rispettassi di più l'opinione, soprattutto quando si trattava di affari di famiglia. Era entrato nel gruppo più o meno nello stesso periodo in cui l'avevo fatto io, ma aveva una buona visione d'insieme. Era molto più saggio della sua età o della sua esperienza.

Possedeva sicuramente il vecchio spirito del buon senso. Marco sembrava essere in grado di guardare l'organizzazione obiettivamente e notare cosa stesse realmente succedendo.

Cercai di concentrarmi sulle sue parole, sul lavoro e su quella che sarebbe stata di nuovo la mia realtà ora che ero tornato nell'ovile della famiglia, ma lottai contro una stretta schiacciante nel petto. I lati del SUV sembravano soffocarmi, ricordandomi la cella della prigione.

Feci un respiro profondo e aprii il finestrino. Era passato molto tempo dall'ultima volta che ero stato vicino a qualcuno che non era stato reso impassibile dal sistema. Le persone in prigione parlavano in modo diverso rispetto a quelle persone libere. Abituarmi a Marco, abituarmi a chiunque, sarebbe stata una sfida.

Cinquantaquattro mesi. Era il tempo che avevo passato nel penitenziario. La mia esistenza era stata incolore tra i quattro muri di cemento.

Ci ero stato più a lungo di alcuni membri dell'organizzazione. Meno di altri. Avevo tenuto la bocca chiusa e avevo scontato la pena come dovevo. Avevo anche conseguito una laurea in economia.

«Fuori per buona condotta» sbuffò Marco, come se mi stesse leggendo nella mente. «Chi l'avrebbe mai detto?»

Non risposi, ma pensai a quanto fosse ironico dal momento che avevo letteralmente accoltellato un uomo in prigione. Per fortuna, ero un uomo d'onore, e il boss mi aveva protetto e tenuto fuori dai guai. Incredibile come la mafia avesse la capacità di far semplicemente sparire le cose all'interno. La potenza dentro a quel sistema poteva persino essere più forte che all'esterno delle pareti di cemento.

Notando le nocche bianche delle mani di Marco mentre stringeva il volante, vidi che lo stavo mettendo a disagio. Sapevo il perché. Io ero stato beccato e lui no. Avevo scontato la pena mentre lui era rimasto libero. Mi ero sentito allo stesso modo in passato. Una sorta di colpa di un sopravvissuto quando uno dei tuoi andava a fondo per un crimine della famiglia. Era difficile da affrontare, e c'era sempre una parte di te che si chiedeva quando sarebbe toccato a te.

Era un cliché dire che la prigione cambiava un uomo, ma era fottutamente vero.

Ora, seduto al posto del passeggero nell'auto di mio cugino Marco, diretti a Chicago, non provavo la grande gioia della libertà. Notai il cielo. Gli edifici alti. Il traffico. Il rumore e l'energia della città che mi aveva divorato e ricagato fuori. Non mi suscitò nulla. Le strade familiari, i luoghi familiari non evocarono nulla del mio vecchio io. Nel giovane che ero prima di scontare la pena. Ero stato intorpidito per tutto il viaggio, avevo vissuto una sorta di esperienza fuori dal corpo ritrovandomi all'esterno. Avevo pensato a questo giorno dal momento in cui ero stato sbattuto dentro, ma ora che ero qui, ora che ero fuori... Non sentivo assolutamente nulla. Mi sentivo morto.

«Ehi, fermiamoci a cena. Offro io, ovviamente.»

Fece manovra con il SUV per parcheggiare parallelamente di fronte al ristorante italiano di Lorenzo, uno dei luoghi preferiti del gruppo.

«Certo, sì.» Non mi andava. Il viaggio in silenzio in auto era stato abbastanza straziante. Apprezzavo la lealtà di Marco nei miei confronti, ma avrei preferito non dover passare un'altra ora con lui. Non volevo vedere nessuno che conoscevo.

Ma mi era sempre piaciuto mangiare da Lorenzo. Il cibo era servito in grandi porzioni e tutti venivano trattati come ospiti della casa, soprattutto chi faceva parte dell'organizzazione. I camerieri e il personale, che mi conoscevano per nome, mi salutarono con strette di mano e abbracci entusiasti. Sarebbe stato interessante vedere se era cambiato qualcosa.

Un'esplosione di voci mi assalì mentre entravo. Non avevo armi. Non avevo modo di combattere.

Capitolo due

rmando

Tutto il mio corpo si irrigidì, l'istinto di lottare per la mia vita si attivò prima di poterlo bloccare. «*Bentornato!*» Bentornato. Seguirono applausi di festa. Cazzo.

Bentornato Mando, recitava lo striscione gigante che attraversava la sala privata. Tutti gridavano e applaudivano intorno a me mentre io facevo fatica a tirare fuori il respiro bloccato sotto le mie costole. Erano tutti concentrati su di me con facce accoglienti, ma non riuscii a crepare la mia faccia di gesso nemmeno con la parvenza di un sorriso per gli stronzi.

«Cristo, avresti potuto avvertirmi» borbottai a Marco. Ci passavamo sei mesi, io e lui. Eravamo cresciuti insieme. Avevamo combattuto insieme. Eravamo diventati uomini d'onore insieme. Eravamo più uniti dei fratelli.

E per un attimo... avevo pensato che saremmo morti insieme.

Mi guardò afferrandomi i pugni. Il muscolo della

mascella mi tremava. «Sorpresa» disse sardonico. «Mi dispiace. Ti porto da bere.»

Mia madre si gettò verso di me, le sue braccia sottili mi strangolarono il collo. Dovetti forzarmi ad aprire le dita per tenerla. Sentii troppe costole sulla schiena. L'adrenalina stava ancora pompando a causa dalla sgradita fottuta sorpresa.

Seriamente. Chi organizza una *festa a sorpresa* a uno appena rilasciato? Avrei potuto uccidere uno di loro se fosse stato a portata di mano. Grazie a Dio, Marco non mi aveva dato una pistola quando mi era venuto a prendere.

Scrutai la stanza piena di volti familiari. Don Pachino sedeva dietro, masticando un sigaro e sorseggiando whisky, con i suoi riporti e il genero accanto a lui. Sollevai il mento verso di lui dall'altra parte della stanza per mostrare rispetto, e lui alzò il bicchiere.

Era il benvenuto di un soldato: il ritorno dell'eroe. Solo che esclusivamente le persone in questa stanza mi avrebbero trattato come un eroe. Per il resto del mondo, sarei stato per sempre segnato dalla mia condanna per reato. Un criminale.

«Sei troppo magro, Mando» mi rimproverò mia madre quando finalmente la convinsi ad allentare la presa su di me.

«Anche tu, Ma'.» Le baciai la guancia. Era molto più ossuta di quando me ne ero andato. Anche i suoi capelli stavano diventando grigi. Mi uccise vedere quanto il mio periodo in prigione l'avesse fatta invecchiare. Fissai la croce che portava al collo e mi chiesi cosa dovesse pensare di me.

Non capitava spesso che il figlio di un cattolico devoto finisse in prigione. Sapevo di averla delusa in un modo che non avrebbe mai più potuto essere recuperato.

La croce al collo serviva solo come ulteriore promemoria

di quanto lontano fossi caduto dal chierichetto con il sogno di diventare un giorno sacerdote come il mio eroe d'infanzia, Padre Fantoni. La fede che mi aveva sempre predicato sembrava non aver avuto alcun potere nel salvarmi dai miei demoni e dai miei legami familiari.

Mia madre mi fissò con un misto di amore e incertezza. Riuscivo a vedere nei suoi occhi la paura di vedermi finire di nuovo nel posto da cui ero appena venuto, ma mi aveva accolto comunque a braccia aperte. Mi amava nonostante quello che facevo e di chi mi circondavo, e di questo ero grato. Era la madre di un mafioso, e questo comportava un certo bagaglio ma anche in termini di comprensione.

Ma nessuna madre voleva vedere suo figlio andare in prigione. Dovevo tenere il segreto su quello che facevo con la sua chiesa e le donne con cui andava a pranzo. Non dovevo fare pasticci. Avrei voluto dirle che mi dispiaceva per averla delusa e che avrei cercato di fare meglio, ma era difficile trovare le parole. Non sapevo perché entrare nel vecchio locale mi avesse colpito come un pugno nello stomaco.

La festa era per me. Avrei dovuto festeggiare. Ma non ricordavo come mi facesse sentire la gioia. Non ricordavo nemmeno cosa significasse sentire qualcosa.

Padre Fantoni si avvicinò, e anche se ero sorpreso di vederlo alla festa, sapevo che non era estraneo al gruppo. Ci aveva visti crescere tutti da bambini ed era tanto familiare quanto chiunque altro nella sala.

«Spero di vederti a messa, ora» disse mentre mi metteva con benevolenza una mano sulla spalla. «Bentornato a casa.»

Non c'era giudizio nei suoi occhi. Nessuna condanna. «Sì, Padre. Non appena mi... sistemo.» Apparentemente soddisfatto della mia risposta, annuì e continuò a fare il giro nella stanza.

«Bello vederti, Mando.» Una dolce voce femminile mormorò alla mia spalla.

Mi voltai per cogliere la bellezza perfetta della mia ex. Il trucco perfetto, i capelli stirati. Grandi occhi verdi da cerbiatta.

Fottuta grazia.

Stranamente, non sentii nulla. Né rabbia. Né dolore. Né tradimento.

Non ebbi reazioni su nulla, quindi mi girai e la fissai. «Non dovevi venire.»

«Certo che dovevo.» Aggrovigliò le dita e le contorse davanti alla vita. Indossava tacchi alti e un vestito a vestaglia blu a pois che metteva in mostra le sue tette perfette, con una collana di diamanti a cuore che pendeva sopra di loro.

Una collana che sicuramente non le avevo dato io.

Dieci metri dietro di lei c'era Emilio, la sua nuova conquista. O forse l'aveva conquistata lui, che ne potevo sapere io? Tutto quello che sapevo era che non si era nemmeno preoccupata di presentarsi di persona per restituirmi l'anello di fidanzamento.

«No. Non dovevi davvero» dissi indicandola, e lei sbiancò in viso.

«Se vuoi che me ne vada, lo farò» sussurrò con le labbra tremanti.

C'era stato un tempo in cui vedere quegli occhi verdi che brillavano di lacrime mi avrebbe fatto spostare le montagne per confortarla. Ora, non provavo nulla per la sua angoscia. Mi limitai a scrollare le spalle. «Non me ne frega un cazzo in entrambi i casi, bambola.» La superai e mi diressi verso il don. Anche i suoi capelli sale e pepe erano diventati più grigi, ma sembrava ancora il re in carica. Il padrino dell'organizzazione, insomma. Era l'unico che dovevo rispettare qui. Quello a cui dovevo la mia lealtà.

Il resto di questi *stronzi* poteva andare a farsi fottere.

A parte i miei cugini, nessuno in questa stanza si era preso la briga di farmi visita durante il mio soggiorno al penitenziario. Perché si comportavano come se si preoccupassero ora?

«Mando. Siediti.» Don Pachino diede un colpetto allo sgabello accanto a sé. Non ero sicuro se sentirmi offeso dal fatto che non si fosse alzato per abbracciarmi. Mi sedetti e gli porsi la mano. Infilò il sigaro tra i denti e mi strinse troppo forte il palmo, come faceva quando ero adolescente. Mostrandomi chi era il capo. Alex, suo genero, si allontanò per lasciarci della privacy.

«Ne vuoi uno?» fece scorrere la scatola di sigari nella mia direzione.

Avrei dovuto prenderlo. Avrei dovuto accendermene uno e fumare con il don. Mostrargli che ero ancora il suo fidato luogotenente. Dimostrargli che la mia lealtà non era cambiata. Ma l'odore mi fece capovolgere lo stomaco. «No grazie.» Mi strofinai il naso per scacciare la puzza. «Troppo presto.»

Marco mi premette un bicchiere di Maker's Mark in mano e scomparve di nuovo, velocemente, prima che mi ricordassi di ringraziarlo. Lo trangugiai, assaporando il bruciore mentre scivolava giù per la gola.

«Quindi, sei fuori.»

«*Sì, signore*. Sono contento di essere tornato.» Non era vero. Non ero contento di nulla. *La gioia* era un'emozione che non provavo da molto tempo. Ma era quello che dovevo dire.

Don Pachino tirò fuori una busta spessa dalla tasca

interna del suo abito da cinquemila dollari e me la porse. «Questo è per rimetterti in piedi.»

La infilai nella tasca della giacca che Marco mi aveva portato quando mi era venuto a prendere. Quella che mi sembrava così estranea, anche se era la mia preferita.

«Grazie, don Pachino.»

Aspirò il sigaro. «Ti ho procurato un finto lavoro nelle costruzioni. Paga sei mila dollari al mese. Ci si prende cura di te, Mando.»

Chinai il capo, la gratitudine che avrei dovuto mostrare non affiorò. Dovevo fingere. «Grazie. Sono davvero grato.»

Mi batté la mano sulla spalla. «Ti avevo detto che mi sarei preso cura di te, vero? Sei parte della famiglia, Mando.»

«Lo apprezzo. Tantissimo.» Gesù, speravo che il mio tono non suonasse piatto alle sue orecchie tanto quanto alle mie. Non intendevo guardarla, ma in qualche modo, mi ritrovai a fissare Grace dall'altra parte della stanza, mentre strofinava le tette sul petto di Emilio.

«Tu non c'eri» disse Don Pachino con decisione. Stava chiarendo la sua posizione sulla questione nel caso in cui avessi avuto intenzione di alzare un polverone.

Non risposi, in fondo che cazzo potevo dire? *Sì, è stato bello che mi abbia rubato la mia cazzo di fidanzata mentre stavo scontando la pena come un buon soldato.* Mi dispiaceva tanto non andargli a baciare le guance e lasciare che mi inculasse ancora, visto che ci stava.

Don Pachino non vide di buon occhio il mio silenzio. La sua aria disinvolta svanì e mi guardò dritto negli occhi. «Non ci sarà alcuna conseguenza per questo. *Capito?*»

Esitai solo un attimo prima di annuire. Una cosa che avevo sempre rispettato di Don Pachino: era sempre dannatamente chiaro sulle sue aspettative. «Capito.»

«Non mettermi alla prova su questo.»

«Non lo farò.»

«Siamo una famiglia. Tutti noi.» Gesticolò indicando la stanza con il suo sigaro. Aspettai che finisse e andasse al punto, ma tutto ciò che mormorò fu: «E tu non c'eri.»

Già.

Ricevuto.

Io ero andato. La mia ragazza era diventata un bersaglio.

Ora sapevo come funzionavano le cose.

Mi sentivo decisamente come se entrambi mi avessero mancato di rispetto, ma a dire il vero a nessuno era stato spezzato il cuore. Potevo anche aver pensato di amare Grace quando me n'ero andato, ma quel sentimento si era sciupato ed era morto molto prima che ricevessi la notizia del suo nuovo fidanzamento. Era morto quel primo anno in prigione quando aveva smesso di scrivere e non era mai venuta a trovarmi.

«Voglio che tu rimanga pulito mentre sei in libertà vigilata. Approfitta di quel finto lavoro e ricostruisci la tua vita. Non portare armi, non guidare auto e non violare gli altri termini della libertà condizionale. Non voglio che tu venga rimandato dentro per qualcosa di stupido.»

«Non tornerò dentro» concordai.

Per nessun cazzo di motivo.

Non perché fossi così dannatamente felice di essere fuori. Non riuscivo ancora a dragare una sola emozione. Ma ero dannatamente sicuro che non sarei tornato indietro. Avrei preferito beccarmi una pallottola alla testa.

Capitolo tre
Hannah

Hannah Munn, fioraia della mafia.

Eccomi qui. Si poteva dire di tutto sulla mafia, ma c'erano alcuni vantaggi nell'avere un'attività nel loro edificio. Per esempio, i clienti abituali, di cui avevo disperatamente bisogno.

Il mio negozio, il *Giardino dell'Eden*, era un luogo che permetteva ai peccati della mafia di crescere. E se non avessi venduto altri cinque mazzi di fiori entro la chiusura di stasera, non sarei stata in grado di effettuare il mio pagamento al boss.

E l'ansia latente che ne sarebbe conseguita sarebbe stata il rovescio della medaglia di essere una proprietà della mafia.

«Ho bisogno di due mazzi di fiori. Uno grande per mia moglie, e...»

«E uno più piccolo per la ragazza» finii per Lorenzo, il bastardo traditore. Era la stessa storia ogni settimana. «Ieri sono arrivate delle bellissime rose color lavanda. Ti ho preparato un bouquet straordinario per tua moglie »

Camminai verso il frigorifero e tirai fuori la composizione: una dozzina di rose lavanda con fresie rosa e viola e foglie. Poiché ero convinta che i fiori significassero qualcosa, avevo messo molto impegno nei bouquet della moglie di Lorenzo.

Ad esempio, se avessi fatto tutto per bene, se davvero l'avessi stupita, avrei in parte compensato l'infedeltà di suo marito. Anche se magari lei se ne stava in giro con il suo amante, che ne potevo sapere io? Magari frequentava qualche ragazzo della piscina o un insegnante di yoga sexy che in questo momento la stava leccando dalle dita dei piedi al clitoride. Non avrei dovuto preoccuparmi di qualcuno di cui non sapevo nulla, eppure lo facevo. A volte metabolizzavo le emozioni degli altri in modo paralizzante. Sempre attenta a far piacere alle persone.

«E questo è per la ragazza *du jour*.» Gli porsi un mazzo di margherite di gerbera dai colori vivaci. Lorenzo accennò un mezzo sorriso come se non fosse sicuro di cosa significasse *du jour*. O forse si stava chiedendo se fossi irrispettosa. Speravo di no. Gli regalai un sorriso luminoso per rassicurarlo che stavo cercando di essere carina. Tornai alla cassa e gli feci il conto. Lorenzo frequentava il negozio da prima che Mary Alice mi assumesse come apprendista dieci anni prima, quando ero solo un'adolescente. Ogni venerdì, lui e una mezza dozzina di uomini di Pachino andavano a trovare Rocco, il barbiere della porta accanto, per una rasatura con il rasoio, poi venivano al *Giardino dell'Eden* a prendere fiori per le loro signore. Un altro gruppo veniva il giovedì. E la generazione più anziana e in pensione di solito passava il sabato. Una cosa che avevo notato di questi mafiosi era che a loro piacevano la loro struttura e la routine.

«Tieni il resto, bambolina.» In tutti questi anni, non si era mai preoccupato di imparare il mio nome. O, se lo sapeva, non lo aveva usato mai. Spinse i sei dollari e le monete sul bancone. «Sono per il tuo silenzio.» Fece l'occhiolino. Stessa battuta, ogni volta. Ogni. Singola. Volta.

«Grazie, Lorenzo.» Misi i soldi nella cassa. Solo Dio sapeva quanto ne avessi bisogno per coprire gli assegni che avevo già staccato e che avrebbero potuto catapultarmi direttamente alla bancarotta. O peggio, farmi rompere le rotule da uno degli stessi clienti per cui stavo ringraziando.

«Hai mai sentito parlare di Mary Alice?»

Sorrisi, con indulgenza. Avevo sospettato che Mary Alice fosse stata la ragazza *du jour* di Lorenzo un paio di volte nel corso degli anni, ma il mio ex capo non me lo avrebbe mai detto. I fiorai erano eccellenti custodi di segreti.

«Sì.» Girai una delle rose nel suo bouquet per posizionarla in un'angolazione migliore. «Mi manda foto di suo nipote praticamente ogni giorno. È al settimo cielo.»

Mary Alice si era trasferita a Green Bay quando sua figlia aveva avuto un bambino l'anno scorso, costringendomi a scegliere tra continuare i miei studi per diventare un'infermiera come mia madre o rilevare l'attività da lei. I miei genitori pensavano che io avessi decisamente fatto la scelta sbagliata. Non lo dicevano apertamente, erano più il tipo da lasciarmi fare i miei errori, ma percepivo la loro preoccupazione ogni volta che veniva fuori l'argomento.

Stavo iniziando a chiedermi anche io se avessi fatto un errore.

«Beh, dille che la saluto.» Si infilò i due mazzi di fiori sotto il braccio e rimise il portafoglio in tasca.

«Lo farò. Buon fine settimana.»

Fece per andarsene, poi tornò indietro. «Tutto bene da queste parti? Qualcuno ti dà fastidio?» Lanciai un'occhiata a Josie, la mia migliore amica/impiegata svogliata che stava mettendo una composizione di crisantemi nel refrigeratore. Lei sorrise perché avevamo appena fatto questa conversazione. A questi tizi piaceva giocare a fare gli eroi.

«Va tutto bene. Ma grazie per avermelo chiesto.» Il mio sorriso era genuino perché per quanto mi piacesse alzare gli occhi al cielo e ringhiare sui miei clienti, ci ero segretamente affezionata. Probabilmente perché quando avevo quindici anni, le loro mance da cinque dollari mi avevano fatto sentire ricca. E la fioraia romantica che era in me apprezzava ancora la loro cavalleria. Mi piaceva la sicurezza che provavo nel sapere di essere sotto la loro protezione. Di sapere che se qualcosa fosse andato storto, se fossi stata trattenuta o avessi avuto uno stalker, avrei saputo esattamente a chi chiedere per esigere giustizia.

Lorenzo salutò portando la mano alla tesa di un cappello invisibile e se ne andò, e Josie sbuffò. «Hai ragione.»

Risi. «Non te l'ho detto? Almeno uno di loro si offre di uccidere draghi per me ogni settimana. È piuttosto affascinante.»

«Certo.» Josie quasi rovesciò una composizione, mentre spingeva i vasi sullo scaffale più fresco. «L'idea di aggredire qualche stronzo per la fioraia carina e indifesa glielo fa venire duro.»

«Mmm hmm. Carino, vero?»

«Sì, immagino che non ci si possa lamentare di avere la propria squadra di sicurezza privata. E almeno non è stato inquietante al riguardo. Uno stupido ieri ha comprato dei fiori e poi ha tirato fuori una rosa e me l'ha data. E io l'ho guardato come a dire: *amico, se hai intenzione di chiedere il mio numero almeno dammi l'intero bouquet.*»

Sbuffai. «Sì, sono donnaioli.» Quando ero al liceo, ero solita agitarmi e innervosirmi tutta quando venivano i ragazzi più giovani, pensando che qualcuno potesse chiedermi di uscire. Avevo una cotta per i mafiosi. Trasudavano fiducia e potere. Mostravano i soldi e facevano gli spavaldi. Non ero così ingenua da credere a tutte le loro spacconate, ma mi eccitavano lo stesso. Era la mia fantasia segreta. Ma mentre con Mary Alice flirtavano, con me erano solo educati. Non lo so, forse non uscivano con donne nere. O forse ero solo una bambina ai loro occhi e lo sarei stata per sempre.

«Beh, forse non tutti, ma almeno la metà sono donnaioli» mi corressi.

Josie si avvicinò e appoggiò i gomiti sul bancone. I suoi orecchini d'oro a cerchio oscillarono. Erano giganti, abbastanza grandi da bilanciare i suoi riccioli biondi.

L'ansia si arrotolò nella fossa del mio stomaco mentre ci avvicinavamo fisicamente l'una all'altra. Succedeva ogni volta. Probabilmente perché avevo bisogno di parlarle della sua schifosa etica del lavoro, ma continuavo a rimandare. Ignorai la sensazione, come sempre.

«Dimmi che non hai mai pensato di dare retta a uno di loro. Non come cosa permanente, ma solo per permettergli di offrirti una bella cena una volta ogni tanto» disse.

«No.»

«Uh, eh.» Il suo tono rivelava incredulità.

«Ok, ce n'era uno, ma aveva una ragazza. Non mi ha mai chiesto di uscire, ma mi faceva perdere la testa ogni volta che entrava. Era così bello. Mi ha fatto una ramanzina una volta, in chiusura, sul fatto di tornare a casa da sola la sera e su come non fosse sicuro. Ha insistito per accompagnarmi per un paio di isolati. Ho trovato la sua protezione così sexy.»

«Chi è?» chiese Josie.

«Non lo so. Non ricordo il suo nome» mentii. Lo ricordavo perfettamente. Armando. Il sexy Armando con quel sorriso che mi scioglieva le mutandine. Ma ero stata quasi grata che fosse fidanzato. Perché per quanto avessi una cotta per lui, non avrei mai, mai, voluto uscire con un uomo della mafia. Tradivano le loro mogli. Erano misogini: pensavano che le donne appartenessero alla casa, in cucina. Erano pericolosi. Eccessivamente. Commettevano crimini, ferivano le persone, uccidevano persino le persone. Sì, erano uomini, ma c'era una spessa sfumatura di cattiveria in ognuno di loro.

E Armando...sembrava il più pericoloso. Non perché pensavo che mi avrebbe fatto del male fisicamente. Ma emotivamente. Mi sarei presa una cotta troppo grossa con un ragazzo come lui. Era stato un bene che fosse scomparso.

«Non viene più. Non lo vedo da molto tempo, tipo anni» dissi a Josie.

«Forse è stato ucciso. Non si sa mai con questi tizi, giusto?»

Ero troppo empatica, quindi quel pensiero mi fece stringere lo stomaco in un nodo. Conoscevo a malapena quel ragazzo, a parte vendergli fiori per la sua fidanzata ogni settimana. «Spero di no. Sembrava che stesse andando da qualche parte.»

«Sì. Luoghi illegali che lo hanno portato in fondo al lago Michigan con un paio di scarpe di cemento» scherzò Josie.

Mi rifiutai di prendere in considerazione quell'idea. «Forse se n'è andato. Lui e la sua ragazza erano fidanzati.» Lo sapevo perché aveva riempito il suo appartamento di ogni colore di rosa dopo che lei aveva detto di sì. Mary Alice aveva dovuto chiamare per una spedizione extra perché ne aveva ordinate tantissime.

«Scommetto che è morto. O è nel programma protezione testimoni.» Alzò le spalle e spinse un bouquet non ancora finito di lato. «Sto per andarmene, ok?»

La mia ansia fluttuò di nuovo. Mancavano quaranta minuti alla fine del suo turno. Non aveva nemmeno finito quello su cui stava lavorando, e la sua zona di lavoro era un disastro. Avrei sicuramente avuto bisogno di aiuto nel caso in cui qualcuno dei ragazzi della porta accanto si fosse fermato a comprare dei mazzi di fiori prima di tornare a casa.

Ti prego Dio, fai che la chiusura sia veloce.

Avrei dovuto dirglielo, ma invece trattenni il fiato. Le volevo troppo bene per creare conflitti tra noi. Ovvio, assumere un'amica era stato un errore. Uno per cui avrei continuato a pagare se non capivo abbastanza rapidamente come fare il capo stronzo. Ma Josie era stata licenziata dal lavoro dei suoi sogni come apprendista decoratrice d'interni, così l'avevo invitata a lavorare qui con me, pensando a quanto sarebbe stato divertente gestire un'attività con la mia migliore amica al mio fianco.

Solo che non era sempre stato divertente. E ultimamente, era più stressante quando era in giro che quando non lo era. Non ci voleva uno psicoterapeuta per capire che era per questo che diventavo ansiosa quando lei era qui. Il mio subconscio voleva che chiarissi le cose con lei, ma il mio cuore non sopportava il pensiero di allontanare la mia migliore amica.

Ma questa era l'ultima delle mie preoccupazioni sulla gestione di questo business a questo punto. E avrei anche potuto non averlo proprio un business alla fine del mese prossimo, se le cose non fossero cambiate. «Va bene, grazie.»

Ugh. Perché la ringraziavo? La stavo *pagando*. E se ne andava presto.

Senza chiedere il permesso.

E ora dovevo anche ripulire il pasticcio *che aveva fatto*.

Tuttavia, tornando indietro, probabilmente l'avrei

assunta di nuovo perché il pensiero di assumere uno sconosciuto mi rendeva troppo nervosa.

Non ero poi così tagliata per fare il capo stronzo.

Invece di dire altro, guardai verso la porta e cercai di convincere qualcuno ad entrare e ordinare tutti i fiori che avevo da offrire.

Capitolo quattro

rmando

«Non è un grande appartamento» disse Marco mentre metteva le chiavi nella toppa e la apriva. «Ma il mio è dall'altra parte del corridoio, e l'edificio è situato in posizione centrale.»

Diedi un'occhiata al piccolo appartamento. Era semplice e accogliente, ma non c'erano decorazioni o altri tocchi personali. La camera da letto era arredata con solo un letto, un comò e un piccolo comodino. C'era un divano nero in pelle nel soggiorno e un tavolo da cucina in un angolo della stanza. L'unica finestra era nel soggiorno, ma c'era un balcone esterno con una splendida vista sullo skyline di Chicago.

«Puoi decorarlo come vuoi, mettere tutti i quadri che vuoi» disse Marco, indicando le pareti vuote. «Il padrone di casa qui è fantastico. Inoltre, la mia amica dice che conosce alcune persone che possono occuparsi dell'interior design per te se vuoi. Posso metterti in contatto con loro se sei interessato.»

Mi guardai intorno nell'appartamento, sentendomi un

po' sopraffatto. Ero stato in prigione con un compagno di cella abbastanza a lungo che l'idea di essere davvero solo per una notte era strana.

«So che non è molto, ma è un inizio» disse Marco, cercando apparentemente di essere incoraggiante. «Presto sarai di nuovo in piedi e potrai fare quello che cazzo vuoi.»

Annuii e feci un respiro profondo. «Grazie, Marco.» Avrei dovuto mostrare più entusiasmo, ma non riuscii.

Fortunatamente, Leo entrò nell'appartamento, la sua figura dominante riempì la stanza. Durante il periodo che avevo passato in prigione, mio cugino era cresciuto. Non era più il ragazzino trasandato, giovane e arrogante che cercava di mettersi alla prova con l'organizzazione. Era quasi triplicato e mi ricordava un muro di mattoni. Era pura forza nella stanza. Non credevo che io e Marco insieme avremmo potuto abbattere quest'uomo se ci avessimo provato. I suoi occhi guizzarono verso il balcone. «Che cazzo? Un balcone? Una scala antincendio? Stai cercando di invitare qualcuno a venire qui e buttarlo giù?»

«Sta solo volando basso in questo momento» ribatté Marco. «Non c'è mica una taglia su di lui o altro. Lascia che si goda una vista e un po' d'aria fresca dopo essere rimasto così a lungo senza.»

Leo grugnì in titubante approvazione, i suoi occhi scrutavano ancora l'appartamento alla ricerca di eventuali minacce. Alla fine, si girò verso di me. «Bentornato, cugi. Mi sei mancato.» Mi batté sulla spalla, con la sua presa forte e confortante. Poi chiuse gli occhi verso suo fratello. «I balconi portano solo piccioni. I piccioni portano merda.»

«Ho messo la birra in frigo» disse Marco mentre camminava verso la cucina. «Qualcuno ne vuole?»

«Sì.» Ne avevo bisogno. Mi sentivo completamente fuori posto in quella che avrebbe dovuto essere la mia casa.

Leo prese una birra da Marco e me la passò. «Salute, cugi. A un nuovo inizio.»

Presi la birra, volevo assaporare il gusto della libertà, ma aveva un sapore piatto come le mie emozioni. Era questa la libertà?

Era tutto così strano. Ero fuori di prigione, ma non ero veramente libero. Stavo vivendo una vita dipendente dalla generosità e dalle connessioni degli altri.

Leo si sedette sul divano e allungò le gambe. «Allora, Mando» esordì. «Ti sta bene la cosa di Grace ed Emilio? Davvero bene?»

«Cazzo no.» Potevo effettivamente essere onesto con i miei cugini.

Marco grugnì in accordo.

«Il boss dice che mi deve stare bene, quindi mi sta bene. Ma la verità tra noi, è che è una situazione del cazzo.» Mi avvicinai a una poltrona accanto al divano e mi sedetti con la mia birra mentre davo un lungo sorso.

«Grace non mi è mai piaciuta» disse Marco, appoggiandosi al bancone della cucina. «Non mi sono sorpreso quando è andata a cercare il suo nuovo buono pasto.»

«Non me ne frega un cazzo di Grace.» O almeno non più. «Mi sta sul cazzo che quello che era mio non sia stato protetto mentre ero dentro. Emilio è intervenuto quando avrebbe dovuto stare attento. Ha infranto il fottuto codice, amico.»

«Sì, è una merda» concordò Leo. «Ha sicuramente infranto il codice. Non c'è modo di difenderlo.»

«Non me ne sono reso conto» disse Marco. «Avrei schiacciato quella merda velocemente se l'avessi fatto.»

«Uguale.» Leo serrò la mascella. «Emilio lo ha tenuto per sé. Quando si è sparsa la voce, il don era consapevole e sembrava dare la sua approvazione. Quindi...»

«Se il don dice no alla punizione...» iniziò Marco.

«Non ci sarà punizione» conclusi. Ma questo non significava che dovesse piacermi. Questo non significava che dovevo dimenticare. Presi un altro sorso di birra e scossi la testa.

«Inoltre. Grace mi è sempre sembrata una da scopate pigre. Non riesco a immaginarla a fare dei buoni pompini.» Marco sorrise, cercando chiaramente di alleggerire l'umore.

Personalmente non ero d'accordo sull'insultare l'ex di un ragazzo perché fondamentalmente si insultava il suo gusto, in primo luogo, ma pazienza.

«Sì, devi assolutamente trovarti qualcuna che possa soddisfare il tuo appetito sessuale. Perché dopo la siccità... devi essere un famelico figlio di puttana» aggiunse Leo. Ricordai quando vedevo uomini uscire di prigione pensare la stessa cosa. Come se la cosa peggiore del mondo per questi ex detenuti fosse quanto tempo avrebbero dovuto stare senza sesso. Ero sicuro di aver pensato la stessa cosa di Marco e Leo. Il sesso era la prima priorità perché come avrebbe potuto non esserlo?

Ma, merda... Non ero nemmeno sicuro di come iniziare. Tutto il mio corpo si sentiva fottutamente intorpidito. Compreso il mio cazzo.

«Il don mi ha dato un merdoso lavoro nelle costruzioni. È solo per le apparenze» dissi loro. «Mi presento e ritiro un assegno.»

«Sì, l'ho sentito» disse Marco. «Non è male.» Leo finì la sua birra in un ultimo sorso e poi fece cenno a Marco di passargliene un'altra.

«Mi sento come se fossi stato messo al pascolo» ammisi. «Ero nel fiore degli anni prima di tutta questa merda. Ora sono praticamente in pensione.»

«Temporaneamente, giusto?» chiese Marco. «Fino alla fine della libertà vigilata?»

Feci spallucce. «Tutta la mia vita sembra temporanea. Hanno premuto un grosso fottuto pulsante di pausa quando sono stato beccato. E adesso?»

«Hai bisogno di soldi?» chiese Leo.

«No.» Scossi la testa. «Se ne è occupato il don. E questo lavoro mi mette in una buona posizione. Ma grazie.»

L'ultima cosa che volevo fare era prendere soldi dai miei cugini. Mi sentivo già un peso così.

«Hai scontato la tua pena. Non hai parlato. E ora sei tornato. Te la sei guadagnata un po' di vita da pensionato. Goditela finché puoi. Sono sicuro che una volta terminata la libertà vigilata, il don ti farà lavorare a tempo pieno, guadagnando di nuovo.»

«Rimetteremo in ordine la tua vita» aggiunse Marco. «Ci vorrà del tempo, ma risorgerai dalle fottute ceneri. Lo prometto.»

Capitolo cinque

rmando

«Armando.» Rocco accarezzò la poltrona da barbiere. «Proprio qui, signore.»

Mi congedai dal raduno di uomini d'onore che riempivano di fumo di sigaro il vecchio negozio di barbiere, mentre parlavano l'uno sull'altro a voce alta. Le pareti erano di un bianco sporco e piene, dal pavimento al soffitto, di fotografie incorniciate dei giorni in cui il negozio era stato una rivendita clandestina di alcolici. Pannelli di legno, una vetrata, vecchie sedie pieghevoli e un portariviste mi riportarono a un tempo che amavo. Ogni uomo era vestito con un abito su misura e una cravatta, i capelli sciolti e tirati indietro, i baffi e la barba perfettamente tagliati e curati.

Il barbiere di Rocco era un'oasi di familiarità in un mondo che era diventato altrimenti sconosciuto. Il mio corpo era rigido e scattoso mentre mi buttavo sulla poltrona. Ogni passo che facevo nelle mie vecchie scarpe era come una dannata esperienza fuori dal corpo.

Venire in questo posto era un'esperienza fuori dal corpo.

Tutto era esattamente uguale, eppure sembrava così

fottutamente diverso. Adoravo il venerdì pomeriggio in questo piccolo negozio. Il piacere degli asciugamani caldi di Rocco avvolti intorno al mio viso. Mi sentivo come un re mentre il vecchio si occupava di me con i ragazzi tutti in giro a cazzeggiare. Mi piaceva stare con i ragazzi più grandi. Ero così orgoglioso di essere diventato tenente e di aver avuto la possibilità di avere a che fare con i fuoriclasse. Ero in cima al mondo allora. Al vertice del mio gioco.

Avevo la ragazza. I soldi. E una posizione glorificata nell'organizzazione.

Mi sentivo vivo. Potente. C'erano così tante possibilità davanti a me.

L'unica cosa diversa ora era la ragazza. Ma avevo superato la storia di Grace il giorno in cui mi aveva chiamato e mi aveva detto che si stava trasferendo con Emilio.

Allora perché cazzo non riuscivo a trovare alcun piacere? Arturo, il braccio destro di Don Pachino, mi lanciò uno sguardo scrutatore mentre espirava il fumo. «Non sembri a tuo agio, Mando. Difficile fidarsi di qualcuno con una lama vicino alla gola dopo aver dormito dietro le sbarre?»

I flashback di quando qualcuno in realtà era stato abbastanza sciocco da cercare di attaccarmi in prigione mi sopraffecero. Avevo fatto incazzare la persona sbagliata, ma non sapeva quanto potessi essere letale. Aveva fatto l'errore di sottovalutarmi e aveva pagato per questo.

«Don Pachino è nell'ambiente da molto tempo, Mando. Sa come scegliere i suoi uomini. Hai la reputazione di essere leale e attento, motivo per cui si fida di te.» Fece una pausa e poi continuò: «Ma più di questo, sa che non esiterai a fare tutto il necessario per assicurarti che il lavoro venga svolto. Devi solo rimanere sul pezzo. Non fare di nuovo casino per fare spazio all'oscurità. Sai cosa intendo. Combattila, figliolo.»

Annuii e forzai un sorriso. «Sto bene, Arturo. Niente di cui preoccuparsi.»

Mi presi un momento per ispezionare la stanza. Era ancora piena delle stesse facce. Quelle familiari. Quelle che mi avevano visto nella buona e nella cattiva sorte.

Ma qualcosa non andava. Lo sentivo nell'aria. Tensione. Scetticismo. Una mancanza di fiducia che non sembrava mai esserci stata prima.

Capivo il perché. Ero stato in prigione per molto tempo, e anche se avevo avuto il supporto dell'organizzazione all'interno, mantenevano ancora una certa distanza. Indipendentemente da ciò che avevano detto, sapevo che mi vedevano come un peso. C'era sempre stata la possibilità che parlassi per salvarmi il culo. Sapevano anche che non potevo aiutarli da dietro le sbarre, quindi si erano comportati come se non esistessi.

Ora ero tornato, e sentivo lo sfrigolio dell'imbarazzo nelle vene. Loro non mi conoscevano più, e io non conoscevo loro. Eravamo estranei gli uni con gli altri.

«Sai» esordì Arturo, «non è troppo tardi per cercare di rimettere le cose a posto.»

Corrucciai la fronte confuso. Rimettere a posto cosa? Di cosa diavolo stava parlando? Far tornare Grace? Far dimenticare al don il fatto di essere stato andato in prigione? Far sparire la mia incarcerazione?

Arturo continuò: «Il don ti ama. Come noi tutti. Sei nato per questo, Mando. Sei il meglio del meglio. E non dovresti mai dimenticarlo. Sei ancora giovane, puoi tornare in cima. Tutti lo sanno.» Chiusi gli occhi, sentendo il calore degli asciugamani caldi contro il mio viso. Sentii l'affilatura delle lame contro la gola, un promemoria del fatto che mi trovavo ancora qui. Vivo e vegeto.

Per quanto mi facesse male ammetterlo, sapevo che Arturo aveva ragione.

Ero risalito dal fondo con gli artigli ed ero ancora in piedi. Finché ero vivo, potevo arrivare in cima. Ma allo stesso tempo, ero stato messo in castigo dal don in persona. Mi aveva ordinato di rimanere pulito. L'attrazione del bene e del male era forte. Il diavolo su una spalla e l'angelo sull'altra, questa ora era la mia realtà.

Ci volle tutto il mio sforzo per stamparmi un sorriso sul viso. Probabilmente si trattava più di una smorfia. La dichiarazione di Arturo portò una pausa imbarazzante nella conversazione. Oggi c'erano soprattutto i veterani con solo io, Marco e Leo a rappresentare le giovani generazioni. Sospettavo che qualcuno avesse detto a Emilio di stare lontano per rispetto nei miei confronti oggi. Probabilmente Marco. Si prendeva cura di me come un secondo fratello. Avrei fatto lo stesso per lui se le situazioni fossero state invertite. «Scommetto che la rasatura ti farà sentire bene, vero ragazzo?» disse uno di loro.

«Hai già inzuppato il cazzo?» chiese Angel, un altro veterano. «*Madonna*, quando sono uscito, ho preso una ragazza allo strip club e me la sono sbattuta tutta la notte. *Per tre notti!*» Al suo boato di risate si unirono molti degli altri ragazzi.

Ero teso, anche se non sapevo perché ero sulla difensiva. Perché il pensiero di scopare non mi smuoveva neanche un po'? Perché la *vita* non mi smuoveva?

Arturo mi stava ancora guardando, però. Qualunque cosa vedesse, cercai di nasconderla.

«Non sei distrutto per quella tua ragazza, vero? Quella che sta con Emilio adesso?»

«No» dissi subito. Anche se lo fossi stato, non lo avrei dato a vedere.

Don Pachino mi aveva avvertito: niente stronzate con Emilio. Probabilmente sapevo chi si trovava più in alto nella gerarchia in questi giorni. Emilio era il figlio di sua sorella. Io ero solo il figlio della sorella di *sua moglie*. Rocco mi spalmò altra crema da barba. L'odore innescò tutti i vecchi ricordi, ma nessuno riguardo al piacere che provavo seduto su questa sedia.

Ero un fottuto fantasma che tornava a perseguitare la sua vita precedente. Senza poterla toccare. Senza poterla gustare. Senza riuscire a sentire una maledetta cosa.

La mia vita si era tinta delle tonalità di grigio. O forse era ancora a colori ma con uno di quei filtri sgranati che rendevano le immagini opache e fredde. Rocco mosse il rasoio sulla mia pelle con perizia.

Avrei voluto che Arturo non avesse tirato fuori l'argomento perché ora tutto ciò a cui riuscivo a pensare era quanto sarebbe stato facile per lui tagliarmi la giugulare. Lo avrebbe fatto? Ero così sicuro del mio legame con *la famiglia*. Potevo scommettere la vita sui ragazzi in questa stanza. Eravamo fedeli l'uno all'altro, all'organizzazione. Tutti gli altri, erano tagliati fuori.

Ora non mi fidavo di nessuno di loro. E Rocco non era della famiglia. Era solo un piccolo imprenditore italiano che beneficia del nostro patrocinio. Avrebbe potuto odiarci tutti.

Pensavo che ci trattasse come dei re perché amava averci qui. Gli piacevano le mance e gli affari. Ma chi poteva saperlo? Forse era solo spaventato come tutti gli altri.

Forse stava raccogliendo informazioni, aspettando il momento per farci uscire tutti.

O forse io ero finito in una turba mentale paranoica di cui mi dovevo liberare.

La rasatura finì e guardai la mia immagine allo specchio. La mia mascella era liscia, ma sembravo un fottuto cadavere. Impassibile. Espressione morta. Cuore marcito.

Mi alzai e pagai.

Arturo mi chiamò quando mi diressi dritto verso la porta. «Non hai intenzione di stare nei paraggi? Davvero? Hai qualcosa di meglio da fare?»

«Puoi scommetterci. Deve trovare una ragazza per esercitare quel suo cazzo» disse Angelo.

«Sì» concordai. «Proprio così.»

Marco e Leo mi guardarono, vedendo più di quanto io volessi mostrare. «Non hai bisogno di un passaggio?» chiese Marco. Mi aveva portato lui qui.

«No, sono a posto.» Volevo solo stare da solo. Uscire da qui, cazzo. Feci un cenno con la mano verso tutti loro ed uscii.

Fanculo, era stato doloroso. Anche gli atti più semplici della vita come inginocchiarsi sulla sabbia ora lo erano.

Dovevo capire come risvegliarmi, cazzo.

Capitolo sei

Armando

Uscii dal locale di Rocco.

Mi sembrò strano poterlo fare. Essere in grado di camminare semplicemente fuori da un locale e respirare aria fresca di mia spontanea volontà. Non c'era nessuna guardia carceraria in piedi nelle vicinanze mentre mi godevo l'ora d'aria in giardino. Nessuna recinzione né filo spinato. Nient'altro che pura libertà.

Era una strana sensazione. Dopo tanti anni di confinamento, il mondo libero era diventato come un altro pianeta. Era come se fossi in una terra straniera, senza idea di dove andare o cosa fare, ora che ero libero. Circondato da persone frenetiche, dalle loro conversazioni e risate che riempivano l'aria, tutto sembrava quasi fuori dal corpo.

«Ehi» sentii la voce di Marco dietro di me. Mi guardai alle spalle e vidi lui e Leo che mi seguivano fuori dalla porta.

«Sto bene. Davvero» dissi, intendendo in realtà quello che avevo detto, che volevo stare da solo. «So che stai passando un momento di merda» iniziò Leo, «ma Arturo ha ragione. Rimetterai insieme la tua vita. Presto comincerà a sembrarti normale.»

Marco mi mise una mano sulla spalla. «Andiamo a prendere un drink o qualcosa del genere.»

«No, so che voi ragazzi avete del lavoro da fare oggi. Non sono un caso di beneficenza.»

Mi presi il tempo di guardare ciascuno dei miei cugini negli occhi. «Sto bene. Ho solo bisogno di andare a fare una passeggiata e mettere in ordine la mia merda. Lo apprezzo però.»

Potevo dire dal modo in cui entrambi si guardarono l'un l'altro che non volevano lasciarmi, ma avevo ragione sul fatto che dovevano mettersi al lavoro. *La famiglia* chiamava.

«Bene» disse infine Marco.

«A più tardi. Bevete anche per me.» Annuii e li guardai entrambi salire nella macchina di Leo senza dire un'altra parola. Grato che non avessero discusso troppo, decisi di uscire dalla linea di fuoco di Rocco. Non volevo che un'altra persona uscisse e provasse pietà per me e sentisse il bisogno di intrattenermi o qualcosa del genere, quindi cominciai a camminare.

Conoscevo questo quartiere così bene. Rocco e poi il *Giardino dell'Eden*, il fioraio accanto, facevano parte della mia solita routine. Facevo una rasatura e poi compravo fiori per Grace. Era una routine confortevole. E ora che mi ero appena fatto la barba, mi resi conto che non avevo motivo di camminare verso il fioraio. Per chi avrei dovuto comprare fiori ora?

Scossi la testa, sapevo di dover smettere con questa fottuta autocommiserazione. Ero un uomo libero. Dovevo smettere di fare il depresso. Ma le catene del mio passato mi tenevano ancora ai polsi e alle caviglie, trascinando le mie membra.

Era difficile per me sentirmi felice o ottimista riguardo al futuro quando mi veniva costantemente ricordata l'oscurità del mio passato.

C'era il gelo dentro, e dubitavo che sarebbe stato sostituito dal calore.

E fu allora che qualcosa di vivo sbocciò in me, qualcosa di primitivo e istintivo. Se fossi stato un uomo delle caverne, avrei alzato al cielo la mia fottuta lancia. Perché il ragazzo con una felpa grigia appoggiato all'edificio si mosse nella mia direzione. La sua mano si allungò nella tasca.

Cercai dietro di me prima di ricordarmi che non avevo un'arma. Era illegale per un criminale portarne, e stavo cercando di rimanere pulito.

Mi venne subito in mente il momento in cui ero stato portato in prigione. In grado di combattere solo con le poche risorse carcerarie che avevo. Sopravvivenza a tutti i costi, ma niente su cui fare affidamento se non arguzia e forza.

Tutto accadde in pochi secondi. Mi precipitai sul coglione, afferrandogli il polso prima che potesse puntare la pistola. La forza del mio attacco ci lanciò sia fuori dall'angolo che contro la grondaia. La mia spalla si infilò nel punto in cui le sue clavicole si incontravano, mandandomi un'esplosione di dolore nel petto. Eravamo intrecciati in un groviglio di arti, lottando l'uno contro l'altro mentre cercavo di afferrare l'arma. Lui era più forte di me; la sua faccia era contorta in un ringhio.

La prigione aveva offuscato parte della mia prestanza fisica. Non ero più il coltello affilato di una volta. I riflessi erano più veloci, ma il mio corpo non era sintonizzato. Il tizio era chiaramente alla ricerca di sangue, ma ero pronto a combattere fino alla morte perché sapevo che se fosse riuscito a liberare la pistola, sarei stato comunque un uomo morto.

La lotta si intensificò e sentii la mia forza diminuire. Si liberò dalla presa al polso e avvicinò la mano alla pistola. Sapevo di essere stato sovrastato. Non ero abbastanza forte, né abbastanza veloce. Sentivo già il metallo freddo e duro della pistola contro la mia pelle. Ma non mi lasciai andare. Sapevo che stavo lottando per la mia vita, e non mi sarei tirato indietro. Gli torsi il polso, costringendolo a lasciar cadere la pistola, e poi gli premetti il ginocchio sulla gola, in modo che non potesse urlare per chiedere aiuto. Vidi la paura nei suoi occhi mentre lottava per liberarsi dalla mia presa, rendendosi conto che ora ero io ad avere il sopravvento.

Ci fu un momento di quiete mentre ci guardavamo l'un l'altro, e sentii la tensione tra di noi. Era una lotta per il dominio, per il potere, per le nostre stesse vite. Eravamo come due predatori in natura, bloccati in una battaglia mortale.

La pausa momentanea da parte mia diede a quell'uomo giusto il tempo di liberarsi e attaccarmi di nuovo con ancora più forza, spingendoci entrambi contro la porta dell'edificio più vicino, poi cademmo contro la porta del fioraio. La sfruttai, aprendola per intrappolargli il polso e chiudendola per far cadere la pistola. L'arma batté sul pavimento all'interno del negozio di fiori, ed entrambi seguimmo il movimento. Fu una folle corsa mentre aprivamo la porta e ruzzolavamo dentro.

Atterrai per primo sulla pistola.

Dovetti reprimere il mio desiderio di sparargli a bruciapelo in testa.

Non sarei tornato in prigione. Inoltre, avevo bisogno di sapere per chi stava lavorando. Perché era chiaramente un sicario. Svuotai il caricatore e usai la pistola per colpirlo alla tempia. Inciampò all'indietro ma non perse conoscenza. Invece, mi affrontò a terra, e la pistola scivolò di nuovo.

Capitolo sette

Hannah

Era lui. *Armando*. Quello che desideravo intensamente. Non era così che l'avevo immaginato rientrare nel mio negozio.

L'urlo mi si bloccò in gola nel momento in cui la realtà si fece strada riguardo a ciò che stava realmente accadendo davanti a me. Ero troppo scioccata anche solo per muovermi. Per cinque lunghi secondi, rimasi lì come un'idiota a fissare quella lotta brutale.

Poi mi resi conto: dovevo fare qualcosa. Chiamare qualcuno. Presi il telefono, senza distogliere lo sguardo dai due uomini che lottavano sul pavimento. Entrambi sembravano combattere per le loro vite. Armando era efficiente e calmo. Non emetteva alcun suono mentre era alle prese con l'altro tizio, rotolando fino a quando non gli si piazzò sopra. Prendendolo a pugni a terra. Ma poi perse il suo vantaggio e venne buttato all'indietro contro uno scaffale di piante.

Mi coprii la bocca per trattenere il grido di sgomento nel vedere il mio dolce inventario rovinato. Non avevo i soldi per sostituire neanche un vaso se lo rompevo.

Armando mi vide. «Attacca» disse con un sorriso mentre sbatteva il ragazzo a terra con un cazzotto. Il tono di comando nella sua voce era feroce. Abbastanza spaventoso da farmi cadere il telefono sul bancone con un rumore.

«Ho detto *attacca*» ringhiò.

Erano immobili sul pavimento, una massa che si contorceva e si aggrovigliava.

Quello non era il simpatico uomo che ricordavo, che entrava nel negozio per comprare fiori per la sua donna. Davanti a me c'era una bestia.

«Non ho mai chiamato!» protestai, alzando il telefono per fargli vedere lo schermo.

Non mi guardò perché l'altro tizio aveva tirato fuori un coltellino tascabile. Per poco Armando non venne affettato.

C'era una precisione praticata nei suoi movimenti come se invece di essere un mafioso, fosse in realtà un agente segreto, una super spia in stile James Bond.

Forse era la totale mancanza di panico.

Non sembrava un uomo che stava lottando per la sua vita. Afferrò il suo avversario come un angelo della morte inviato per finirlo. Armando gli diede un pugno forte in faccia, lo bloccò per dargliene un altro. Il tizio lo colpì con il coltello allo stesso tempo, ferendo Armando di lato.

Le piante tintinnarono sul tavolo, i vasi si schiantarono.

Piagnucolai per lo sgomento.

Armando ne prese uno e lo fracassò sulla testa del tizio. Lui si abbassò, e Armando lo seguì, stringendogli con una mano la gola mentre con l'altra teneva premuto il braccio armato di coltello.

«Chi ti ha mandato?» chiese.

Il tizio emise un verso gorgogliante ma allontanò il braccio. Urlai quando cercò di pugnalare il viso di Armando.

Armando si spostò in tempo ma perse il suo vantaggio.

L'altro si tirò su e ruppe un vaso preso dal mio supporto di metallo sulla tempia di Armando. Andò giù di botto, il rumore del suo cranio contro il mio pavimento di piastrelle mi fece gridare di nuovo.

Digitai il 9-1-1 al telefono ma dimenticai di premere invio perché il tizio si lanciò contro Armando con il coltello.

Con una mossa da togliere il fiato, Armando in qualche modo si rialzò appena in tempo, facendo oscillare l'impianto di metallo pesante in testa al ragazzo. Quello cadde giù e rimase lì.

Per fugare ogni dubbio, non c'era modo di confondersi sulla morte quando la si vedeva.

La forma che assunse il suo corpo era così completamente distorta. Il collo era chiaramente rotto. Le mani di Armando tremarono alla vista dell'uomo che giaceva immobile davanti a lui.

Sentii un brivido scendermi lungo la schiena mentre lo shock mi paralizzava sul posto.

Armando si guardò intorno nella stanza, come se si aspettasse di vedere altri nemici lì per lui, e io feci lo stesso.

Cosa sarebbe successo dopo? Cos'era successo? Cosa cazzo era successo?

Non poteva essere vero. Era successo davvero?

C'era un uomo insanguinato che giaceva morto nel mezzo del mio negozio di fiori?

C'era silenzio nella stanza, fatta eccezione per il rumore del ticchettio dell'orologio e il ronzio nelle orecchie.

Armando imprecò e cadde in ginocchio, per controllare il polso del tizio. Poi si mosse rapidamente: tutto efficienza e pratica.

Chiuse a chiave la mia porta, chiuse le persiane e girò il cartello.

Prese la pistola e trascinò il corpo oltre il bancone verso la parte posteriore.

«Non ti muovere» mi disse mentre passava.

Non ti muovere.

Non sapevo perché, ma fino a quel momento non avevo considerato che la mia vita potesse essere in pericolo. Ero stata una spettatrice e avevo fatto il tifo per una parte. Quella che aveva vinto.

Ma a quanto pareva non ci saremmo dati il cinque per festeggiare.

Un tizio è appena *stato ucciso* nel mio negozio, e io ne ero stata testimone.

Ero *l'unica* testimone.

E l'assassino mi aveva detto di non muovermi. Il che significava che avrei dovuto assolutamente muovermi.

Armando trascinò il corpo nel mio frigorifero. Sarebbe venuto qui dopo per occuparsi di me.

Era un problema. Afferrai la mia borsa e silenziosamente, passai velocemente oltre il refrigeratore. Sentii Armando vicino, ma non mi fermai. Sapevo che se lo avessi fatto, sarebbe stato il mio ultimo errore.

Il cuore mi batteva forte e sentii il sudore sui palmi delle mani. Ero quasi a metà strada verso la libertà quando sentii un rumore dal retro del negozio. Mi girai per vedere Armando che camminava lentamente verso di me, pistola in mano e uno sguardo minaccioso sul volto. Non mi avrebbe lasciata andare così facilmente. Fece ancora qualche passo verso di me, e capii che non ne sarei uscita viva.

Mi voltai verso la porta, ma era troppo tardi. Ora mi aveva quasi raggiunta, e non c'era scampo. «Fermati. Ho detto di non muoverti, cazzo!»

Quella voce. Comandava così bene che ogni cellula del

mio corpo desiderava obbedire. Ma sarebbe stato stupido, quindi mi misi a correre

«*Hannah.*»

La sorpresa che si fosse ricordato del mio nome mi fece vacillare. Quell'esitazione mi costò cara.

Piombò su di me in un lampo, mi afferrò il gomito e mi fece girare.

«Ho detto, *non muoverti.*»

Dio, era ancora terribilmente bello. Mascella squadrata. Naso aquilino. Occhi nocciola con ciglia lunghe.

Era così vicino che sentivo addosso il profumo della crema da barba di Rocco. Indossava una costosa camicia blu, aperta sulla gola per rivelare una maglietta bianca pulita.

«Sono dalla tua parte» dissi espirando. Non ero sicura se fosse l'istinto di autoconservazione a farmi parlare o se fosse la verità effettiva. Conoscevo Armando. In realtà mi era sempre piaciuto quell'uomo... forse un po' troppo.

Ero dalla sua parte. Sì che lo ero.

Mi fece girare verso il muro, tirando una delle mie mani per bloccarmela lì. «Ti ho detto di non muoverti.» Era la voce di un pazzo. Di un membro della mafia. Un assassino. Dovevo ricordarmelo.

«Non dirò nulla.» Le famose ultime parole che dicevano le persone prima di essere uccise.

Eccomi qui, quindi. Ero morta.

Mi aspettavo che il coltello mi arrivasse alla gola da un momento all'altro.

Invece, mi schiaffeggiò il culo.

Gridai per la sorpresa. Era stato uno schiaffo forte, punitivo, non giocoso, e per qualche ragione, mi eccitò.

Girai la testa per guardarlo alle spalle. Uno schiaffo sul culo non era una vera minaccia. Era qualcosa di sexy. Sessuale.

Il freddo nelle mie vene evaporò. Mi schiaffeggiò di nuovo il culo, l'altra natica questa volta.

Ciao.

Non avevo idea di cosa stesse succedendo, ma ero più eccitata che spaventata.

Dovevo confondere l'adrenalina con la lussuria. Sì, doveva essere così. O questa follia stava prendendo piede? Ero così terrorizzata di morire che il mio corpo era confuso dalla sensazione estranea, e...

Mi schiaffeggiò il culo ancora una volta, più forte della precedente.

Il mio corpo rispose. Il calore si irradiò dal nucleo e non riuscii a fare a meno di gemere di piacere. Era imbarazzante che non riuscissi a controllare le emozioni che avrei dovuto tenergli nascoste. Sentii il cuore accelerare, la pelle formicolare e mi stavo bagnando di secondo in secondo.

Fece scivolare le mani lungo i miei fianchi, tracciando un percorso di calore mentre si muoveva. Poi prese un rotolo di nastro per i fiori dalla tasca del mio grembiule.

«Ecco cosa succederà.» Mi torse le braccia dietro la schiena e mi legò i polsi con il nastro. Era morbido, ma lo avvolse una dozzina di volte e lo strinse, in modo che non potessi torcerlo abbastanza da riuscire a toglierlo. «Rimarrai qui, di fronte a questo muro, fino al mio ritorno. Non ti muoverai. Non farai rumore. *Capito?*»

Annuii velocemente. «Sì, va bene.» Sembravo senza fiato.

Ero spaventata. Spaventata a morte. Ma c'era anche qualcosa di pazzesco dentro di me. Un po' di calore avvolgente, un formicolio consapevole. Non sapevo se fosse perché avevo avuto una cotta per questo ragazzo in passato o perché mi aveva schiaffeggiato il culo e aveva risvegliato una zona erogena, ma il calore liquido mi si accumulò tra le gambe.

Mi passò davanti e sentii il suo respiro sulla pelle. Si avvicinò e mi sussurrò all'orecchio. «Segui le regole, Fiori. Seguile o sarà peggio per te.» La sua voce era bassa, possessiva. Il suo alito caldo mi solleticava la pelle, mandando in circolo dentro di me il piacere.

Mi prese il mento nella mano e mi girò il viso verso il suo. Si allontanò leggermente e io rimasi senza fiato, con il cuore che mi batteva forte nel petto. Tracciò il profilo della mascella con il dito e poi scese giù per la gola. «Tornerò presto. Non muoverti.»

Fece un passo indietro e mi guardò dall'alto in basso, il suo sguardo ardeva di quello che speravo fosse desiderio. I suoi occhi si soffermarono per un attimo sulla stretta del nastro che mi legava i polsi, e poi fece un debole sorriso. «Fai la brava» mi avvertì, prima di voltarsi e andarsene.

Lo stavo valutando male? E avevo perso la testa? Non avrei dovuto sentire nient'altro che il bisogno travolgente di scappare, e di farlo velocemente. Avrei dovuto combattere, urlare e sicuramente essere terrorizzata. Eppure, ero qui con il cuore che batteva forte e... Il corpo in fiamme per il desiderio. Il calore tra le mie gambe diventava più forte ogni secondo che passava, e mi attraversava uno strano brivido di eccitazione. Il corpo soffriva per l'attesa. Ero ancora legata e indifesa, ma questa volta la mia paura era stata sostituita da qualcos'altro. Qualcosa di eccitante. Non potevo fare a meno di chiedermi, forse anche fantasticare, cosa sarebbe successo al suo ritorno.

Lo sentii tornare al refrigeratore. Sentii il suono della sua voce che parlava in frasi brevi e veloci. Doveva essere al telefono.

Con chi stava parlando?

Che cosa stava dicendo?

Oh Gesù, stava chiamando altri membri della mafia per venire ad aiutarlo in questa... *situazione?* Il Giardino dell'Eden stava per diventare ancora più un bagno di sangue di quanto non fosse già, ma con il mio sangue?

Se fossi stata intelligente, non sarei rimasta nei paraggi per capire cosa ne avrebbe fatto di me. In qualche modo avrei dovuto cercare una via di fuga. Non ero la ragazza stupida che si innamorava del cattivo ragazzo. Non ero mai stata debole. Non ero mai stata una damigella in pericolo. Allora perché diavolo ero qui? E proprio mentre stavo iniziando a pensare di avvicinarmi alla porta sul retro, lui ritornò e mi fece girare. Con i polsi legati dietro la schiena, la mia doppia D di reggiseno si spinse in avanti e si allargò. «Va bene, Fiori. Che cosa farò con te?»

Forse era autoconservazione. Forse era per la cotta. O per il modo in cui il culo mi formicolava ancora dove lo aveva schiaffeggiato, ma feci l'unica cosa a cui riuscivo a pensare, che fu sporgermi in avanti e baciargli la bocca.

Le sue labbra premettero contro le mie, rubandomi il respiro. La sua lingua scivolò dentro, convincendo la mia a una danza lenta e vertiginosa. Gemetti nella sua bocca, i miei fianchi si mossero contro la sua figura, come verso una nuova stella polare. Le mani di Armando scivolarono più in basso, sopra i miei fianchi e giù per le cosce. Le sue dita sfiorarono il tessuto dei miei vestiti e io rabbrividii. Mi afferrò il culo tra le mani, impastando e stringendo, mandando fuoco in ogni terminazione nervosa. Questo bacio...

Capitolo otto

rmando

Mi ritirai dal bacio sorpreso. Era stato inaspettato e succoso e bollente a livello di duecento gradi. E proprio come se avessi avuto le placche del defibrillatore applicate al petto, mi aveva attraversato una scossa di energia.

Le luci si erano accese. Il mio corpo era tornato in vita.

Erano passati quasi cinque anni da quando avevo assaggiato una donna, e improvvisamente sentivo che c'era così tanto tempo perso da recuperare.

Fui su di lei in un secondo, baciando con foga quella bocca rigogliosa, facendo scivolare una mano sulla sua maglia. Avevo appena ucciso un ragazzo e nascosto il corpo nel congelatore di Fiori. Avrei dovuto occuparmi di questo. Ma nel momento in cui mi aveva baciato, nel mio mondo era tornato il colore. Avevo bisogno di esplorarlo come avevo bisogno del mio prossimo respiro. Lei indossava una gonna corta, e io mi lanciai improvvisamente su di essa con l'altra mano, coprendole la figa.

Il morbido tessuto setoso delle sue mutandine era umido.

Queste erano tutte le informazioni di cui il mio cervello aveva bisogno per andare avanti a tutto vapore. Mi trasformai in un animale, incapace di tirarmi indietro. L'istinto grezzo spinse le mie azioni più di qualsiasi pensiero coerente. Le tirai su la maglia e abbassai la testa per banchettare con il suo capezzolo, i suoi rantoli mi riempirono le orecchie.

«Dimmi, Fiori.» Feci scivolare le dita sotto il bordo delle sue mutandine per trascinarle tra le pieghe umide. «Cosa ti ha fatta bagnare così tanto?» Le avvitai un dito dentro, e lei ansimò e si mise in punta di piedi.

Il mio corpo era in fiamme, il mio bisogno così acuto che potevo assaggiarlo. L'avrei presa proprio qui, fino a quando non fossi riuscito a scacciare tutta l'oscurità dentro di me. Fino a quando non fossi riuscito a respirare di nuovo.

La sua testa cadde all'indietro, le sue unghie affondarono nelle mie spalle mentre spingevo il dito più in profondità, rubando un gemito dalle sue labbra spalancate. Che lo volesse o no, spostò i fianchi, spingendo verso il basso sulla mia mano. Ero sepolto così profondamente dentro di lei, che stavo toccando il suo nucleo.

«Ti prego» sussurrò. Mi stava implorando di continuare, o che io la liberassi e uscissi da quella porta? La linea tra giusto e sbagliato era troppo sfocata perché io potessi saperlo. Il cuore mi batteva nelle orecchie e il cazzo sembrava d'acciaio. Le nostre bocche si schiantarono in un bacio disperato, esplorando, assaggiando, stuzzicando. La mia mano libera si strinse intorno al suo corpo mentre le stuzzicavo le labbra con la lingua. La sentii tremare sotto di me mentre premevo un altro dito nella figa.

I suoi ferventi gemiti mi spinsero fino a quando non fui

così duro, così pronto a divorare ogni centimetro di lei che mi ritrovai a tremare come un uomo debole. La mia mano serpeggiò fino a coprirle la nuca mentre ci respiravamo a vicenda. Il calore dei nostri corpi che si intrecciavano era quasi troppo per me da sopportare.

Se mi avesse implorato e supplicato di smettere, non avrei potuto farlo.

Sapevo che non poteva sentirsi a suo agio schiacciata contro il muro con le mani legate dietro la schiena, ma non riuscii a richiamare la mia attenzione.

Sì, c'era un uomo morto nel suo refrigeratore, e lei era qui come mia prigioniera. Ma il mondo intorno a noi sembrò scomparire, lasciando solo noi due chiusi dal calore sessuale e dal desiderio frenetico. Nient'altro contava tranne questo momento in cui lei era tutta mia.

Ed ecco cosa era. *Mia*.

Mentre l'adrenalina della mia lotta mi scorreva nel corpo, non riuscii a evitare al demone di venire fuori e reclamarla completamente. Separai le dita, allargando il suo piccolo buco stretto, spingendole dentro sempre più velocemente, martellandola con un'intensità che la fece ansimare in cerca d'aria mentre il suo corpo tremava sotto di me.

Non mi fermai finché non sentii i suoi muscoli stringersi intorno a me mentre gridava di piacere. «Ti piace essere legata? O era per la sculacciata?» chiesi. Mi fissò con gli occhi castani chiazzati d'oro. La sua criniera selvaggia di riccioli le cadeva intorno alla testa come un'aureola, scendole sopra l'occhio destro. Era stupenda, pura femminilità incarnata in un pacchetto piccolo, sinuoso e dalla pelle scura. Non ero mai stato con una donna nera prima, ma dopo aver vissuto con ragazzi di ogni colore in prigione, il razzismo con cui ero cresciuto era scomparso da tempo dai miei pensieri.

Ma ancora più importante, non ero mai stato con una donna più bella. Mozzafiato sarebbe stato un eufemismo. Una vera dea che non poteva essere eguagliata da nessun'altra.

«O era...» aggrottai le sopracciglia, ricordando lo spettacolo di merda in cui mi trovavo. «Era la violenza, quella che hai visto là fuori? Che cosa ti ha portata a invocare il mio nome, Fiori? Cos'ha portato questa figa a bagnarsi? La morte ti eccita?»

«I-io non lo so.»

Per un momento, la mia parte razionale cercò di rientrare. Di calmare il mio bollente spirito. Di ricordami che questo non era il momento o il luogo. Ma la sua figa che si stringeva intorno alle mie dita e il rossore nelle sue guance mi riportò all'unica cosa che mi interessava: andare a fondo in questa cosa. «Hai bisogno che ti allevi il dolore quaggiù?» Smisi di muovermi, aspettando il suo consenso.

Entrambi respiravamo a fatica, i nostri volti a un centimetro di distanza. Tenne il mio sguardo e fece un piccolo cenno del capo, poco prima di attaccarmi con un altro bacio. Impazzii su di lei. Non mi ero mai comportato in modo aggressivo con una femmina prima, e questo mi fece fottutamente impazzire. Infilai di nuovo le dita dentro di lei e le strinsi il culo con l'altra mano.

Lei gemette e piagnucolò il suo piacere, contorcendosi contro di me, mentre le sue labbra ancora tiravano le mie, la lingua sferzava la mia bocca.

Le avvitai dentro un terzo dito, preparandola per quello che sarebbe venuto. Non volevo essere così crudo e sporco, ma il mio corpo si muoveva da solo. L'altra mano le accarezzò le natiche, cercando il bocciolo stretto del suo ano. Lei gridò per la sorpresa quando lo trovai, contraendosi e cadendo contro di me. La spinsi contro il muro e la scopai con le dita con la mano sinistra mentre la mia destra alternava i movimenti, le strofinava l'ano e stringeva le natiche paffute.

Le sue Converse rosa strisciavano e si muovevano sotto di lei. Non avevo nemmeno tirato fuori il cazzo, ma vivevo il suo piacere come mio. Era passato molto tempo, ma non ricordavo di aver mai avuto una ragazza in grado di venire così. Non così facilmente. Non così in fretta. Nessuna era stata così accogliente. Il misto di erotismo e tensione tra noi fece sembrare che la mia vita dipendesse dal farla venire.

Ma forse era dovuto all'adrenalina di essere quasi uccisi. Del...

Ma non ci volevo pensare ora. In questo momento, stavo guardando Hannah, la bella e giovane fioraia, volare sulla cresta del suo orgasmo.

Urlò quando la colpii forte, e le tappai la bocca con la mia, ingoiando le sue grida. Tenni il mio corpo premuto contro il suo e pompai lentamente le mie dita fino a quando il suo canale smise di mungerle.

«Cazzo, Fiori.» Tirai fuori le dita, poi fissai il suo sguardo dalle palpebre pesanti mentre me le mettevo in bocca. «Ha il sapore del paradiso.» La voce mi suonò gutturale e ruvida. «Potrei passare tutta la notte a mangiarti la figa.»

Sbatté le palpebre, gli occhi sfocati e vitrei, le guance arrossate. La ricordavo bellissima, ma era giovanissima quando me n'ero andato. Appena uscita dal liceo. Ora era cresciuta. Si era fatta il buco al naso. Le erano cresciuti i capelli in riccioli selvaggi e dorati che le arrivavano quasi al culo. Era gloriosamente bella.

Non potevo farne a meno. Avevo bisogno di averne di più. Come se avessi rischiato di morire in questo posto se non avessi inzuppato il cazzo in questo momento. «Voglio essere dentro di te» mi ritrovai a dire ad alta voce.

Era sbagliato. Sbagliatissimo. Era legata con del nastro adesivo da fiorista, porca puttana. Ma qualcosa nel modo in cui mi guardò mi fece pensare di avere una possibilità.

«Mi permetterai di piegarti su quel bancone e scoparti forte quella dolce figa?» Cristo. Ero così fottutamente depravato. Quale ragazza avrebbe detto di sì a questa cosa?

Ma incredibilmente, si bagnò le labbra e disse: «Hai un preservativo?»

Cazzo, sì che avevo un preservativo. Magari non avevo avuto l'impulso di usarne uno fino ad ora, ma sicuramente mi ero preparato per l'eventualità nel caso in cui fosse servito.

La piegai in posizione in circa due secondi. Le tirai su la gonna corta e le schiaffeggiai di nuovo le natiche più volte, poi le tirai giù le mutandine. Adoravo il rossore sul suo culo, iniziavano a vedersi le mie impronte.

Trovai il preservativo. La pistola che avevo riposto nella cintura cadde a terra quando tirai fuori il cazzo, ma la ignorai, troppo accecato dal desiderio per ragionare. In qualche modo, infilai il preservativo. Trascinai il mio cazzo attraverso i suoi succhi.

Era ancora meravigliosamente bagnata. Gloriosamente, miracolosamente bagnata.

Affondai nel suo calore e tutto il mio corpo rabbrividì di piacere. «Cazzo. È così bello.» Non ero loquace, ma mi era bastato un tocco da questa ragazza, e sgorgavo come un ruscello. Il suo viso era premuto sul banco di lavoro, i suoi gloriosi riccioli castano scuro e color miele erano sparsi in una tenda selvaggia. Glieli scostai dal viso, poi li raccolsi nel pugno dietro la sua testa. «Ti piace farti tirare i capelli?»

Emise un piccolo verso piagnucolante come «Uhn.»

Avrebbe potuto essere un no, ma la sua figa sgorgò di lubrificante fresco, quindi lo presi come un sì. Afferrai più saldamente i capelli e iniziai a spingere a tempo con i suoi sospiri di piacere. Potevo sentire ogni contrazione e spasmo della sua figa mentre mi facevo strada più a fondo nelle sue profondità.

Il suo corpo tremò come se la stessero attraversando delle correnti elettriche.

Accelerai il ritmo, spingendo più forte verso di lei ad ogni spinta.

Mi abbassai per accarezzarle i seni, impastandoli e massaggiandoli mentre continuavo a muovermi inesorabilmente dentro di lei. I suoi gemiti divennero più intensi mentre mi allungavo per accarezzarla e stuzzicarla. La sentii stringersi intorno a me, spingendomi sempre più vicino all'orlo. Mentre lei rabbrividiva e gridava di piacere, mi spinsi più in profondità che potevo.

E poi persi ogni controllo. La scopai veloce e forte. I fuochi d'artificio mi danzarono davanti agli occhi. Il mio corpo esplose nel piacere. Picchi di calore alla base della colonna vertebrale. Il mio sangue sfrigolò.

Ero morto da anni. Chi poteva immaginare che tutto ciò di cui avevo bisogno per tornare in vita fosse una bella scopata? Ed era stata la *migliore* scopata.

Non c'era nulla di paragonabile. Ogni colpo che davo dentro di lei mi faceva sobbalzare di piacere. La stavo cavalcando troppo forte, ma non riuscivo a fermarmi. I miei lombi le schiaffeggiavano il culo. I suoi polsi legati rimbalzavano sulla parte bassa della schiena.

«I fianchi» sussultò. «Fanno male.»

Oh merda. Li stavo sbattendo contro il duro bancone di legno.

Le avvolsi il braccio intorno per ammortizzare, e poi

continuai a sbatterla di brutto. Non me ne fregava un cazzo del fatto che mi stavo riempiendo il braccio di lividi. Anzi, mi stavo godendo la sensazione. Piacere e dolore si mescolavano in una sinfonia di risposte sensoriali. Il suo profumo mi salì nelle narici, insieme all'odore di rose e gigli e qualsiasi altro fiore avesse in negozio.

Sussultò mentre spingevo forte e più profondamente, sentendo la pressione dentro di lei crescere a un livello insopportabile. I suoi fianchi iniziarono a tremare in risposta, chiedendo di più. Mi allungai e feci scivolare una mano tra di noi, le mie dita trovarono il clitoride e iniziarono a strofinarlo con movimenti circolari.

Lei gemette mentre inarcava la schiena e si dimenava contro di me, il suo corpo tremava e si contorceva e si agitava.

Velocizzai le spinte aumentando la potenza mentre mi spingevo verso il baratro. Ero andato troppo oltre per aspettare che lei venisse, decisamente troppo perso per capire come farle raggiungere l'orgasmo.

Mormorai un'imprecazione e spinsi in profondità, tirandole indietro la testa e il busto contro la parte anteriore di me mentre finivo.

Le morsi l'orecchio, lo sfiorai con la lingua. «Mi dispiace di averti fatto male» mormorai contro la pelle morbida della sua mascella.

Lei piagnucolò leggermente, e una fitta di rimpianto vacillò attraverso di me.

Divertente. Avevo appena finito un ragazzo sul suo pavimento e non avevo sentito nulla. Ero stato un Terminator che faceva un lavoro.

Ora improvvisamente avevo una coscienza. E *avrei dovuto* essere dispiaciuto. Mi ero appena scopato una ragazza che avevo legato come un pollo e preso come prigioniera.

E il fatto che mi avesse chiesto se avessi un preservativo probabilmente non costituiva un consenso. Era stato piuttosto un appello affinché ci fosse una certa misura di sicurezza.

Fanculo. Che razza di stronzo *ero*?

Capitolo nove

Hannah

Oh mio Dio.

Avevo le vertigini, il corpo mi ronzava. Avevo dimenticato di avere paura mentre facevamo sesso, ma ora la consapevolezza si stava insinuando di nuovo. Ero bloccata contro il mio banco di lavoro con le mutandine abbassate e i polsi legati dietro la schiena, il cazzo di un semi-estraneo che mi allargava ancora.

Cosa diavolo stavo facendo?

Poteva non sembrare così ora, ma di solito ero cauta rispetto alle persone con cui facevo sesso. Non sapevo come avevo perso la testa in quel modo. Ma era stato così sexy. Così animalesco. Ferino. Quella cotta adolescenziale per Armando me lo aveva fatto sentire così necessario. Non ero venuta, ma ci ero andata vicinissima. Ora ero formicolante, calda e dannatamente bisognosa. E la cosa non aiutava il presentimento che mi rintoccava dentro come delle campane. Potevo essere davvero nei guai qui. Roba di vita o di morte.

Mi dispiace di averti fatto male.

Mi aggrappai a quell'unica prova per rassicurarmi sul fatto che quest'uomo non era uno psicopatico. Che non mi aveva solo violentata. Che sarei uscita viva da qui. Bussarono alla porta sul retro e Armando si tirò fuori con un'imprecazione.

Mi tirò su le mutandine e buttò il preservativo nel cestino.

Un senso di urgente tensione ritornò nei suoi movimenti mentre mi faceva girare, il suo sguardo guizzava intorno nel locale. Mi irrigidii quando tirò fuori un rotolo di nastro adesivo dal mio scaffale e ne strappò un pezzetto.

«No...» me lo schiaffò sulla bocca.

Urlai da sotto al nastro, il terrore mi attraversò all'improvviso.

Oddiooddiooddiooddio.

Cosa stava succedendo? Cosa avrebbe fatto con me? Bussarono di nuovo, e Armando mi afferrò il braccio, spingendomi verso l'armadio.

«Shh.» Mise il dito sulle mie labbra coperte dal nastro mentre mi spingeva all'indietro nello spazio buio. Cercai di urlare *no,* ma venne fuori come nient'altro che un suono ovattato. «Tranquilla, Hannah.» C'era un avvertimento nel suo tono.

La porta si chiuse.

Il panico iniziò a farsi sentire. Avevo paura del buio. Non mi piacevano gli spazi piccoli.

E sicuramente non volevo essere legata e lasciata qui a marcire.

Volevo sbattere la testa contro la porta per fare rumore, ma chiunque si fosse presentato alla porta sul retro, lui lo stava aspettando. Quindi era qualcuno che conosceva.

Il che significava che non potevo sperare in un salvataggio.

In effetti, se mi aveva nascosta qui dai suoi compagni là fuori, forse era stato per la mia sicurezza. Magari avrebbero potuto insistere per uccidermi.

Oh cazzo.

Tutto il mio corpo iniziò a tremare. Non un leggero tremore, ma un terribile brivido che mi fece battere le ginocchia, e le costole si bloccarono in una stretta dolorosa. Sentii delle voci maschili e passi che marciavano vicino all'armadio. Il suono di un corpo che veniva trascinato. Le lacrime mi scesero lungo le guance e sul nastro adesivo che avevo sulla bocca. Il respiro mi raspava violentemente dentro e fuori dal naso.

«E la fioraia?» chiese un uomo appena fuori dall'armadio. «Devo occuparmene?»

«Mi sono sbarazzato di lei» disse Armando.

«Sì?»

«Sì. Non ha visto nulla. È a posto.»

Avevo ragione. Mi stava proteggendo. Ecco perché ero nell'armadio. Perché se i suoi amici là fuori avessero saputo che avevo visto qualcosa, forse sarei dovuta morire.

Ma in fondo... come facevo a sapere che non mi avrebbe uccisa comunque? Forse voleva solo fare di me il suo cazzo di giocattolino, prima. Tenermi legata nel suo armadio per mesi e mesi per poi buttarmi in un fosso, morta.

Oh mio Dio.

Questo era un male.

«Finirò io di pulire qui. Te lo devo. Non dirlo a nessuno. Lo dirò io stesso, ok?»

«Sì, purché tu lo faccia.»

«Giuro su Cristo. Ehi, sbarazzati anche della sua pistola. Non posso portarne una.»

«Sei pazzo, cazzo? Qualcuno sta cercando di ucciderti. Hai bisogno di un'arma.»

«Posso prendermi cura di me stesso.»

Sicuramente poteva. L'avevo appena visto prendersi cura di un uomo armato senza mai sparare. In effetti, aveva volutamente svuotato il caricatore. Non pensavo affatto che avesse voluto uccidere quel ragazzo. Era stata sicuramente autodifesa.

«Lo spero sì, cazzo.»

La porta sul retro si chiuse. Aspettai, il mio tremito si intensificò mentre vagliavo le possibilità nella mente.

Cosastavasuccedendocosastavasuccedendo?

La porta dell'armadio si aprì e io sbattei le palpebre per la luce improvvisa. Il volto di Armando venne messo a fuoco.

Abbassò le sopracciglia quando mi guardò. «Ah, piccola. Pensavi che ti avrei lasciata qui dentro?»

Asciugò le lacrime sotto il mio occhio sinistro.

L'avevo pensato? Non proprio. Semplicemente non mi piaceva essere legata e stare in piedi in un armadio buio. Sentirmi impotente.

Mi trascinò in avanti, fuori dall'armadio e alzò l'angolo del nastro sul labbro superiore.

«Mi dispiace per questo.» Strappò tutto in un colpo solo.

Esplosi in un grido soffocato mentre il nastro veniva via.

«Va tutto bene?»

«No» scattai. «Lasciami andare.»

Il mio sembrò più un piagnucolio che una richiesta decisa.

«Scusa, Fiori. Non è possibile.» Mi trascinò nel mio laboratorio. «Ecco cosa succederà. Pulirò il tuo negozio e tu rimarrai dove ti ho messa e non farai rumore. Puoi farlo, o devo rimetterti nell'armadio?»

Fui tentata – davvero tentata – di dargli una ginocchiata

sulle palle. Solo che avevo appena visto di cosa era capace quest'uomo. Aveva combattuto contro un uomo armato di pistola *e* coltello, e aveva vinto. Non c'era nessuna possibilità che mi andasse bene.

Mi asciugò le lacrime sotto l'occhio destro. «Stai tranquilla, Fiori, e non avremo problemi. Va bene?»

«Non ti voglio qui.» Era una cosa stupida da dire, ma era vera. Volevo che se ne andasse. Lo volevo fuori dal mio negozio. Dalla mia vita. Dalla mia realtà.

Pensavo di essere in procinto di vomitare.

Avrei voluto che questa serata non fosse mai successa.

«Il sentimento è reciproco, Fiori.» Tirò indietro lo sgabello alla mia scrivania, che era essenzialmente nel corridoio dove poteva vedermi dalla stanza di fronte e mi ci spinse sopra.

«Mi chiamo Hannah.» Mi voltai verso di lui mentre tirava fuori una scopa e una paletta dall'armadio e si muoveva rapidamente nel negozio. «Ma tu lo sai.»

Fui un po' amareggiata dal fatto che il suo pronunciare il mio nome fosse stata la mia rovina. Se non avessi esitato quando mi aveva chiamata per nome, sarei uscita dalla porta sul retro.

«Hannah.» Mi rivolgeva le spalle. Spazzò via i vasi rotti e il terreno con movimenti rapidi e abili. «Sei tu la proprietaria ora.»

Osservai i muscoli della sua schiena incresparsi a ogni passata di scopa. Non avrei dovuto essere lusingata che sapesse delle cose su di me. E in fondo, mica sapeva qualcosa di sconvolgente. Era un fatto fondamentale che tutti nella sua organizzazione sapevano. Eppure, mi fece accelerare il polso.

«Armando.»

Il suono del suo nome gli fece alzare di scatto la testa e

portò il suo sguardo sul mio. Il mio stomaco crollò. Era mozzafiato come lo ricordavo, solo che ora era molto serio. Non c'era più traccia di un sorriso sul suo volto. Niente del fascino e della leggerezza. E gli occhi...

Comparve la compassione.

Perché i suoi occhi sembravano vecchi.

«Ti sei ricordata.»

Alzai le spalle come se non avesse mai fatto parte di centinaia delle mie fantasie più oscure. «Ti sei ricordato anche tu del mio. Dove sei stato?» La mia voce suonò roca.

Abbassò le palpebre e tornò al suo lavoro. «In prigione. Sono appena uscito.»

Mi attraversò un brivido. *Prigione.* Josie e io non avevamo pensato a questa possibilità.

«È stata la tua... prima volta da quando sei uscito?» Questo avrebbe spiegato perché era stato così animalesco quando l'avevo baciato.

All'inizio, pensai che non avrebbe risposto. Mi ignorò, scaricando il contenuto della paletta nella spazzatura. Poi borbottò: «Sì.»

Ne fui allo stesso tempo soddisfatta e distrutta. Immaginavo di voler credere che fosse così attratto da me. Insomma, si ricordava il mio nome.

Ero così stupida.

Poi mi resi conto che mi stava guardando e cercai di apparire calma. Assunsi un'espressione impassibile.

«Stai bene? Sono stato... duro.»

Oh, merda, stavo arrossendo. Sentivo il calore salirmi sul collo e diffondersi alle orecchie e alle guance.

Era stato duro. E faceva caldo. Non avevo mai saputo che mi sarebbe piaciuto farmi tirare i capelli o schiaffeggiarmi il sedere, ma era così. E ne volevo ancora di più, ero ingorda. Stavo quasi male da quanto ne avevo bisogno.

«Ti comprerei dei fiori, ma immagino che non faccia per te.» Accennò un sorriso e, stupida io, lo ricompensai ricambiandolo.

«Solo se li compri qui» dissi, il che era stupido perché non avrei davvero voluto che un ragazzo comprasse dei fiori da me per poi regalarmeli. L'avevo detto solo perché avevo così tanto bisogno di soldi che mi sarei offesa se avesse fatto acquisti da qualche altra parte.

E perché diavolo stavo pensando questa cosa? Ero tenuta prigioniera nel mio stesso negozio. *Da un assassino.*

Non era il momento di rose e romanticismo.

Quindi mi lanciai. «Cos'è successo alla tua fidanzata?»

Fece una smorfia, la sua espressione divenne più dura. «Troppe domande, Fiori.»

Sistemai i pezzi del puzzle nella mia mente. «Non ti ha aspettato» risposi per lui.

Raddrizzò il tavolo rovesciato e vi sistemò sopra le piante rimanenti.

«Mi dispiace.» Mi scappò prima che potessi rimangiarmi la mia offerta di compassione.

Ignorò la mia compassione, passandomi accanto per riempire il secchio nel mio grande lavandino. Sentii l'odore della candeggina. Beh, almeno stava pulendo il suo casino. Avrebbe potuto ordinare a me di farlo.

Torsi le mani dietro la schiena. «Queste mi stanno facendo male.»

«E tu stai ferma.»

«Grazie. Ottimo suggerimento. Non ci avevo pensato.»

Mi lanciò un'occhiata mentre versava una generosa dose di candeggina nell'acqua. «Sei legata perché mi hai dato problemi. Magari rivedi il tuo atteggiamento se vuoi che ti tolga il guinzaglio.»

«Guinzaglio?»

Spinse il secchio nel negozio. C'era un po' di sangue in terra, ma non molto, per fortuna. Strofinò l'intero pavimento.

«Perché non hai usato la pistola? Troppo rumorosa?»

Scosse la testa. «Stai zitta, Fiori.»

«Non lo volevi morto.»

Armando emise un verso mentre puliva il corridoio, poi mi passò accanto e versò l'acqua sporca nel lavandino. «Stanne fuori. Non hai visto niente. Se qualcuno lo chiede, c'è stata una colluttazione, ma siamo usciti entrambi per finire le cose fuori. Hai chiuso a chiave il locale e te ne sei andata prima.»

Lo sgabello su cui ero seduta girava, e usai i piedi per girarci sopra come una bambina. «Senza offesa, ma quella storia non reggerebbe a un interrogatorio.»

Armando mi si avvicinò.

La parte di me abbastanza audace da rispondere si accasciò, soprattutto quando ricordai che quest'uomo era un brutale assassino.

Si fermò quando mi raggiunse, nella sua espressione lampeggiava indecisione. Forse vide la paura sul mio viso. Mi raggiunse e io sussultai. Rallentò il suo tocco. Mi infilò le dita tra i capelli ai lati della testa, poi li arrotolò per tirarli stretti.

«Ascolta. Hannah. Preferirei non dire le cose di merda che dovrei dire in questo momento. Non a te.»

Mi si agitò lo stomaco mentre cercavo di decodificare il significato delle sue parole. Continuavo a soffermarmi sul *non a te*.

Come se pensasse che *io* fossi qualcosa di speciale. Ma forse stavo cercando troppo un significato, così da non rimpiangere quello che gli avevo appena permesso di farmi.

Come se volessi credere che quel folle sesso violento avesse significato qualcosa per lui.

Sapevo di sentirlo ancora dappertutto. E se avessi smesso di cercare un significato o di chiedermi se mi fossi appena degradata, avrei potuto credere che ne fosse valsa la pena sperimentare un uomo come Armando. Ero abbastanza sicura che mi avesse appena rovinato l'idea del sesso tradizionale. Di uomini più gentili e carini. Avrei dovuto sapere che c'era una ragione per cui quegli stronzi della mafia mi avevano sempre affascinato. Preferivo un maschio alfa. Ero sicura che fosse una debolezza puramente biologica che molte donne condividevano con me.

Cercai di deglutire il bolo invisibile che mi soffocava.

«Non dirò a nessuno quello che ho visto» riuscii a dire. La mia voce suonò tesa.

«Brava. Allora non avremo problemi.»

Oh, avremo ancora problemi. Individualmente e insieme.

Mi feci coraggio perché fare richieste non era il mio forte, soprattutto non in una situazione folle come questa. Alzai il mento. «Ma pagherai i danni qui.» Non distolsi lo sguardo dal suo viso mentre agitavo la mano nella direzione in cui i vasi erano stati rotti.

«Sì. Ovviamente.»

Accidenti. Era stato più facile del previsto.

Mi sedetti in avanti sullo sgabello, più che potevo con la sua presa sui miei capelli che mi teneva immobile. Ebbe l'unico effetto di spingere in fuori le mie tette. Il suo sguardo cadde sulla mia scollatura e la fame si insinuò nella sua espressione.

Mi leccai le labbra e il suo sguardo si spostò sulla mia bocca. «M-mi lascerai andare?»

La fame svanì, sostituita da quella maschera indurita che sfoggiava. «Vedremo, Fiori.»

Mi lasciò i capelli e si voltò.

Un brivido mi si insinuò sulla pelle.

Tutti gli orribili dubbi mi si affollarono in testa, interrompendo il pensiero razionale.

Mi alzai in piedi. Si girò, mettendo la mano attorno alla mia gola in pochi secondi, non stringendomi, ma guidandomi verso il mio posto. La voce gli uscì piatta quando scosse la testa e disse: «Non ho detto che potevi muoverti.»

E fu quella durezza fredda più di ogni altra cosa che mi fece uscire di testa.

Dovette vedere il panico nella mia espressione perché mi mise un dito sulle labbra con leggerezza, trascinandolo verso il basso. «Shh. Calmati. Fai quello che dico, non ti farai male. *Capito?*»

Lo fissai e annuii velocemente.

«Brava.»

Capitolo dieci

rmando

Fanculo.

Non sapevo cosa ne avrei fatto della ragazza. Non potevo tenerla legata per sempre.

Era la testimone di un omicidio, ma io non facevo del male agli innocenti.

Quel tizio che avevo ucciso oggi? Era un professionista. Non bravo, ma sicuramente un tizio che era stato pagato per il colpo. Probabilmente inviato dagli Hermanos.

Cazzo.

Ero andato dritto dalla mia confessione all'inferno. Don Pachino mi aveva detto di tenermi pulito. Divertente, cazzo. Finii di ripulire il negozio, cercando di cancellare ogni traccia della colluttazione. Le dovevo un paio di vasi, ma il danno non era troppo grave. Per fortuna non c'era molto sangue.

Marco era stato un mago nell'occuparsi del corpo. Era l'unico che mi fidavo di chiamare. C'erano i soldati. Avevo la mia squadra e avrei potuto chiamare uno di loro, ma qualcosa mi aveva detto di non farlo.

Mi misi di fronte ad Hannah e le feci scivolare il palmo intorno al braccio per metterla in piedi. Lei mi fissò.

«Dove sono le chiavi di quel furgone sul retro?»

Spalancò gli occhi. «Perché? Non puoi metterci dentro un corpo...»

«Non c'è nessun corpo» la interruppi. «Ma dobbiamo andarcene... adesso. E non ho una macchina.»

Non avevo nemmeno la patente, ma questo era l'ultimo dei miei problemi. Probabilmente avrei dovuto tenere anche quella pistola. A questo punto, ero invischiato in un omicidio e un rapimento. I cinque anni per possesso di un'arma da fuoco erano niente in confronto.

«È una merda. Non lo uso mai perché la metà delle volte si ferma.»

Fanculo.

«Correrò il rischio. *Dove sono le dannate chiavi?*»

«Nella mia borsa... *Gesù.*» Alzò il mento verso la borsa nascosta sotto il bancone.

Mi piaceva che si fosse offesa per i miei modi e mi rispondesse a tono. Significava che non era spaventata a morte. Credeva ancora che avrei dovuto trattarla meglio, il che, ovviamente, era vero. Ero solo fuori allenamento con le buone maniere, cazzo.

Frugai nella borsa e trovai le chiavi, poi controllai la sua patente per trovare un indirizzo. «Vivi da sola?»

Impallidì. «P-perché?»

«Perché qualcuno sta cercando di uccidermi. Non credo che dovrei portarti a casa mia. Il tuo appartamento è bello?»

Un'espressione di sollievo le calò sul viso e mi fece un cenno tremante. «Sì. Vivo da sola. Insomma, è piccolo.»

«Ok, sono appena uscito da una cella di due metri per tre. Penso che vada bene.»

Mi faceva uscire più parole di quante ne avessi risparmiate per chiunque altro da quando ero uscito, compresi mia madre e Don Pachino. La spinsi verso la porta, ma lei esitò, voltandosi a guardare la cassa.

Provai a interpretare la sua resistenza. «Non lasci contanti nella cassa di notte?»

«Devo effettuare un deposito... stasera. O il tuo capo non riceverà i suoi soldi quando incasserà il mio assegno. Le lacrime le riempirono gli occhi, e la cosa mi provocò qualcosa di strano al petto.

Non avevo più sentito niente da quando mi avevano rinchiuso.

Nada.

Nessun cuore che mi batteva nel fottuto petto.

Ma ora l'empatia era sbocciata improvvisamente.

Non sapevo perché. Immaginavo di essere rimasto sorpreso di quanto poco si fosse preoccupata per il modo in cui la trattavo, ma qui stava piangendo per i soldi.

Doveva essere in gravi difficoltà finanziarie.

Forse l'acquisto dell'attività era stata una mossa di merda per lei.

La riportai alla cassa e cercai tra le chiavi finché non trovai quella piccola adatta. Non c'erano molti soldi. Forse meno di trecento dollari.

«C'è una busta in quel cassetto.» Lo indicò con il mento.

Trovai la busta e ci infilai dentro i soldi. «Così?»

Le lacrime riapparvero e lei annuì.

Senza dubbio problemi di soldi.

Beh, se avesse mantenuto il mio segreto, sarei stato in debito con lei. Infilai la mano in tasca. «Di quanto sei sotto?»

«Che cosa?» Mi scrutò il viso sorpresa. «Oh, ehm, almeno un centinaio, forse di più.»

Presi i soldi che il don mi aveva procurato quando avevo rinnovato il mio giuramento a lui e alla Compagnia, o come piaceva chiamarla al don, *Cosa Nostra*. Ne infilai altri seicento nel suo borsellino. «Questo copre il debito?»

Sgranò gli occhi e annuì, con respiro irregolare.

«Bene. Ecco cosa succederà. Comportati bene, ma davvero bene, e io ti slego e ti lascio salire davanti sul sedile del passeggero. Effettueremo il tuo deposito.» Le diedi una pacca sul culo con il borsellino. «Poi andremo a casa tua. *Capito?*»

Lei annuì rapidamente. «Sarò buona. Promesso.»

Quando si leccò le labbra, fui sopraffatto dall'improvviso bisogno di reclamare di nuovo quella bocca. Perché non avevo mai baciato una ragazza come avevo appena baciato lei. Così pieno di passione, calore e bisogno disperato e crudo. Ne volevo un altro assaggio.

E poi volevo vedere quelle labbra tese intorno al mio cazzo. Impegnate sulla mia lunghezza con la stessa ricettività che mi aveva mostrato prima chinata sul banco da lavoro. Volevo vedere il piacere nei suoi occhi quando la facevo venire, sentire il suo corpo tremare e fremere di un piacere che solo io potevo darle. Mi avvicinai a lei, le mani mi scivolarono lungo le sue braccia mentre premevo i fianchi contro i suoi, senza lasciare spazio a dubbi su cosa volevo o dove lo volevo.

Potevo giurarlo su Cristo, doveva essere in grado di leggermi nei pensieri perché quando guardai in basso, vidi i suoi capezzoli che sporgevano sotto gli strati di abiti.

E persi la testa perché tutto quello che riuscii a pensare fu che forse avrei dovuto scoparmela di nuovo prima di partire.

Invece, la trascinai verso il retro e fuori dalla porta, nel vicolo dove io e Marco avevamo caricato il corpo nel baule quarantacinque minuti prima. Mi fermai davanti alla porta sul retro e usai i denti di una delle sue chiavi per strapparle il nastro dai polsi.

Prima di liberarla, le avvolsi la mano tra i capelli e le tirai indietro la testa. «Non farmene pentire, Hannah.» Il mio corpo era proprio contro il suo. Il suo petto si alzava e si abbassava rapidamente, attirando il mio sguardo sulla deliziosa scollatura. Le tracciai con il pollice la linea della mascella.

«Non lo farò. Sarò buona. Promesso.»

«Brava ragazza.» La rilasciai gradualmente, non volendo separare il mio corpo dal suo. Non ero sicuro di potermi fidare di lei fuori da questo negozio. Avrebbe potuto urlare. Oppure scappare. Oppure prendere il suo telefono.

Ma pensai che lo avrei scoperto in corsa. Se si fosse comportata male, me ne sarei occupato. E poi avrei saputo che non potevo fidarmi di lei.

Il che avrebbe significato... cazzo, non volevo pensare a cosa avrebbe significato, perché non ero il tipo che faceva del male alle donne. E sicuramente non facevo del male agli innocenti.

E lei era entrambe le cose.

Capitolo undici

Armando

Aprii la porta sul retro e la spinsi fuori, poi la richiusi dietro di noi e provai la serratura. «Dimostrami che mi posso fidare.» Le diedi di nuovo uno schiaffo sul culo.

Di solito non ero il tipo da schiaffi. Almeno, non lo ero prima della prigione. Certo, avevo sculacciato una o due volte la mia fidanzata durante il sesso, ma Hannah era tutta un'altra storia.

Il suo culo era succoso. Rotondo, paffuto. Sodo. Non volevo solo piegarla e scoparla di nuovo, volevo sculacciare le sue natiche brune fino a farle arrossare e possedere quel culo con il mio cazzo.

Gesù, cazzo.

Ero un animale selvatico.

Una bestia selvaggia in calore.

E Hannah era la mia preda.

Volevo buttarla nel retro del furgone e fare un altro tentativo con quel suo corpo lussureggiante proprio qui, proprio ora.

Avrei quasi voluto che mi desse una ragione per continuare a maltrattarla, ma si stava comportando bene, avanzando impettita verso il lato passeggero del furgone, un Dodge Ram degli anni '70, coperto di ruggine, con una decalcomania floreale sul lato, e aspettando che lo aprissi. La vernice del vecchio furgone si stava scrostando e scheggiando, la ruggine consumava i bordi. La scritta *fioraio Giardino dell'Eden* sul lato era piena di bolle, sbucciata, sbiadita e screpolata, e dietro lasciava intravedere della vernice gialla.

«Questo catorcio funziona anche?» dissi ad alta voce mentre le aprivo la portiera. Non intendevo farla vergognare, ma Gesù, questo barattolo di latta era un dinosauro che aveva davvero visto la fine.

«Sei almeno autorizzato a guidare?» ribatté lei mentre saliva.

«No.» Sbattei lo sportello e feci il giro, tenendola d'occhio attraverso i finestrini. Si sedette e incrociò le mani in grembo, perfettamente educata.

Quasi troppo perfettamente. O era più preoccupata di portare questi soldi in banca che della sua sicurezza con me, o stava progettando qualcosa.

Speravo fosse la prima.

Salii e avviai il furgone. Errore: provai ad avviare il furgone. Ci vollero un paio di tentativi prima che prendesse vita. Non sapevo come cazzo facesse a fare le consegne di fiori con un furgone che aveva bisogno di una ristrutturazione. Il che, immaginavo, spiegava i suoi problemi di soldi.

Il furgone odorava di lillà e benzina, e c'era una grossa crepa nel parabrezza. Anche se ora il motore era in funzione, non ronzava esattamente come una macchina ben oliata. Sarebbe stato un miracolo anche solo riuscire a uscire da questo vicolo.

Guardai le sue mani in grembo. I polsi portavano ancora il segno del nastro adesivo con cui li avevo legati, e c'era un graffio rosso irritato lungo il braccio.

Cazzo!

La mia mano scattò per afferrarle il polso prima che potessi reprimere la mia aggressività.

Ero incazzato con me stesso per averla ferita. Non sapevo nemmeno quando era successo. Il mio corpo entrò in un circolo di rabbia, come se la stessi difendendo da me stesso. L'aggressività però era diversa da come era stata laggiù con il sicario. Non era così pulita e clinica. C'era emozione questa volta.

Lei ansimò e cercò di allontanarsi. Mi costrinsi ad allentare la presa perché la stavo spaventando a morte. «Te l'ho fatto io questo?» Riuscii a soffocare un grido, facendo scorrere il pollice sulla lunga e spessa linea rossa.

Mi guardò come se avessi perso la testa.

Forse era così.

«Che cosa? Il graffio?» Le sfuggì una risatina nervosa. «No. Me l'ha fatto il mio gattino ieri sera. È caduto nella vasca mentre ero dentro. A quanto pare i gatti possono volare.»

Un'altra risatina nervosa.

Gattino.

Gattino. Ci volle un momento prima che persino riuscissi ad elaborare la parola. Simpatico esserino peloso con artigli. Giusto. Il suo gatto l'aveva graffiata.

Non io.

Allentai la presa e mi sedetti al mio posto, costringendomi a espirare. Avrei voluto chiederle se le avevo fatto del male, ma sapevo già di averlo fatto. La pelle intorno ai polsi e i lividi sui fianchi. Speravo niente di peggio. Niente di profondo e psicologico che l'avrebbe perseguitata per il resto della sua vita.

Sì, come no. Entra un tizio, uccide un uomo davanti a lei, poi la lega e se la scopa. Era decisamente segnata per la vita.

«Anche le mie cosce sono tutte graffiate.»

I miei occhi caddero sull'orlo della gonna corta. Cazzo se non volevo vedere quei graffi con i miei occhi adesso.

Riportai lo sguardo al parabrezza. Dovevo concentrarmi. Avevo immerso il cazzo in una ragazza una volta, e all'improvviso tutto in me era andato in tilt.

Hannah aveva una specie di figa magica o qualcosa del genere. Come se così non sembrasse folle.

«Quale banca?» chiesi rudemente. «Meglio che abbiano un drive-thru.»

«Chicago City Bank, sulla Lincoln. Ehm... spero di sì.» Sembrò dubbiosa come se sapesse che non c'era, ma semplicemente non me lo volesse dire.

«Ce l'hanno o no, Fiori?» chiesi.

Allungò una mano e mi toccò l'avambraccio. «Ti prego. *Devo* fare questo deposito.

Ero così fottuto che stavo persino valutando la cosa. Era mio ostaggio finché non capivo cosa diavolo avevo intenzione di fare con lei, e me ne andavo in giro a fare le sue commissioni?

Per darle almeno una dozzina di opportunità di chiedere aiuto o scappare?

D'altra parte, il piano vago nella parte posteriore della mia testa era di temporeggiare finché non avessi avuto un'idea su di lei. Scoprire se avrebbe urlato o no. Ignorare i suoi bisogni non mi avrebbe aiutato a guadagnare fiducia. E dal momento che sembravo riluttante a fare il tipo di minacce che l'avrebbero tenuta tranquilla per paura, probabilmente avrei dovuto fidarmi, se non avevo intenzione di sbarazzarmi di lei.

E sicuramente non ce l'avevo.

Digrignai i molari, cercando di prendere una decisione. Fermarsi in banca era davvero, davvero una cattiva idea. Non potevo mandarla da sola. Non potevo lasciarla nel furgone a meno che non la legassi sul retro, e farlo in pubblico sarebbe stato rischioso.

«Ti prego.»

Alzai lo sguardo e imprecai. «Se provi a fare qualsiasi cosa, Fiori, te ne farò pentire.»

Questa era la massima minaccia che riuscivo a farle.

Avrei fatto del male a una donna? In nessun modo, cazzo. Potevamo essere criminali, ma i mafiosi giuravano di rispettare le donne e gli anziani. Mi sarei quasi dato un pugno in faccia quando avevo pensato di averle graffiato il braccio.

Questo non significava che non le avrei colpito il culo e non l'avrei legata. Che non le avrei mostrato chi comandava.

«Non lo farò.»

Ringhiai ma trovai un posto dove parcheggiare vicino alla banca. «Non aprire la tua fottuta portiera finché non arrivo.» La guardai male.

Lei impallidì leggermente. «Calma Armando. Non proverò a fare nulla. Devo solo depositare questi soldi.» Prese la busta con i soldi che avevo sistemato tra i nostri posti e la sventolò. La mano le tremava come una pazza e mi sentii in colpa per averla spaventata, ma non mi scusai. Le diedi solo un'occhiataccia mentre chiudevo la portiera e mi spostavo dal suo lato.

Aspettò finché non la aprii, come le avevo ordinato.

«Brava ragazza.» Le offrii una mano per aiutarla.

Si strinse la busta al petto. «Posso avere la mia borsa? Nel caso abbiano bisogno di un documento?»

Le avevo già preso il telefono, ma continuava a non piacermi. Presi la borsa ed estrassi la carta d'identità. dal suo portafoglio. «Andiamo.» Le presi la mano ma la piegai dietro la schiena, come se fosse in arresto. Era un gesto simbolico: l'altra sua mano era libera, ma avrebbe capito cosa intendevo.

Cominciai a sudare nel momento in cui entrammo in banca. L'aria era densa dell'odore di legno lucidato, antisettico e odore corporeo. C'erano persone ovunque. C'era una guardia di sicurezza vicino alla porta con una pistola. Era un tizio grosso e goffo, con i baffi e un'uniforme che non gli stava bene. Gli occhi che guardavano da dietro gli occhiali erano stanchi e annoiati.

Tutto ciò che Hannah doveva fare era gridare aiuto ed era finita.

«Armando» mormorò Hannah. Mi piaceva quando diceva il mio nome. Mi piaceva che si fosse ricordata di me. Intrecciò la sua mano nella mia e mi resi conto che la stavo stringendo troppo forte.

Allentai leggermente la presa e tirai via la sua mano da dietro la schiena per lasciarla oscillare tra di noi. Ci avvicinammo alla cassiera e, potevo giurarlo su Dio, il mio cuore batteva così forte che pensavo che il cassiere lo avrebbe sentito. Probabilmente avrebbe pensato che stessi cercando di rapinare la banca e avrebbe suonato l'allarme silenzioso.

Hannah compilò rapidamente una distinta di deposito e spinse i contanti attraverso il bancone.

«Hai avuto un addebito di scoperto oggi» la informò la cassiera.

Hannah si irrigidì. «Davvero? Pensavo di avere tempo fino alla fine della giornata per effettuare il deposito.»

La cassiera guardò il suo schermo. «No, è istantaneo. L'assegno è arrivato verso le due del pomeriggio.»

Ok, quindi non mi stava prendendo in giro. Aveva davvero problemi con i soldi. Toccai la pila di contanti con la distinta di versamento. «Questi lo copriranno?»

La cassiera contò i soldi e digitò nel suo computer. «L'addebito per scoperto era di trentacinque dollari, quindi te ne mancano ventidue.»

Infilai la mano in tasca per tirare fuori altri cinquecento dollari. «Metta anche quelli sul conto.»

Lei annuì, contò e digitò ancora. «È tutto?»

Strinsi di nuovo le dita intorno alla mano di Hannah. «Sì.» Cominciai a trascinarla via quando la cassiera mi richiamò.

«Aspettate.»

Mi bloccai, sentii la tensione corrermi tra le scapole.

«Ecco la ricevuta.»

Gesù, volevo solo andarmene da questo posto. Ma mi voltai e afferrai la ricevuta, poi trascinai con me la mia piccola prigioniera.

«Eri sotto di molto» dissi mentre uscivamo dall'edificio. Ancora una volta, non stavo cercando di farla vergognare, mi stavo solo chiedendo quale cazzo fosse il suo piano

Si irrigidì, sistemandosi i riccioli dietro l'orecchio sinistro. «Meglio essere in rosso con la banca che in debito con il don, giusto?»

«Sì, sono d'accordo. Sei in ritardo con l'affitto?»

Non sapevo perché fossi preoccupato per lei adesso, ma lo ero. Se doveva dei soldi a Don Pachino e non lo pagava, lui avrebbe divorato i suoi affari in un batter d'occhio Quel negozio di fiori sarebbe diventato una macchina per il riciclaggio di denaro. Ogni furgone per le consegne sarebbe stato guidato da un soldato in affari con la famiglia con la scusa delle consegne dei fiori. In realtà era un quadro così perfetto, che ero sorpreso non fosse già in atto.

Scosse la testa, facendo ondeggiare i suoi riccioli dalle punte dorate come una cascata, ma c'era ancora un oceano di preoccupazione sulle sue spalle. Avevo capito. Aveva pagato l'affitto oggi, ma era ancora preoccupata per domani e per il giorno dopo e per quello dopo ancora.

La ricaricai sul furgone. Considerando come era andata di merda oggi, ero un po' sorpreso che questa tappa fosse andata bene.

Guidai fino al suo quartiere, che non era molto lontano dal suo negozio a Little Italy. Il parcheggio era un casino, quindi girai in circolo una mezza dozzina di volte. Non volevo parcheggiare troppo lontano da casa sua, perché le avrebbe dato più possibilità di gridare aiuto o scappare o... qualsiasi altra cosa.

La cosa stupida era che sapevo esattamente come fermare qualsiasi accenno a quel comportamento. Sapevo come fare delle minacce. Avevo perfezionato un approccio meschino e crudele.

Avrei facilmente potuto farla pisciare addosso dalla paura senza mai metterle una mano addosso.

Ma non riuscivo a farlo. Anche se avrebbe reso le cose più semplici.

Reso più chiaro il mio lavoro a casa sua. Tutto quello che avrei dovuto fare era consolidare la minaccia. Insinuarle dentro una paura del diavolo. E poi fare controlli periodici per assicurarmi che fosse ancora spaventata.

L'intimidazione era un gioco facile, davvero.

Ma non era in programma stasera.

Non sapevo che cazzo avrei fatto con lei, ma tutto in me si ribellava al pensiero di far crescere ancora di più la paura che aveva di me. E onestamente? Era un tipo duro perché finora l'unica cosa che l'aveva distrutta erano stati l'armadio e il rischio di non riuscire a fare il deposito.

Quindi si fidava di me nonostante tutto, o si fidava di essere in grado di gestirmi.

Non mi dispiaceva nessuno dei due scenari.

Incrociammo un vigile che faceva multe. Hannah alzò la testa di scatto.

Mi irrigidii, mi passarono per la testa un milione di brutti scenari, il principale prevedeva che lei cercasse di aprire la portiera e saltasse fuori. Ma lei mi guardò subito. Niente di furtivo al riguardo. Non era come se stesse nascondendo ciò che aveva appena visto. Era più come se si stesse ponendo il dubbio: *io avevo visto* quel poliziotto?

Alzai un sopracciglio. Davvero non capivo questa ragazza.

«Cosa succede se vieni fermato?»

Il mio cervello si affannò per capire. Lei era reale?

«Sei preoccupata per me?»

Alzò le spalle. «Non hai la patente.»

Frenai quando vidi qualcuno che stava uscendo e misi la freccia dietro di lui. Mentre aspettavamo, la guardai dall'alto in basso, cercando di entrare nella sua testa. «Hai paura di me, Fiori?»

Avrei dovuto volere che rispondesse sì. Avrebbe significato che avevo fatto quello che dovevo per tenerla tranquilla. Assicurarmi che non parlasse. Ma per una qualche stupida ragione, adoravo il fatto che non fosse poi così spaventata. Perché le piacevo.

Spalancò leggermente gli occhi, come se le avessi appena ricordato che avrebbe dovuto esserlo. «Sì.» Sembrava senza fiato.

«Non abbastanza da farmi arrestare.»

Stava ancora trattenendo il respiro quando scosse leggermente la testa.

Eh. Non sapevo cosa avessi fatto per conquistare la sua fedeltà, ma mi piaceva.

Parcheggiai e spalancai la portiera, camminando rapidamente nel caso decidesse di scappare.

Non lo fece. Saltò fuori e si tirò giù la gonna corta, che le scivolò stretta sopra quelle cosce formose. Il suo groviglio di riccioli cadde su un occhio mentre mi contemplava.

Tesi la mano come se fossimo a un appuntamento e lei mi avesse invitato a entrare invece di qualunque cosa diavolo stessi facendo con lei.

«Ne ho abbastanza di tenerti per mano.» Mi passò accanto senza prenderla.

Qualcosa di estraneo e vivace si agitò dentro di me. Qualcosa che non provavo da anni. Che cos'era?

Divertimento.

Questa ragazza mi divertiva.

Le mie labbra cercarono di incurvarsi, ma non ricordavano come fare.

Ignorai l'impulso e la seguii.

Capitolo dodici

annah

H Salimmo le scale fino al mio appartamento e cercai di ricordare se stamattina avevo ripulito la lettiera di Shadow. La mia casa era minuscola e poteva facilmente iniziare a puzzare.

Ma era stupido: ero davvero preoccupata per quello che pensava?

Non era mica un ragazzo che avevo invitato a guardare Netflix e rilassarci. Era un mafioso che oggi aveva ucciso un tizio nel mio negozio. Aveva preso in ostaggio me, il mio furgone e il mio appartamento, e non avevo assolutamente idea di come sarebbe finita questa cosa.

L'unica cosa che mi tratteneva dal dare di matto era la sua evidente attrazione per me. Anche adesso, salendo le scale, sentivo il suo sguardo sul mio sedere.

Mi girai per verificare. Sì.

«Ti piace quello che vedi?» dissi seccamente.

«Oh, Fiori» disse. «*Mi piace molto* il tuo culo.»

Mi voltai prima che potesse vedere la soddisfazione sul mio volto. Questo ragazzo non stava con una donna da anni, e io ero la sua prima scopata, quindi, ovviamente, doveva pensare che fossi solo quello. Ma anche così, la sua vigorosa reazione al mio bacio al negozio mi aveva cambiata per sempre. Non avrei mai più voluto stare con un ragazzo che non rispondesse allo stesso modo.

Certo, di solito ricevevo attenzioni. Sì. Ne ricevo in abbondanza. Uomini dappertutto. Ma non durava mai perché ero io l'idiota che si affezionava sempre troppo in fretta. Ero una spugna emotiva ed entravo nei loro mondi. Sentivo le loro emozioni al posto loro. Cercavo di risolvere i loro problemi. Dimenticavo i miei. E poi all'improvviso, ero completamente coinvolta e loro se ne andavano. Puntali come orologi.

Seriamente, ero uscita con troppi ragazzini. Donnaioli immaturi che erano più interessati a sé stessi che a qualsiasi altra cosa.

Armando era...

Era estremamente capace. E molto pericoloso, sì. Ero sicura che in qualche modo contorto facesse parte dell'attrazione che provavo.

E ricordavo che una volta era affascinante.

Ora era come se fosse danneggiato.

Era stato in prigione, aveva appena ucciso un tizio davanti a me e poi mi aveva legata e scopata subito dopo. Probabilmente era molto danneggiato.

Ero una pazza a sentirmi così eccitata a causa sua. Cosa c'era in un cattivo ragazzo che faceva pensare a una donna di poterlo redimere? Era una causa persa, ne ero sicura. Poteva anche essere più sexy e più capace dei soliti ragazzi con cui uscivo, ma lo schema di volerli salvare era sempre lo stesso.

Qualche istinto segreto in me voleva guarirlo.

Pensavo che fosse questo che mi aveva spinta a consegnarmi a lui. A farmi baciare. A offrirgli il mio corpo per placare il suo bisogno disperato.

Lo aspettai sulla porta perché Armando aveva la mia borsetta. Tirò fuori le mie chiavi e me le porse. Quando le dita mi tremarono cercando di infilare quella giusta nella serratura, lui prese il sopravvento, aprendo la porta e facendomi entrare posandomi una mano sulla schiena.

Il mio appartamento era solo un monolocale con un bagno. Fortunatamente, non c'era odore.

La porta d'ingresso era dipinta con i colori di un calabrone, il padrone di casa si sarebbe davvero incazzato se avesse scoperto che l'avevo dipinta. Ma avevo bisogno di colore in tutto il mio grigiore.

All'interno, il mio appartamento era semplice e piccolo. L'unica stanza era arredata con un piccolo divano viola per due, un tavolino con sopra un arazzo colorato e un televisore che avevo comprato in un negozio dell'usato per trenta dollari. L'angolo cottura aveva quattro armadietti e un piccolo frigorifero. Ero abbastanza fortunata che questa unità avesse anche una stufa a due fuochi a differenza di quelle di alcuni dei miei vicini. C'era appena abbastanza spazio per un tavolino e due sedie, ma ero comunque riuscita a stiparli nello spazio.

Il mio letto era contro la parete più lontana per darmi più spazio possibile. I cuscini erano dei colori dell'arcobaleno ed erano abbinati a una trapunta blu brillante per farla sembrare come un'area lounge piuttosto che quello che era: un letto stipato in una stanzetta con un divano.

Delle lucine si estendevano da un lato all'altro della stanza, proiettando una calda tonalità nello spazio. Poteva non essere molto per la maggior parte delle persone, ma era mio e mi sentivo a mio agio lì dentro.

Il gattino miagolò dal letto, alzandosi e inarcando la

schiena in un movimento tremante. «Ciao Shadow.» Corse verso di me su minuscole zampette e si attorcigliò intorno alle mie caviglie.

Osservai Armando mentre si muoveva nel mio spazio, incerta su come leggere la sua espressione.

Gli occhi di solito tradivano i sentimenti che si nascondevano dietro le maschere delle persone, ma quando guardavo negli occhi di Armando, tutto ciò che vedevo era un vuoto. Il suo intero essere sembrava aver costruito tra di noi un muro che non riuscivo a penetrare. Una sensazione di disagio e di non familiarità mi percorse la schiena mentre cercavo di connettermi con lui.

Tuttavia, c'era qualcosa di stranamente confortante nella sua presenza che mi faceva sentire al sicuro. Ironico considerando...

«Allora cosa succede adesso?» chiesi, fingendo di non aver paura dell'uomo imponente accanto a me.

Armando si strofinò il viso. «Ora?»

Ero abbastanza sicura che non lo sapesse. Non esisteva una sceneggiatura per questo scenario «Ho ucciso un tizio nel tuo negozio di fiori.»

«Ora ti terrò d'occhio finché non sarò sicuro che sei a posto.»

«Sto bene» lo rassicurai subito. Immaginavo di aver aspettato che me lo chiedesse. O di averlo preteso o... qualcosa del genere. Avevo già deciso, se non l'avessi fatto fin dall'inizio, che non lo avrei denunciato. «Non dirò a nessuno quello che ho visto. Non dirò una parola, lo prometto.»

Annuì. «Bene.»

«Quindi... siamo a posto. Giusto?»

«Non ancora.»

Sospirai. «Allora cos'hai intenzione di fare?»

Si appoggiò alla porta e scrutò il mio appartamento. Quando il suo sguardo danzò sul letto nell'angolo, le sue palpebre si abbassarono, ma scosse la testa e tirò fuori il telefono. «Prima devo fare una telefonata. Poi ci ordinerò del cibo. Cosa ti piace?»

Alzai le spalle. Non mi dispiaceva l'idea di un pasto gratis, considerando che nella mia cucina non c'erano altro che un paio di lattine di acqua seltzer aromatizzata e un sacchetto di patatine. «Qualsiasi cosa.»

Inarcò un sopracciglio. «Mangi i calzoni? Conosco un posto fantastico.»

«Suona bene. Prenderò qualunque cosa prenda tu.»

Compose un numero e sentii una conversazione breve e secca. Principalmente sì e grazie. Mi diressi in bagno. Mentre ero lì, lo sentii ordinare due calzoni, un'insalata e una bottiglia di vino, snocciolando il mio indirizzo, che a quanto pareva aveva già memorizzato.

Sfruttai l'opportunità in bagno per pulire rapidamente la lettiera del gattino, anche se non afferravo il motivo per cui mi stavo impegnando così tanto.

Questo non è un appuntamento.

Mi precipitai fuori dal bagno con il sacco della spazzatura legato con la cacca di gatto dentro e andai a sbattere contro il grosso petto di Armando.

Mi afferrò i polsi, poi arricciai il naso e allontanò dai nostri corpi quello con il sacco della spazzatura. «Vuoi che sia un appuntamento?»

Che cosa?

Oh merda, l'avevo mormorato ad alta voce? Pensavo fosse al telefono!

Mi sottrassi alla sua presa, praticamente correndo verso la porta.

Mi prese per la vita appena prima che arrivassi. «Dove stai andando?»

Alzai il sacchetto. «Al cassonetto. Non lo lascerò qui.» dissi con un tono da *Indovina?*

Non mi lasciò. Invece, mi tenne ancora più stretta, avvicinò la bocca all'orecchio.

«Fai pure la sfacciata, Fiori. Mi piacerebbe sculacciare di nuovo quel culo.»

Mi si piegarono le ginocchia.

Dannazione. Non era degno di svenimento, ma per qualche motivo il mio corpo pensava che lo fosse. La mia figa si era serrata quando l'aveva detto, e ora tutto quello che sentivo era un pulsare caldo e lento. Il lamento lancinante di quell'orgasmo mancato. Forse sarebbe valsa la pena di provare ancora una volta con lui, solo per finire, solo per sentire se tutto questo calore era all'altezza del suo clamore.

«*Potacelo tu,* allora.» Sì... ero sfacciata. Non era nemmeno il mio subconscio a parlare.

Per fortuna, o forse per sfortuna, non ne ero certa, non abboccò. Invece, mi rilasciò lentamente. «Non posso fare neanche quello.»

«Sembra che avremo quell'appuntamento, dopotutto. Ho sempre voluto che un ragazzo mi portasse a un cassonetto.» Mi scostai i capelli mentre lo guardavo da sopra la spalla.

Mi lasciò andare, e quando mi girai intravidi qualcosa del vecchio Armando. Le sue labbra si piegarono come se avesse la capacità di sorridere, se solo avessi continuato così. Mi prese di mano il sacchetto della spazzatura annodato e intrecciò le sue dita con le mie. «Niente è troppo bello per la mia ragazza.»

Nascosi un sorriso mentre apriva la porta e infilava l'indice nel passante delle mie chiavi mentre ce ne andavamo.

Shadow sfrecciò fuori, e io mi chinai, lo presi, strofinai la faccia sulla sua pelliccia e gli baciai la dolce testolina prima di rimetterlo dentro e chiudere la porta.

Volevo continuare a flirtare, ma tra di noi calò un silenzio imbarazzante. Almeno, per me fu imbarazzante. Armando era teso come sempre. La stessa faccia dura e inespressiva che aveva mentre stava occultando il cadavere. O guidando il mio furgone.

Scendemmo le tre rampe di scale e uscimmo verso i cassonetti, per poi tornare indietro senza dirci una parola. Armando si guardò intorno fuori, facendo di nuovo la sua performance da agente segreto tosto.

Mi chiesi di chi fosse preoccupato.

«Allora chi sta cercando di ucciderti?»

Non cambiò nulla sul volto di Armando. Non mi guardò. Ma vidi un muscolo flettersi nella sua mascella come se stesse digrignando i denti.

Ignorò la mia domanda e accelerò il passo verso l'interno dell'edificio.

Analizzai i fatti. Era appena uscito di prigione e qualcuno stava cercando di ucciderlo. Quindi era qualcosa di irrisolto da quando era entrato. O forse qualcosa che era successo dentro.

«Avevi già ucciso qualcuno prima?»

Mi gelò con lo sguardo e poi si allontanò.

Ecco cos'era. Qualcuno voleva vendetta.

«È qualcuno all'interno della mafia?»

«Sul serio, Hannah.» Aveva un tono piatto. «Fai un'altra domanda e ti cerotto la bocca. Dico davvero.»

Fui più offesa da quella minaccia di quanto avrei dovuto essere. Fingevamo entrambi che non fossi sua prigioniera. Probabilmente preferivo quella fantasia al terrore che accompagnava l'immagine più dura di ciò che stava accadendo. O di come sarebbe potuta finire.

«Sei un coglione» mormorai.

Bella risposta.

«Sto cercando di proteggerti.» Sembrava leggermente sulla difensiva?

Lo schernii. «Sì, sei un vero cavaliere in armatura scintillante, vero?»

Fece lo stesso con tono tenero e amaro. «»Sicuramente non lo sono. E tu non vuoi sapere tutte le cose depravate che vorrei farti, quindi non tentarmi.»

Ora volevo sapere.

A proposito delle cose depravate.

Volevo saperlo davvero... avrei potuto chiederglielo. Sbattemmo le spalle mentre salivamo le scale fianco a fianco.

«Quali cose depravate?» A quanto pareva, non avevo autocontrollo.

Mi rivolse quello sguardo con le palpebre pesanti che mi fece bagnare le mutandine. Fece un verso gutturale e poi disse: «Potrei legarti a quel letto.»

E? Desideravo disperatamente che continuasse.

Capitolo tredici

Hannah

I miei capezzoli erano perline strette. La figa era bagnata e scivolosa. Ero desiderosa di rifarlo, in modo da poter venire. Mi rendevo anche conto di quanto fosse folle. Io, che seducevo il mio rapitore. O mi stava seducendo lui?

Che diavolo stavamo facendo?

Rientrammo nel mio appartamento e lui chiuse la porta dietro di noi.

«Ti allargherei le gambe e leccherei quella figa fino a farti urlare.» La sua voce era ruvida e dura.

Ricordai di nuovo quanta passione aveva messo nel nostro rapporto al negozio. Il fatto che era appena uscito di prigione e io ero stata la prima donna con cui era andato.

«C-cosa devo fare» - deglutii - «per ricevere questo trattamento?»

Armando mi afferrò per i capelli e reclamò la mia bocca mentre mi faceva camminare all'indietro finché le mie ginocchia non toccarono il letto. Ci cascai sopra e lui mi seguì, arrampicandosi su di me, piazzando le labbra sulle mie.

Avrei detto che il bacio che ci eravamo dati al negozio era stato il migliore della mia vita, ma questo avrebbe potuto essere ancora migliore. Non era carico di disperazione, ma c'era un po' di finezza. Come un bacio violento seguito da un rapido morso. Una scia di baci piazzati lungo il lato della gola.

«Ora sei nei guai» mormorò mentre mi inchiodava i polsi sopra la testa. «Grossi guai.»

Mi contorsi sotto di lui, la lussuria mi esplose dentro. Potevo giurare di non aver mai avuto questo tipo di reazione a un ragazzo prima. Ero stato eccitata, soprattutto se avevo bevuto un drink o due, ma il modo in cui il mio corpo reagiva ad Armando ora era fuori scala.

Il nostro primo contatto era stato un fulmine. Questa volta stava andando piano. Morse i lembi del mio top corto e la canotta sotto di esso per raschiare con i denti il capezzolo. Gli avvolsi le gambe intorno alla vita, stringendolo ancora di più. Torsi i fianchi, cercando di trovare soddisfazione strofinandomi contro di lui. Si abbassò e tirò fuori qualcosa dalla tasca. Pensavo fosse un preservativo, ma era il rotolo di nastro adesivo del negozio.

Come se avesse *pianificato* di legarmi di nuovo.

E quel pensiero avrebbe dovuto spaventarmi molto più di quanto non fece. Ma a giudicare dal modo in cui la sua bocca era sulla mia, potevo interpretare le sue azioni solo in un modo: il nastro era per i momenti sexy.

Me lo avvolse intorno ai polsi, non così stretto come aveva fatto al negozio, e me li spinse indietro sopra la testa. Si alzò su una mano, guardandomi dall'alto. Le sue pupille erano dilatate, gli occhi pieni di oscuri intenti, ma il volto era inespressivo. Come se avesse dimenticato come sorridere.

Fece scorrere leggermente il pollice lungo l'interno del mio braccio. Mi dimenai quando arrivò al punto più sensibile.

«Non mi hai risposto prima.»

Sembrava così burbero. Così serio. Se non fosse stato per il tocco leggero, avrei pensato che fosse incazzato.

«Riguardo a cosa?»

«Quale parte ti ha eccitata, essere legata o sculacciata? O l'altra cosa?»

L'altra cosa. Immaginavo intendesse vedere lui alle prese con un altro tizio in una lotta all'ultimo sangue.

Sicuramente non avrebbe dovuto eccitarmi. Tranne per il fatto che avevo sempre avuto un debole per quei film di Jason Bourne, e Armando sembrava in tutto e per tutto tosto come Matt Damon. O Chris Hemsworth in quel film di Netflix, Extraction. Quindi sì, fino alla parte della morte vera e propria, aveva risvegliato la parte più primitiva del mio cervello. La parte che cercava di riprodursi con il guerriero più feroce della terra.

«Tutto» mormorai.

Lui mi fissò ancora un momento, senza dire niente. Come se stesse cercando di leggere nel profondo della mia anima. Poi chiese: «Ti piace brutale?»

Sentii il viso accaldato. Sarei stata una sciocca ad ammettere una cosa del genere con un ragazzo di cui non mi potevo fidare. Inoltre, non sapevo se fosse vero. Prima di oggi, non l'avevo mai provato.

«Mi è piaciuto farlo brutale con te.» Era la verità e tutto quello che sapevo, davvero.

Qualcosa si offuscò dietro i suoi occhi, e mi afferrò i

polsi, tirandomi le braccia sopra la testa e attaccandole al montante del letto.

Brividi di eccitazione mi attraversarono per la mia impotenza. L'emozione di essere completamente alla sua mercé focalizzò ogni sensazione a un livello acuto. Mi tirò su le due maglie e mi tirò bruscamente la parte anteriore del reggiseno. Ansimai un po', mi rabbrividì la pancia che saliva e scendeva con il respiro, i capezzoli si gonfiarono in cime rigide. Mi pizzicò il capezzolo destro tra il pollice e l'indice e lo strinse. Forte. Poi mi schiaffeggiò un lato del seno.

Gridai per la sorpresa. Avevo paura, decisamente paura, perché mi aveva fatto un po' male e nessuno mi aveva mai toccata in questo modo prima d'ora. C'era anche della mancanza di rispetto, che non ero sicura mi piacesse.

Eccetto per il fatto che mi guardava attentamente in faccia.

E quello sguardo fisso mi calmava.

Mi pizzicò di nuovo il capezzolo, poi abbassò la testa per succhiarlo. Lo passò con la lingua, grattò leggermente con i denti il bocciolo teso, se lo infilò in bocca e lo rilasciò con uno schiocco.

Aprii la bocca. Il cervello mi friggeva e scattava.

Fece lo stesso trattamento al capezzolo sinistro, solo che iniziò con la bocca e finì con uno schiaffo.

Gridai, ancora una volta sorpresa. Ero un po' spaventata, molto eccitata. Pizzicò entrambi i capezzoli contemporaneamente, facendoli ruotare tra le dita e i pollici e pizzicandoli prima di espandere la presa per afferrare tutto il seno.

Abbassai la testa all'indietro e mi inarcai, riempiendo le sue mani con i seni, implorando per avere di più.

Armando si spostò più in basso, i suoi grandi palmi scivolarono sulla mia gonna, salendo leggermente sulle cosce fino ai fianchi, poi agganciandosi sotto il bordo delle mutandine e trascinandole giù.

«Non ti ho fatto venire abbastanza prima, vero?» La sua voce era un rombo roco. «Sei una ragazza davvero, davvero avida.»

Scossi la testa.

«Questa volta mi farò perdonare.»

Il respiro mi uscì in un basso gemito.

Gettò di lato le mutandine e fece scorrere il polpastrello del pollice sulla mia fessura bagnata di rugiada. «Succosa» osservò.

Sarei stata imbarazzata, tranne per il fatto che si portò il pollice alla bocca e succhiò il mio fluido come se fosse miele. «Apri.»

Lo fissai per un momento, colta alla sprovvista dal comando. Mi afferrò dietro le ginocchia e le spinse verso il mio petto, poi mi schiaffeggiò l'interno della coscia. Bruciava, e non mi piaceva, ma poi me ne dimenticai perché abbassò la testa tra le mie gambe.

La prima leccata mi fece saltare i fianchi dal letto. Fece scivolare le mani sotto e mi afferrò il sedere, stringendolo e rilasciandolo mentre mi accarezzava su e giù per la fessura con la lingua.

Dalla bocca mi uscirono versi folli. Singhiozzi soffocati. Piccoli *uhn*. Respiri affannati.

Gemetti, mi inarcai e sbattei le gambe intorno alle sue spalle.

Si prese il suo tempo. La punta della lingua tracciò tutto intorno l'area delle mie labbra interne, poi mi sfiorò il clitoride. La usò per penetrarmi, poi mise le labbra sul mio nocciolo e succhiò.

Urlai, strattonando le mani legate, sbattendo le mie ginocchia contro le sue orecchie. Affondò il pollice nel mio ingresso senza interrompere l'aspirazione del clitoride, e cominciai a tremare e rabbrividire. Ero vicina, vicinissima, al rilascio. Avevo solo bisogno che pompasse quel pollice dentro e fuori, e ci sarei arrivata.

Solo che non lo fece.

Fece scivolare fuori il pollice. Smise di aspirare.

«No-o» gemetti. «Ti prego.»

«Vuoi venire?» La sua voce era così roca e profonda che quasi non la riconobbi.

«Sì. Ti prego. Fallo ancora, Armando. Oh Dio, ti prego.

«Sarai una brava ragazza?»

«Sì!» Non avevo idea di cosa stesse parlando, ma sarei stata sicuramente una brava ragazza. Avrei fatto qualsiasi cosa avesse voluto a questo punto.

«Se dico *apri,* cosa fai?» Abbassò le dita in un leggero schiaffo sul clitoride, e le mie ginocchia si chiusero e si aprirono di scatto come ali di farfalla.

«Apro. Oh Dio, mi aprirò. Mi dispiace, prima sono stata lenta.»

Affondò di nuovo il pollice nella mia entrata e io gemetti di soddisfazione. Potevo sentire quanto ero diventata gonfia e bagnata. Quanto ne avevo bisogno.

«Ti prego» supplicai di nuovo.

Non avevo mai implorato prima. Non ne avevo mai avuto così bisogno.

Se solo avesse pompato quel pollice, ci sarei arrivata. O se mi avesse succhiato di nuovo il clitoride. Sbattei ancora un po' le ginocchia, cercando di prendere il pollice più a fondo.

Fui scioccata dalla sensazione di un dito sul mio ano, e mi strinsi contro di esso, piagnucolando.

«No ehm.» Scosse la testa. «Apri.»

Oh Dio. Veramente?

Non lo volevo. Ma lo feci. Perché mentre quel dito spingeva contro il mio buco posteriore, la temperatura mi salì di almeno otto gradi e cominciai a gemere come una pornostar. Era un tabù ed era sbagliato, ma era anche così bello.

Pompò, alternando il pollice e l'altro dito, quindi pompandoli entrambi contemporaneamente. Nel momento in cui si chinò e mi cavalcò il clitoride con la lingua, venni *forte*.

Così incredibilmente forte.

Come fuochi d'artificio fortissimi che mi danzavano davanti agli occhi, e mi lasciai sfuggire un urlo pieno.

La stanza girò. Le luci continuarono a lampeggiare e mi scoppiarono dietro le palpebre. La figa e l'ano si strinsero intorno alle sue dita, e gemetti fino all'ultimo briciolo di piacere che avevo in me.

Non sapevo quanto era durato. Mi persi da qualche parte in un'altra dimensione.

Aprii gli occhi quando iniziò a fermarsi, e mi sembrò di essere stata via per sempre.

L'espressione di Armando era imperscrutabile come al solito.

E fu allora che suonò il campanello.

Capitolo quattordici

Armando

Avevo fame e avevo programmato i tempi giusti, ma ero comunque incazzato di dover andare alla porta.

Allungai una mano e ruppi il nastro che le legava i polsi e la misi a sedere, abbassandole la maglia sopra il reggiseno arrotolato. Non volevo che il fattorino la vedesse così.

Non volevo che il fattorino la vedesse, punto.

Mi sentivo estremamente, fottutamente possessivo nei suoi confronti in questo momento. La aiutai ad alzarsi e la guidai verso il bagno. «Vai a pulirti. Vado io alla porta» le diedi uno schiaffo sul sedere.

Potevo giurarlo su Cristo, quel culo era fatto per essere schiaffeggiato. Avrei potuto seriamente rafforzare il senso di ogni frase con uno schiaffo a quel culo e non stancarmene mai.

Si precipitò in bagno e qualcosa mi si mosse nel petto.

La sua resa mi provocava qualcosa. Non era debole o stupida e nemmeno spaventata. Almeno non troppo spaventata. Pensavo che fosse sinceramente sottomessa. Spiegava la sua risposta sessuale all'essere legata e gestita. Non avevo mai visto una donna come lei prima. La sua fiducia sembrava un dono. Uno che mi faceva sentire forte e debole allo stesso tempo. Onorato.

Altamente protettivo.

Aspettai che la porta del bagno fosse chiusa prima di aprire la porta d'ingresso e pagare il ragazzo delle consegne. Lasciai cadere il cibo sul minuscolo tavolo per due vicino alla finestra e cercai piatti e bicchieri da vino, non riuscendo a trovarne. Casa sua era minuscola, ma era carina. Aveva piante in vasi colorati ovunque. Alcune erano in fiore, altre erano avvolte da fiocchi luminosi. I suoi arredi erano rustici, merda imbiancata. Probabilmente trovati al mercato delle pulci, ma avevano l'aspetto di un design ricercato. I ricchi pagavano un sacco di soldi per questo tipo di arredamento. Aveva decisamente una vena artistica. Aveva davvero occhio per queste cose.

Stavo per mettere i calzoni sui piatti e stappare il vino, ma il rumore della doccia che scorreva mi fece pulsare il cazzo. Le mie palle erano così fottutamente gonfie per averle leccato la figa che riuscivo a malapena a camminare.

Avrei dovuto lasciarla in pace. Lasciarle fare la doccia.

Invece, mi ritrovai a provare la porta del bagno. E quando la trovai aperta, lo presi come un invito. I miei vestiti caddero sul pavimento prima ancora di pensare di spogliarmi. Aprii la tenda della doccia ed entrai.

Spalancò gli occhi, ma non indietreggiò. Fissò il mio corpo. Guardai in basso. Ero stato così dannatamente disconnesso da esso, che non sapevo nemmeno più che aspetto avevo. Il mio petto era peloso e mi mancava un po' di colorito. Ero più muscoloso quando ero entrato in prigione. Uno strato di pelle si era indurito in tendini e muscoli.

Sembrava che non le dispiacesse quello che vedeva

perché aprì le labbra come se volesse assaggiarmi. Mi presi il mio tempo facendo scorrere lo sguardo su tutta la sua sensuale figura.

Era perfetta. Era bassa ma formosa, con la vita stretta, il seno rotondo e il culo a forma di cuore. Aveva una ghirlanda di fiori tatuata intorno alla parte superiore del braccio con una piccola fata alata seduta in cima a uno dei boccioli. La sua pelle era di un marrone liscio. Non era affatto come il tipo di ragazze con cui ero stato prima. Era reale. Bellissima.

Osservai i rivoli d'acqua scorrerle sui capezzoli scuri. Avrei voluto leccare le goccioline. Anzi. *Avrei leccato* le goccioline dalla sua pelle. Chiusi la tenda dietro di me e la inchiodai contro il muro di piastrelle, la mia bocca si muoveva sulla sua con tutta la forza dell'aggressività repressa.

Non sapevo se fosse perché avevo passato quasi cinque anni senza fare sesso o perché Hannah mi provocava qualcosa di speciale, ma non riuscivo a frenare la mia aggressività sessuale con lei. Fortunatamente, era ben disposta. Mi avvolse le braccia intorno alle spalle e sollevò una gamba piazzandomela intorno alla vita per darmi l'angolazione di cui avevo bisogno per entrare dentro di lei.

«Preservativo» ansimò tra un bacio e l'altro.

Preservativo. Fanculo. Come avevo potuto dimenticarlo?

«Non muoverti, cazzo» ringhiai, inchiodandola con la schiena contro il muro con la mano tra le sue tette e aspettando che registrasse il mio ordine.

Poi tirai indietro la tenda della doccia e frugai nella tasca dei pantaloni alla ricerca di un preservativo dal portafoglio. Strappai l'involucro e lo posizionai, srotolandolo sulla mia lunghezza.

«Brava ragazza» dissi perché non si era mossa di un

centimetro da dove l'avevo lasciata. «Vieni qui.» Le sollevai la coscia e trovai il suo ingresso con la cappella inguainata del mio cazzo, pungolandolo finché non trovai il punto in cui iniziò a scivolare dentro. «Esatto» mormorai mentre inserivo lentamente la cappella. «Prendilo.»

Mi afferrò per le spalle, tirandomi più vicino.

«Prendi ogni centimetro.» Continuai a spingere in avanti, fino in fondo, finché non fui completamente dentro. Poi appoggiai un piede sulla vasca, la sua coscia avvolta sopra la mia, e cominciai a spingere.

Era un vero paradiso. L'ultima volta che l'avevo scopata, ero fuori di me per il bisogno. Questa volta, assaporai ogni dolce spinta. La nostra pelle che scivolava insieme, il calore del suo canale stretto e accogliente.

Le tolsi le mani dalle mie spalle e le bloccai contro le piastrelle. Non per me - mi piaceva la sensazione delle sue unghie che mi graffiavano la pelle - ma per lei. Perché stavo testando quello che le piaceva. Come le piaceva. Funzionò, forse fin troppo bene perché gli occhi le rotearono all'indietro, il piede scivolò. Le tenni i polsi con una mano e usai l'altra per sollevarle il sedere, tenendola ferma.

Avrei dovuto dire qualcosa: lodarla. Dirle quanto mi piaceva. Un tempo sapevo come parlare sporco e poi addolcirmi. Ora ero così fottutamente arrugginito nel parlare con un altro essere umano. Costrinsi le mie labbra a muoversi. «È così bello, Hannah.» Mi uscì ghiaioso. O forse come carta vetrata. Profondo e frastagliato. «Mi fai sentire così bene.»

Gemette sommessamente e io lo presi come un incoraggiamento.

Non volevo che finisse, ma i miei fianchi vivevano di vita propria, scattavano forte, pompavano più a fondo.

Ricominciò a fare quei versi sexy e il mio cervello andò

in cortocircuito. Mi surriscaldai troppo per l'acqua calda, il vapore e il sangue che mi pompava dritto al cazzo. La testa iniziò a farsi leggera, il che non andava bene, dato che ero io a sostenere entrambi.

Aprii la tenda della doccia per far entrare un po' d'aria e la scopai più forte. Dimenticai di tenerle i polsi perché le mie mani stavano vagando per il suo corpo, stringendole il seno, afferrandole la vita, massaggiandole il sedere.

«Dio, mi fai sentire così fottutamente bene» gemetti, la mia voce ansimante e rauca. Lei inarcò la schiena, premendo il suo petto contro il mio, e giurai di aver sentito il suo cuore battere a ritmo con il mio.

Mi persi nella sensazione della nostra pelle liscia che scivolava e nel calore e nella pressione della sua stretta presa intorno a me. Ci ero così vicino... ancora qualche spinta e sarei andato oltre il limite.

Ma prima di farlo, allungai una mano e infilai le dita tra di noi, trovando il clitoride e facendo leggeri movimenti circolari. Lei ansimò e sentii le sue pareti interne tremare intorno a me mentre veniva.

Le sfiorai il collo con le labbra, inviandole scie di formicolio lungo la spina dorsale mentre continuavo a spingere dentro di lei.

Il mio respiro divenne più veloce mentre sentivo il climax avvicinarsi, e mi aggrappai forte ai suoi fianchi mentre mi immergevo sempre più in lei, volendo assaporare ogni momento. Gridò mentre il suo corpo si contorceva intorno al mio.

Le mie palle si sollevarono e pomparono. Gridai e le afferrai il culo con entrambe le mani e poi mi seppellii profondamente mentre venivo. Inclinò il bacino per prendermi più a fondo, strofinando il clitoride sulla mia radice finché non venne anche lei. I suoi muscoli mi strinsero il cazzo in rapidi impulsi, e io venni ancora più forte, riempiendo il preservativo.

Appoggiai la fronte contro la sua, respirando con lei, il cazzo mi pulsava e si contorceva dentro di lei. I nostri respiri mescolati rallentarono. L'acqua stava diventando fredda. Non avrei mai voluto tirarmi fuori, ma lo feci. Uscii e chiusi l'acqua, poi uscii dalla doccia per buttare via il preservativo. L'acqua scorreva sul pavimento perché avevo aperto la tenda, quindi ci misi sopra l'asciugamano e avvolsi Hannah nell'altro. Era ancora appoggiata alle piastrelle con aria stordita, quindi la aiutai a uscire dalla vasca, sostenendola nel caso le gambe non la reggessero.

Indicò tremante l'armadietto, mormorando qualcosa di incomprensibile. Lo aprii e trovai un altro asciugamano, che usai per asciugare.

«Wow» mormorò.

Mi voltai verso di lei mentre mi asciugavo i capelli. «Già. Grazie.»

«Allora... hai intenzione di lasciarmi andare ora? Siamo a posto?»

Mi bloccai. Battei le ciglia. La stanza girò. Lasciai cadere l'asciugamano sul pavimento. Che cazzo stava dicendo?

Un ronzio impetuoso mi iniziò nelle orecchie.

Avevo appena... *stuprato una ragazza?*

Pensava di doverlo fare perché la liberassi?

«È stato solo questo?» dissi con voce strozzata, senza nemmeno rendermi conto che stavo avanzando verso di lei. Non consapevole della mia mano che le bloccava la gola e la spingeva indietro. «È per questo che... è stato... cazzo!» Ruggii e colpii il muro accanto a lei. L'intonaco si crepò e le mie nocche ci passarono attraverso.

«Fanculo.» La lasciai andare e mi voltai.

Si era appena offerta a me nella speranza che io la liberassi? Che tipo di mostro ero?

Non riuscivo nemmeno a capire quando una ragazza mi voleva o no. Ero diventato così confuso, bloccato nelle modalità della violenza e della sopravvivenza, che non sapevo nemmeno cosa fosse reale.

Avevo pensato di poter gestire questa situazione con Hannah. Avevo una vaga idea su come evitare che venisse ferita da me o dall'organizzazione, e invece avevo fatto la cosa più imperdonabile.

Raccolsi i miei vestiti dal pavimento e li indossai, il mio petto si crepò quando Hannah aprì la porta del bagno e riuscì ad allontanarsi da me.

La seguii solo perché il vapore nel bagno mi faceva venire le vertigini e avevo davvero un fottuto bisogno di pensare.

Sentii un singhiozzo soffocato, e nel petto, nelle braccia, nello stomaco mi esplosero delle bombe. Hannah mi dava le spalle girata verso il comò, cercando di mettere il secondo piede in un paio di mutandine, le mancò. Avrei dovuto darle spazio. Sicuramente non avrei dovuto andare da lei.

Ma lo feci.

In un secondo, le piazzai un braccio intorno alla vita per sostenerla mentre barcollava, e mi allungai per tenerle il bordo delle mutandine. Le feci scivolare su quando lei mise dentro la gamba e la tenni da dietro.

«Mi dispiace» mormorai contro i suoi capelli.

Il suo petto tremò per un singhiozzo. Rimase ferma per un momento, come se stesse ascoltando. «Ti dispiace per cosa?» C'era della calma nella domanda.

Era una specie di test, ma non sapevo cosa significasse. Come se potesse esserci una risposta che avrebbe reso tutto migliore. Tutto quello che sapevo, cazzo, era che il suono del suo respiro affannato mi uccideva.

Poiché tutta l'intelligenza emotiva che avevo una volta, se mai ne avevo avuta una, era scomparsa da tempo, borbottai: «Qualunque cosa ti abbia fatto piangere.»

Risposta sbagliata. Lo seppi appena lo dissi. Lo capii ancora di più quando si allontanò da me, si girò e mi schiaffeggiò. Fu uno schiaffo debole e mi mancò per metà. Chiaramente non le aveva dato la soddisfazione che stava cercando, perché chiuse le dita e invece mi sferrò un pugno.

Lo schivai, le afferrai il polso e le avvolsi il braccio davanti alla vita. Le misi l'altro braccio sotto le ginocchia e la sollevai.

Lei ansimò e lottò. «Cosa fai?»

Non sapevo cosa stessi facendo, perché l'avevo presa in braccio o cosa ne avrei fatto adesso. Tutto quello che sapevo era che non mi piaceva il caos che avevo nel petto. Nella testa.

La portai a letto e ce la misi sopra, tirando il lenzuolo dagli angoli per coprirle i seni nudi. Mi sedetti accanto a lei sul letto. Volevo stringerla, ma il mio tocco ovviamente non era il benvenuto. «Io...» cercai di sbrogliare quello che era appena successo. Era più incazzata ora di quanto lo fosse stata durante tutta la faccenda. Il che doveva significare che era stato per qualcosa che avevo detto... Ripassai quello che era appena successo tra noi e... *ah*.

Ero un idiota. Le avevo chiesto se avrebbe fatto sesso con me, così poi l'avrei lasciata andare.

Mi lanciò un'occhiataccia, il labbro inferiore le tremava per l'ovvia offesa.

«Aspetta, Hannah. Sistemiamo questa cosa. Non ti stavo dando della puttana. Non intendevo mancarti di rispetto. Affatto. Ero...» inspirai, cercando di trovare le parole per spiegare la rabbia dentro di me. «Ero incazzato con me stesso.»

La rabbia si placò. Come se l'averne identificato la fonte fosse ciò di cui aveva bisogno.

«Ti sei sentita come se dovessi... farlo? Con me? Non ti ho... ti ho costretta?»

«No, stronzo.» Mi spinse il petto.

Accolsi con favore il tocco. Era comunque una connessione, qualcosa che mi mancava da secoli. E questa volta non aveva cercato di colpirmi. Le presi la mano e la tenni lì. «Parla con me.» La stavo praticamente implorando. Le parole mi si erano arrugginite in bocca, ma continuavo a spingerle fuori. «Sono così disconnesso da questa merda, Hannah.»

Vidi una lacrima tracciare la sua pelle bruna liscia e impeccabile. «Sto cercando di rimanere su questa giostra con te e di non impazzire, ma...» fece un respiro tremante e lo trattenne, poi lo rilasciò lentamente. «Non puoi toccarmi quando sei così arrabbiato.»

L'orrore cieco mi avvolse. Cristo, le avevo fatto del male? Allungai una mano per inclinarle il mento all'indietro, esaminandole il collo in cerca di lividi, ma non vidi niente: nessuna impronta, nessun segno. Ero sicuro di non averle fatto del male, non lo avrei mai fatto. Nemmeno fuori di testa com'ero. Non era da me fare del male a una donna. «Non ti ho fatto del male, vero, Hannah?»

Lei scosse la testa.

«Ti ho spaventata» dedussi. Certo, l'avevo spaventata, cazzo. L'avevo tenuta per la gola e avevo sfondato il muro accanto alla sua testa.

«No.» Spinse via la mia mano dal suo collo e distolse lo sguardo. «Non è quello.» La sua voce era tesa. Frustrata.

Ero così fottutamente perso qui.

«Non so se posso spiegartelo. Basta che tu non lo faccia di nuovo.»

Il cuore mi batteva più forte, come se il mio corpo sapesse che questa conversazione sarebbe stata importante se solo fossi riuscito a capire di cosa diavolo stessimo parlando. «Mettimi alla prova. Cerca di spiegare.»

Rivolse su di me i suoi occhi castani screziati d'oro, riflettendo. «Sono una di quelle persone che...» abbassò le palpebre come se fosse imbarazzata. «Non lo so, è come se percepissi le emozioni di tutti gli altri. Dentro di me.» Gesticolò con la mano su e giù per il centro del tronco.

Inclinai la testa. «Un'empatica.» Come in Star Trek. Era una cosa reale?

Apparentemente.

Il barlume di speranza che si accese nella sua espressione mi disse che finalmente avevo detto qualcosa di giusto. «Sì, credo. Se qualcuno nella stanza piange, piango. Se qualcuno è arrabbiato, mi arrabbio. Quindi... non toccarmi quando sei arrabbiato. È troppo per me.»

Merda.

Finalmente avevo capito. Avevo incanalato la vergogna e la rabbia che avevo provato direttamente nel suo corpo. O comunque l'aveva vissuta in quel modo.

«Fanculo.» La raggiunsi e lei non si ritrasse. La attirai più vicino a me e la sollevai sulle mie ginocchia, aggiustando il lenzuolo per tenerla coperta. «Va bene, Fiori. Non ti toccherò quando sono arrabbiato. Giuro su Dio.»

Appoggiò il viso contro il mio collo. Dopo un momento, mosse le labbra, baciandomi dolcemente.

Non riuscivo a spiegare cosa stesse succedendo nel mio corpo. Era come se tutti i miei organi si fossero sollevati di un centimetro. Come se fossi stato imprigionato in una pentola a pressione, e questa avesse spinto tutto verso il basso. E ora le mie viscere avessero ripreso forma.

Resistetti all'impulso di stringere le mie braccia attorno a lei. Il bisogno di alzarmi e scrollarmi di dosso tutte queste emozioni estranee era troppo forte. «Mangiamo» dissi burbero, sollevandola dal mio grembo per metterla in piedi e stringendole il sedere.

Capitolo quindici

Indossavo una canotta e pantaloncini del pigiama. Dannazione. Odiavo piangere davanti alle persone. Era così dannatamente imbarazzante. Io e le mie emozioni esagerate. Era così che avevo spaventato tutti i ragazzi con cui ero uscita.

Armando sembrò superarlo velocemente, però, il che fu un sollievo. Scartò i calzoni e li lasciò cadere nei piatti, poi versò del vino rosso nei miei bicchieri da succo.

«Scusa, non ho bicchieri di vino.» Scivolai sulla sedia di vimini che avevo trovato in un mercatino delle pulci e dipinto di un giallo allegro.

Lo sguardo di Armando scese dal mio viso al mio petto senza reggiseno e indugiò lì mentre si sistemava su una sedia che corrispondeva alla mia solo nel colore della vernice.

I miei capezzoli si gonfiarono alla sua attenzione. Era come se avessi appena ricevuto una mega dose di ormoni riproduttivi perché non importava quante volte lo facevamo, sembrava che ne volessi di più.

«Non sembra che tu abbia molte cose» disse. «Cosa

avresti mangiato per cena se non fossi stato qui? Non c'è cibo nel tuo frigorifero.»

Alzai le spalle. «Mi sarei inventata qualcosa.»

Armando si accigliò. «Dovresti prenderti più cura di te stessa.»

Alzai gli occhi. La sua protezione era dolce, ma io ero una donna adulta e non ero sicura che mi piacesse l'idea di ricevere lezioni.

«Mi sto prendendo cura di me» dissi. «Solo perché non ho un fantastico frigorifero rifornito di tutte le ultime e migliori novità, non significa che non mi prenda cura di me.» Sorrisi. «Ma grazie, *papà*, per l'attenzione.»

«Forse è proprio quello di cui hai bisogno. Un paparino che si prenda cura di quel tuo culo.» Scivolò più vicino, con gli occhi scuri pieni di promesse.

Il respiro mi si bloccò in gola. Avrei dovuto respingerlo e dirgli che non ero interessata. Ma non potevo. Lo volevo, anche se sapevo che era pericoloso. Feci un respiro profondo, cercando di calmare il battito del mio cuore, e sussurrai: «Forse sì.» Sbattei le ciglia. Stavo cercando di giocare a questo gioco di seduzione, ma sentivo che anch'io stavo fallendo.

«Un paparino che ti sculaccia quando sei stata cattiva» continuò.

Il viso mi si scaldò quando i miei occhi incontrarono i suoi. Avrei voluto distogliere lo sguardo, ma il suo sguardo mi trattenne. Ero radicata sul posto, ipnotizzata.

«Penso che ti piacerebbe, vero?»

Aprii la bocca per protestare, ma ero troppo agitata per rispondere. Mi limitai a scrollare le spalle, non fidandomi della mia voce. Non volevo rivelare quanto mi stesse eccitando, di nuovo.

Il calore mi salì sulle guance. Armando sorrise compiaciuto, il suo sguardo cadde sulle mie labbra e poi di nuovo sui miei occhi. Il suo sguardo intenso diceva che non stava solo giocando. Era serio.

«Vuoi un paparino? Vuoi che un uomo ti prenda e ti dica cosa fare?» la sua voce era bassa e roca.

Deglutii a fatica e scossi la testa. «Per favore. Come se potessi farlo.» La mia finta resistenza era ovvia, ne ero certa, ma in nessun modo avrei potuto ammettere quanto quella domanda mi avesse fatto venire i brividi lungo la schiena.

Armando si avvicinò e allungò la mano per accarezzarmi i capelli. Il suo tocco mi trasmise elettricità e chiusi gli occhi, assaporando la sensazione. «Forse devo farti cambiare idea.»

«Buona fortuna.» Mi chiesi se i miei sentimenti fossero scritti su tutta la mia faccia. «Inoltre, sei solo uno che mi ha quasi rapito. Insomma, è un rapimento o un appuntamento? Possiamo avere un po' di chiarezza qui?»

Mi lanciò uno di quegli sguardi insondabili e diede un enorme morso del suo calzone e masticò. «Rapimento con benefici?»

Nascosi un sorriso dando un morso anche io. «Oh Dio. È così buono.» Un lungo filo di formaggio mi uscì dalla bocca e mi allungai per staccarlo.

«Vero? Mi è mancato questo cazzo di Gio.»

Lo studiai. Aveva modi rozzi ma allo stesso tempo da gentiluomo. Un duro, di sicuro, fatto di muscoli tesi e mortali ma senza tatuaggi. Questo mi aveva sorpreso. «Resti questa notte?»

Fece un solo cenno. «Decisamente.»

«Cosa succederà domani?» Ero già a metà del calzone. Non mi ero resa conto di quanto fossi affamata fino ad ora. Quella barretta di cereali che avevo mangiato a pranzo risaliva a tanto tempo fa.

. . .

Anche Armando divorò il suo cibo. «Ti tengo ancora d'occhio. Finché non ne sarò sicuro.»

«Cosa ti renderebbe sicuro?» insistetti.

Scosse la testa. «Fermati. Semplicemente fermati.»

Aspettai, pensando che stesse per dire qualcosa di più, ma non lo fece. Bevve solo un sorso di vino.

«Fanculo.» Mi alzai e incartai il resto del mio calzone. Se ne avessi mangiato ancora, mi sarebbe venuto il mal di pancia. «Tu stai ottenendo dei vantaggi. Sono io quella che è stata rapita. Penso che tu mi debba qualche informazione in più.»

Non si mosse, ma il suo sguardo era concentrato su di me. «Anche tu ne stai beneficiando.» Non era una domanda, ma sentii che lo stava chiedendo di nuovo. Era attento a questa cosa. Era ciò che lo aveva sconvolto in bagno, quando pensava che stessi barattando il sesso con la mia libertà.

Dovevo apprezzare questo codice con cui operava. Mi aveva sì rapita, ma non mi avrebbe fatto del male. Lo sapevo per come era andato fuori di testa quando aveva pensato di avermi graffiata lui, invece del gatto. Mi avrebbe dominata, ma non mi avrebbe costretta a fare sesso.

Improvvisamente iniziò la stanchezza. Forse era il vino o solo l'intenso stress della giornata, ma all'improvviso mi venne voglia di rannicchiarmi a terra. O di piangere ancora.

Mi allontanai da lui, ricacciando indietro le lacrime improvvise.

Al diavolo. Sarei andata a letto. Andai in bagno a lavarmi i denti.

Lo sentii lavare i bicchieri di vino. Mettere via le cose.

Rifeci il letto, che lui aveva rovinato quando aveva tirato fuori il lenzuolo per coprirmi. Un altro gesto da gentiluomo.

Smetti di fare la limonata con i limoni che ti ha dato la vita. Ero la personificazione della sindrome di Stoccolma in quel momento.

Salii e tirai le coperte fino alla vita. «Posso riavere il mio telefono? Se qualcuno chiama o scrive, penserà che sia strano se non rispondo.»

Armando si passò una mano sul viso. «Lo controllerò.»

Ero stufa, non perché avessi bisogno del mio telefono, ma perché non riuscivo in nessun modo a ottenere la sua fiducia. Lo guardai recuperare la mia borsa da uno degli armadietti - immaginavo che l'avesse nascosta lì da me - e tirare fuori il telefono. Lo guardò. «Qual è il tuo pin?»

Tesi la mano per prenderlo, ma lui non si mosse. Accidenti a lui. Avrei perso qualsiasi battaglia di volontà qui: ero una persona troppo flessibile. «Cinque-cinque-cinque-cinque.»

«I fantastici cinque, eh?» Lo inserì e guardò lo schermo. «Nessun messaggio.»

Il suo telefono squillò. Lo tirò fuori dalla tasca posteriore e guardò lo schermo. «Ehi.»

Restò in ascolto. «Stasera? Cazzo.» Abbassò le spalle e mi guardò dall'altra parte dell'appartamento. «Sto cercando di volare basso.» Ascoltò ancora un po'. «Sì, ho capito. No, no, lo farò. Ci sarò. Tra un'ora. Ok.» Terminò la telefonata e si infilò di nuovo il telefono in tasca, poi mi lanciò una lunga occhiata di apprezzamento.

Mi si rizzarono i peli sulle braccia. «Che cosa?»

Si avvicinò alla mia cassettiera e iniziò ad aprire i cassetti.

«Cosa fai? Di che cosa hai bisogno? Dimmelo e basta, stronzo.»

Mi guardò e scosse la testa. «Non insultarmi, Fiori.» Aprì il mio cassetto dei calzini e tirò fuori un paio di collant.

«Cosa fai?» i miei allarmi interiori suonavano all'impazzata, ma da stupida, mi stavo ancora comportando come se stessi frequentando questo ragazzo. Più tardi mi sarei chiesta perché non mi ero opposta. Non ero scappata.

Si avvicinò rapidamente al lato del letto e mi prese i polsi e iniziò ad avvolgerli nei collant. «Devo uscire. Non posso portarti con me.»

«Che cosa? No!» Anche così, non mi ribellai molto. Contavo ancora sulla mia capacità di convincerlo a cambiare idea. Aveva una coscienza, questo lo sapevo.

Annodò i collant e ne avvolse l'estremità intorno alla spalliera del letto.

«No! Non puoi lasciarmi qui così. E se ci fosse un incendio? Morirò perché non posso uscire. *Armando!*»

Mi ignorò e tornò in cucina frugando nei cassetti. Quando tornò con un rotolo di nastro adesivo, andai davvero fuori di testa.

Gli diedi un calcio in preda al panico, tirandomi i polsi per liberarmi. «No! Non me lo metti!»

Shadow, cogliendo l'energia del momento, corse per la stanza e poi sotto il letto.

Armando ne strappò un pezzo. Allontanai il viso.

«No!» Urlai. «Non farò mai più sesso con te. Giuro su Dio.»

«Capisco.» Me lo schiaffò sulla bocca. Strillai contro il nastro. Ero costretta a fare dei respiri assurdi attraverso il naso perché stavo piangendo.

«Shhh.» Mi accarezzò un lato della testa.

Mi spostai.

Si accovacciò accanto al letto, faccia a faccia con me.

Stavo iperventilando attraverso il naso. «Prenditela comoda, Fiori. Tornerò appena posso.»

Scossi freneticamente la testa.

«Mi dispiace. Le altre opzioni sarebbero peggiori, te lo garantisco.»

Le lacrime mi inondarono gli occhi. Ero così incazzata che avrei voluto dargli una testata. Peccato che fosse fuori portata.

«Prendo il tuo furgone, così posso tornare presto. Va' a dormire. Sarò qui quando ti sveglierai.»

Urlai in gola e scossi la testa, ma lui mi afferrò un lato del viso, mi piantò un bacio veloce sulla bocca attraverso il nastro adesivo e si raddrizzò.

Dannazione. Avevo perso l'occasione di dargli una testata!

Stronzo.

E poi se ne andò. E io rimasi legata al mio letto con un paio di collant.

Capitolo sedici

rmando

Armando Marco aveva detto che Don G si trovava fuori dal suo strip club Lollipops, quindi era meglio che andassi laggiù a fare rapporto.

Il fatto di aver appena picchiato a morte un ragazzo non era il tipo di cosa da dire al telefono, e Don G non avrebbe voluto che andassi a casa sua con quella merda. Non parlavamo di affari con le donne della famiglia. Lasciavamo fuori loro e tutti gli innocenti. Faceva parte del nostro codice.

Mi faceva star male che Hannah non fosse stata esclusa dal mucchio di merda in cui mi trovavo, perché macchiarla avrebbe potuto diventare la cosa di cui mi sarei pentito di più.

E pensavo di aver perso del tutto la coscienza.

Guidai il suo furgone fino al Lollipops, ma lo parcheggiai a pochi isolati di distanza. Non volevo che nessuno cogliesse il collegamento tra me e la mia piccola fioraia. Qualcuno stava ancora cercando di uccidermi e non potevo lasciare che rimanesse intrappolato nel fuoco incrociato più di quanto non lo fosse già.

Entrai al locale, e l'intera banda era già lì. Era il vecchio gruppo: la cerchia ristretta di Don G, meno Alex, suo genero. Era già considerato come un figlio da Don G, e aveva finito per sposare sua figlia mentre ero dentro, quindi immaginavo che fosse stato definitivamente bandito dal Lollipops per rispetto a Jenna.

Divertente, in questo momento, non mi sarebbe dispiaciuto ricevere lo stesso trattamento. Le ragazze che volteggiavano intorno ai loro pali non facevano affatto per me. Nemmeno la compagnia maschile.

Il Lollipops era un famoso strip club della città. Aveva un'atmosfera vecchia scuola, con insegne al neon alle pareti e mobili ricoperti di velluto. C'erano due palchi in fondo alla sala, ognuno con il proprio palo, dove due ballerine si esibivano contemporaneamente. Due grandi sezioni del bar riempivano l'area principale del club e poi c'erano alcuni tavoli più piccoli per le conversazioni più intime. La musica risuonava dagli altoparlanti installati intorno al club e sembrava riempire ogni angolo della stanza con una base rimbombante.

Le pareti erano abbellite con fotografie in bianco e nero di ex ballerine e foto firmate da altre celebrità che erano passate di lì nel tempo. Sebbene fosse disponibile una discreta selezione di bevande, si concentrava principalmente su birra, vino e whisky, poiché erano principalmente ciò per cui le persone venivano qui; non c'erano molti cocktail o bevande in offerta.

Le ragazze che lavoravano qui indossavano costumi che andavano da look poco più succinti della lingerie ad alcuni abiti piuttosto audaci, spesso lasciando ben poco all'immaginazione quando erano al centro della scena su uno dei pali per mostrare le loro abilità. Si muovevano con grazia attorno ai loro pali a tempo con la musica, spostandosi rapidamente tra diverse mosse di danza come piroette, spaccate e twerk, mentre facevano roteare i fianchi in modo seducente o agitavano i capelli come ciocche setose in esibizioni ipnotizzanti che di solito attiravano forti applausi dal loro pubblico.

Alle due estremità di entrambi i palchi c'erano due grandi schermi LED che mostravano spezzoni di film, di solito film d'azione, che fungevano da distrazione di sottofondo per coloro che non erano affascinati da ciò che stava accadendo sul palco in un dato momento. Di tanto in tanto venivano organizzate esibizioni speciali in cui le ballerine usavano oggetti di scena e interagivano con la folla, e di solito erano accolti con molto entusiasmo da tutti i presenti.

Nel complesso, il Lollipops aveva un'aria glamour vecchia scuola, infusa di peccato e dissolutezza.

Ma di sicuro non volevo stare qui. Soprattutto perché continuavo a vedere la faccia piena di lacrime di Hannah e a immaginarmela intrappolata tra le fiamme. *Morirò perché non posso uscire.*

Sapevo che le possibilità che il suo condominio andasse in fiamme erano scarse, ma dannazione, ora non riuscivo a smettere di pensarci.

Avrei dovuto chiamare qualcuno per vegliare su di lei mentre mi occupavo degli affari. Piazzare qualcuno fuori dalla sua porta. Che cazzo avevo pensato, lasciandola sola? Ero meglio di così. Io proteggevo le mie c...

«Ehi, eccolo! Mando, vieni qui» mi chiamò Angel. Lanciai un'occhiata a Don Pachino che stava masticando il suo sigaro, ma aveva un ragazzo su ogni lato che cercava di attirare la sua attenzione. Avrei dovuto aspettare il mio turno.

«Stasera tutti offrono una lap dance a Mando» annunciò Angel. «Per recuperare il tempo perso.»

Tempo perso.

Non c'era mai stato una descrizione migliore per i miei anni in prigione. Non nel senso in cui lo intendeva lui, come se avessi perso parte della mia vita. In effetti era proprio così. Ma per me era stato più che tempo *semi-perso*. Mi ero spento in carcere. Insomma, fisicamente ero ancora vivo. Avevo dormito, mangiato e camminato. Avevo combattuto per la mia vita. Avevo ucciso un uomo a mani nude. Ma non ricordavo niente. Anzi, non volevo ricordare niente di tutto ciò. Quindi era stato decisamente tempo perso.

«No, sono a posto. Sono venuto solo per scambiare due parole con...»

«Cazzate.» Angel mi tirò giù sulla sedia accanto a lui, facendo già segno a una delle ballerine con un biglietto da venti tra le dita. «Fai un ballo per il mio amico qui, tesoro. È appena uscito di prigione.»

Sicuramente non volevo il ballo, ma feci quello che dovevo: crollare sulla sedia con le braccia sciolte lungo i fianchi e le cosce larghe, trasformandomi in un'attrezzatura per la ragazza che mi lasciò il suo profumo fruttato a buon mercato dappertutto.

«Non dirlo più» dissi ad Angel. Sapevo di essere uno stronzo. Era irrispettoso da morire. Apparteneva alla generazione più anziana ed era un capo, e l'organizzazione si basava sul rispetto dei nostri anziani. Sentii che mi era uscito troppo rude, quindi aggiunsi «per favore.»

«Tranquillo.» C'era un tono riluttante nella sua voce, ma avrebbe ignorato il mio cattivo comportamento, dato che ero appena uscito. Almeno avevo questo pass gratuito. «Lo capisco.»

Non chiese scusa, certo, non mi aspettavo che lo facesse, ma eravamo *a posto*.

La ballerina fece le sue cose, spingendomi i seni in faccia, mettendosi a cavalcioni su di me, poi girandosi e strofinando il culo coperto dal sotto di un bikini striminzito contro il mio cazzo.

Indossava un minuscolo perizoma rosso e tacchi a spillo da dodici centimetri che usava per tenermi fermo. La sua schiena era arcuata, la testa gettata all'indietro, i lunghi capelli biondi le scendevano sulle spalle. Roteò il culo contro di me come un'onda al rallentatore, e tra la pura disperazione del suo atto e il fatto che ero assolutamente sobrio e non stavo nemmeno cercando di nascondere il mio disagio, mi sembrò di essere bloccato in una terribile distorsione temporale. Mi guardava ogni manciata secondi con occhi tristi come se implorasse pietà, ma tutto quello che potevo fare era stare seduto lì immobile, aspettando che tutto finisse.

Mi sforzai di aspettare che quella merda finisse. Seriamente non avevo la pazienza per questo stasera.

Era difficile pensare che ne avrei mai più avuta. Mi piacevano davvero serate come questa al club del don? A fare il grande uomo. Sforzandomi di adattarmi, di interpretare il ruolo.

Ora volevo solo andarmene.

Da tutto.

Ma non era un'opzione. Da *Cosa Nostra* non si usciva. Non quando eri un uomo d'onore. Don Pachino mi possedeva, adesso e per il resto della mia vita.

Arturo fece cenno a un'altra ragazza di avvicinarsi con una banconota. «Il tuo turno. Su di lui.» Mi indicò.

Porca puttana. Quanto tempo avrei dovuto sopportare tutto questo?

Ma sapevo che se non lo avessi fatto, tutti lo avrebbero interpretato nel modo sbagliato, specialmente il Don. Dovevo mostrare la mia gratitudine, comportarmi bene. Sì, ero stato dentro, ma faceva parte del gioco. Ora ero fuori e mi stavano viziando con la lap dance e aiutando a rimettere in sesto la mia vita. Dovevo dimostrare di valere lo sforzo che stavano facendo. E che non mi ero arreso né ero rimasto indietro.

Era sempre questa la paura quando qualcuno era appena uscito di prigione. Soprattutto quando uscivano con un anno di anticipo. Ma non mi riguardava. Era una linea che non avrei mai attraversato. Nemmeno per paura. Ero ancora fedele. Questa era ancora la mia famiglia.

Semplicemente non me la sentivo in questo momento.

Ma non sentivo molto di niente, quindi non era insolito.

Il fottuto Emilio mandò un'altra ragazza, e invece di aspettare il suo turno, mi affrontarono due contro uno, avevo la lingua di una ragazza in ogni orecchio, le loro mani su tutti i miei fottuti vestiti.

Avevo un barzotto, perché, ok, avevo le tette in faccia. Ma ero più disgustato da loro di quanto non fossi eccitato.

E onestamente? Se fossi venuto qui ieri sera, prima di vedere Hannah, non sapevo se mi sarei fatto venire un barzotto. Hannah aveva risvegliato il mio cazzo dal regno dei morti.

E, cazzo, in questo momento era legata e imbavagliata sul suo letto. Era così che la ripagavo.

Non farò mai più sesso con te. Giuro su Dio.

Me lo meritavo. Ma ero anche abbastanza stronzo da sperare che riuscisse a superarlo. Perché in questo momento, lei era la mia fottuta ancora di salvezza. Lei era l'unica cosa che sembrava avere un senso, e la diceva lunga, considerando quanto erano state incasinate le nostre interazioni fino a questo punto.

«Ti offro io la prossima» disse Marco.

«No, faccio io» si offrì Leo.

Scossi la testa e Marco annuì, sorridendo come se non

stesse succedendo niente. «Va bene. La prossima volta, allora.»

I balli finirono e mi alzai prima che qualcun altro potesse mandare una ragazza. Fanculo. Sapevo di essere scortese. Sarei dovuto restare qualche ora, bere qualche drink. Dimostrare la mia lealtà e tornare nella cerchia ristretta.

Ma non sarebbe successo. Mi avvicinai a Don Pachino e mi misi davanti a lui, lanciando a Emilio uno sguardo mortale finché non disse: «Che c'è?»

Certo, il ragazzo era troppo coglione per cogliere un suggerimento. «Devo parlare con il don» dissi.

«Dagli il tuo posto» borbottò Don G, e solo allora Emilio si alzò, sbattendomi di proposito addosso mentre passava.

Anche Johnny, il tizio dall'altra parte di Don Pachino, si alzò, presumibilmente per darci privacy.

«Cosa c'è che non va?» disse subito Don G.

Sprofondai un po' più in giù sulla sedia, tenendo lo sguardo puntato sulle ballerine sul palco. «Qualcuno mi ha preso di mira. Un pulitore si è presentato questo pomeriggio fuori da Rocco. Me ne sono occupato io. Ho solo pensato che dovessi saperlo.»

«Chi l'ha mandato... qualcuno dalla prigione?»

«Sì. Probabilmente. Ho freddato un membro di una banda dentro. Potrebbe essere una vendetta. Non lo so. Terrò un profilo basso fino a quando non capirò qualcosa. Non lascerò che ciò influisca sul lavoro che mi hai dato o su qualsiasi merda della famiglia. *Lo prometto.*»

«Datti malato al lavoro per qualche giorno. Ti pagano comunque. Lascia che le cose si sistemino. Vieni a capo di questa merda.»

Annuii con la testa e allungai la mano per stringere

quella del don. «Va bene. Andrà tutto bene. Grazie don Pachino.»

«Don G» mi corresse, stringendomi la mano e facendomi sapere che ero ancora parte della cerchia ristretta. Solo i suoi soldati più vicini lo chiamavano con il soprannome più informale Don G, dal suo nome di battesimo, Giovanni.

Mi alzai e annuii al resto del gruppo.

«Ehi, Mando, vuoi un altro ballo?» chiese Arturo.

«Non stasera. Grazie. Lo apprezzo però. Da parte di tutti voi.» Gesù, cazzo. Dovetti forzare delle cordialità fuori dalle mie labbra secche, e uscirono fuori come delle bugie.

Non potevo più giocare a questo gioco.

Ricordai che in passato ero bravissimo a farlo. Il migliore. Ora era come se stessi recitando la parte di uno sconosciuto. Sembrava tutto così estraneo e sbagliato.

Mi diressi fuori di lì e verso il furgone di Hannah.

Cazzo... *Hannah*.

Speravo proprio che si fosse addormentata.

Capitolo diciassette

Hannah

Mi svegliai di soprassalto quando sentii entrare Armando e Shadow, che era raggomitolato davanti al mio petto, saltò giù dal letto e si stiracchiò. Sbattei le palpebre rivolta verso la sveglia digitale sul comodino. Erano passate due ore da quando se n'era andato. Avevo dormito in modo irregolare per l'ultima ora dopo essermi finalmente calmata respirando lentamente. Ora tutta l'adrenalina della stressante giornata mi tornò su, quindi mi svegliai completamente. Ed ero ancora molto incazzata.

Venne dritto al mio fianco e si accovacciò davanti a me. «Sei sveglia.» Mi tolse il nastro adesivo dalla bocca.

«Sei uno stronzo.»

Lo ignorò e mi slegò i polsi legati alla colonna del letto. Nel momento in cui le mie mani furono libere, le mossi verso la sua faccia. I suoi riflessi furono molto più veloci dei miei. Mi bloccò i polsi in una morsa di ferro. «Ehi.» Allentò la presa, leggermente. «Vuoi passare la notte legata?»

«Vai all'inferno.»

Smise di trafficare con il nodo dei miei collant e inarcò un sopracciglio severo. Era tragicamente sexy, il che mi fece incazzare ancora di più. Non avrei dovuto trovare sexy niente di tutto questo. Mi aveva confusa con il sesso, offuscando i confini, quindi non potevo dire cosa fosse cosa. In realtà, immaginavo di essere stata io quella che aveva iniziato con quel bacio al negozio. Ma ora ero drammaticamente confusa. Era come se mi fossi tuffata volontariamente a capofitto in una relazione violenta in cui venivo legata al mio aggressore, bramando il suo affetto e ignorando il fatto che mi teneva prigioniera.

Era molto peggio di tutte le relazioni sbagliate in cui mi ero coinvolta. Peggio di Jarod, che mi aveva tradita tre volte prima che smettessi di credere che gli dispiacesse. Peggio di Eric, il tizio per cui mi ci erano voluti sei mesi per rendermi conto che pensava a me solo come alla sua trombamica. Questa era la definizione di una relazione tossica. Non era nemmeno una relazione. Era la sindrome di Stoccolma.

Lacrime di rabbia mi riempirono di nuovo gli occhi, e lottai ancora, combattendo per liberare le mie mani legate.

Strinse la presa, piantando un ginocchio sul letto per tenersi sospeso sopra di me, spingendo le mie mani più vicino al mio petto per intrappolarmi. «Hannah.»

«Puzzi di fumo di sigaro» gli dissi, come se fosse un amante tornato a casa tardi da una serata di festa con i ragazzi. Poi ci sentii sopra un altro profumo stucchevole e mi si chiuse lo stomaco. «Dio mio! Sei coperto di profumo di merda! Cazzone di merda!» Ero impreparata alla pioggia di tradimento che mi riempì i polmoni.

«Ehi, ehi, ehi, ehi.» Mi si mise a cavalcioni. In qualche modo, aveva allentato il nodo dei collant mentre mi agitavo contro di lui, e mi bloccò i polsi accanto alla testa. Un polso era ancora avvolto nel tessuto. Continuai a lottare, il dolore dovuto alla mia stupidità di essermi scopata questo ragazzo sgorgava come sangue tra di noi. «Ero in uno *strip club*» disse con un tono che avrebbe dovuto rendere tutto migliore. Quando allargai la bocca per l'orrore, aggiunse rapidamente: «Per una riunione.»

Giusto. Apparentemente tra i membri della mafia, era lì che si svolgevano le riunioni. Ripensandoci, ero propensa a credere a quella parte.

«Tutti mi hanno offerto dei balli perché sono appena uscito di prigione. Non mi è piaciuto, Fiori.»

«Oh, ne sono sicura.» La mia voce grondava dolore e sarcasmo.

Il suo volto si contorse per il disprezzo. Normalmente mostrava così poco nella sua espressione che mi prese alla sprovvista. «Pensi che avessi bisogno di quella merda? Dopo quello che mi hai dato?»

Rimasi di sasso.

Dopo quello che mi hai dato.

Il viso di Armando si librava a pochi centimetri dal mio, i suoi occhi nocciola scintillarono. C'era della frustrazione in lui. Passione. Lo sentivo attraverso la sua pelle, ma questa volta non danneggiò il mio corpo: lo nutrì.

«Se ti fossi scopato un'altra donna stasera, ti avrei tagliato il cazzo.» Potevo anche essere sua prigioniera al momento, ma dovevo spiegarmi comunque. Non ero così stupida da credere che il nostro sesso di oggi avesse significato qualcosa: non l'avevo preso come una promessa o un impegno. Era semplicemente successo. Ma mi sarei offesa moltissimo se avesse messo lo stoppino altrove dopo quello che avevamo fatto.

«Non l'ho fatto, Hannah. Non volevo nemmeno essere lì. Lo giuro su Dio.» Improvvisamente sembrò così stanco. I suoi occhi, invecchiati. «E mi hai fatto preoccupare per un fottuto incendio per tutto il tempo.»

Bene.

Anche questo mi dava soddisfazione.

Ero ancora incazzata ma mi stavo addolcendo.

Tirò il polso con i collant ancora avvolti intorno alla spalliera del letto e cominciò a riallacciarlo.

Risuonò un altro allarme dentro di me. «Cosa fai?»

«Mi lavo via l'odore.» Mi sollevò anche l'altro polso e lo legò.

Per me, mi sussurrò una vocina.

«Sei un tale stronzo.»

Era tornato freddo e indifferente, la sua faccia sfoggiava di nuovo la maschera brutale. «Mi è stato già detto.» Si diresse in bagno e lasciò la porta aperta mentre si spogliava.

Io guardai. Non stava organizzando uno spettacolino per me. Probabilmente aveva lasciato la porta aperta per assicurarsi che non urlassi o provassi a fare qualcosa, ma era comunque uno spettacolo che valeva la pena guardare. L'avevo visto nudo prima, ma era da vicino, ed ero quasi fuori di testa per la lussuria. Ora potevo osservarlo clinicamente. Ed era ancora più impressionante la seconda volta. Era un complesso di muscoli solidi. Addominali scolpiti, di quelli che si potrebbero scalare. Non era abbronzato e liscio in stile ragazzone americano. Era peloso, brutale e forte. Era tutto grinta e virilità.

Mio padre era un uomo gentile della classe operaia che rispettavo e amavo profondamente. Era un ragazzo grosso e forte che poteva aggiustare qualsiasi cosa con le sue mani. Lavorava nell'edilizia come elettricista. Uno del sindacato.

Anche se Armando era più il tipo elegante da completo italiano, c'era qualcosa in lui che mi faceva vibrare. Qualche somiglianza tra loro che mi colpiva a livello biologico. Il mio cervello aveva impresso mio padre come l'uomo archetipico. Armando ci si adattava. Lui era forte. Prendeva il controllo. Raggiungeva gli obiettivi

Armando entrò nella doccia. Fu veloce, insaponando ovunque e risciacquandosi in non più di due minuti.

Si infilò i boxer dopo essersi asciugato e tornò a lato del letto. Non parlò mentre srotolava i miei collant dalla spalliera del letto. Non mi sciolse i polsi, però.

Forse pensava che avrei provato a colpirlo di nuovo.

Avrei potuto ancora farlo.

Salì sul letto accanto a me. Gli diedi le spalle, incurvandole. Ero ancora incazzata.

Quando affiancò il suo corpo sul mio e mi avvolse un braccio intorno alla vita, io tirai indietro le braccia legate per dargli una gomitata. Fu troppo veloce. Mi prese per i polsi e si legò l'estremità libera dei collant al proprio polso. Ah. Ora capivo. Non stava cercando di abbracciarmi. Si stava legando a me.

Immaginavo che lo considerasse più gentile che tenermi legata alla colonna del letto. Forse sì. Questa posizione era comunque migliore.

E segretamente mi godetti la sensazione del suo braccio avvolto su di me, il suo peso. Era confortante in modi in cui non avrebbe dovuto essere. Era passato molto tempo dall'ultima volta che ero stata abbracciata da un uomo e avevo dimenticato quanto lo amassi. Il profumo del sapone e della pelle pulita mi entrò nelle narici.

Il suo cazzo si contrasse contro il mio culo.

«Non faremo più sesso» dissi con fermezza. Forse stavo cercando di convincermi.

«Capito» borbottò.

«Intendo mai più.»

«Shh, Fiori. Dormi.» Avvolse la sua grande mano sopra le mie legate, quasi come se ci stessimo tenendo per mano.

Poiché odiavo quanto mi piacesse, dissi: «Penso ancora che tu sia uno stronzo.»

Non rispose e cominciai a sentirmi in colpa, come se dovessi preoccuparmi di ferire i suoi sentimenti.

Poi parlò. «Ascolta, so che sei incazzata, Hannah. Ma fidati di me, legarti e lasciarti qui è stata l'opzione migliore che ho avuto.»

Girai la testa nella sua direzione, fissando con rabbia il soffitto. «È una tale stronzata.»

«Avresti preferito che ti avessi lasciata legata nel furgone nel parcheggio dello strip club? Oppure... cazzo. Non ti dirò nemmeno le altre possibilità.» Le sue parole erano velate di frustrazione.

Un brivido mi percorse la schiena perché sospettavo che implicassero la mia eliminazione definitiva, unica testimone del suo crimine.

E all'improvviso ero stanca come sembrava lui. Forse mi stavo solo immergendo nel suo stato, ma era un peso schiacciante. Le lacrime mi si accumularono agli angoli degli occhi e una mi scivolò lungo il naso. «E l'opzione in cui ti fidi di me? Ti ho detto che non parlerò. Quando ci crederai?»

Armando rimase silenzioso dietro di me, ma il suo corpo era rigido e teso. Il suo braccio si era stretto intorno a me e così anche la sua presa sulle mie mani. Alla fine espirò sonoramente tra i miei capelli. «Mi fido di te, Hannah. È solo che qui la posta in gioco è troppo alta per fidarsi. Se commetto un errore, mi costerà la vita.»

Ok, la posta in gioco era alta.

«Mi dispiace che tu sia rimasta coinvolta nel fuoco incrociato. Davvero. Ma è successa una merda che non avevo pianificato, e ora sto solo cercando di gestire il casino.»

«E io faccio parte di quel casino.»

«Sei l'unica parte buona» disse. Mi sembrò di sentire le sue labbra che mi sfioravano la nuca, e cercai di soffocare il brivido di piacere che mi percorse. Cercai di farmi coraggio contro le sue parole, anche se gli credevo. Sapevo che erano vere.

«Non lasciarmi più legata di nuovo.» Le lacrime mi bloccavano la voce.

Tirò indietro il mio corpo accomodandolo contro il suo. «Mi dispiace, Fiori.»

Prima ero sicura che dormire con i polsi legati sarebbe stato impossibile, ma mi ritrovai già a sprofondare in un profondo rilassamento, il calore e il peso del corpo di Armando come una di quelle coperte ponderate che dovevano essere così rilassanti.

«Non voglio farti del male, Hannah» gracchiò nell'oscurità.

L'aveva già fatto. Ma pensavo che lo sapesse.

Ero una spugna emotiva e questo mi faceva immergere in tutti i suoi sentimenti.

Quindi gli credevo. Avevo compassione per la sua situazione. Ma ciò non significava che non stessimo accelerando verso un muro di mattoni. O che lo schianto non avrebbe fatto male da morire.

Capitolo diciotto

Armando

Mi svegliai diverse volte durante la notte, il cuore che batteva forte, l'istinto di uccidere affilato come la lama di un coltello, ma ogni volta, quando trovavo il mio corpo avvolto intorno alla forma morbida e calda di Hannah, il mio battito rallentava. Ogni volta, seppellivo il viso tra i suoi capelli - la sua incredibile cortina di riccioli stretti - e respiravo il suo profumo, e mi sentivo a casa.

Stare vicino ad Hannah era come aprire una botola e scoprire che dall'altra parte esisteva un mondo completamente diverso. Non era selvaggia, non era pazza, ma viveva in un modo così fuori dalla norma, così lontano da quello che conoscevo, che mi stava lentamente svegliando dal torpore in cui mi trovavo

Tutte le emozioni, tutta la passione, la flessibilità e la gentilezza. Forza morbida. Ogni minuto con lei mi cambiava. Stavo tornando alla vita.

Solo che non era la mia vecchia vita. Non era una vita che avevo conosciuto prima.

Era qualcosa di così diverso e bizzarro che non sapevo nemmeno come pensarci.

Slegai i nostri polsi e le liberai le mani mentre dormiva, facendo scorrere la punta di un dito sui rampicanti tatuati sulla sua spalla e lungo il braccio. Era così fottutamente bella. Così diversa da qualsiasi donna con cui ero uscito in passato. L'esatto opposto di Grace. La sua bellezza era così naturale. La chioma selvaggia di capelli che le ricadeva sul sedere, il corpo minuto, sinuoso ma muscoloso. Il minuscolo anello d'oro al naso. La liscia pelle bruna. Era senza pretese e con i piedi per terra.

Scossi la sua chioma selvaggia di capelli, lasciando che i riccioli dalle punte dorate si avvolgessero intorno alle mie dita.

Volevo fidarmi di lei. Davvero.

Ma non potevo essere stupido e spericolato. Non potevo pensare con il cazzo.

Tuttavia, l'avevo trattata come una merda e per la maggior parte aveva subito. Dovevo fare qualcosa di carino.

Tirai fuori il cellulare e mi misi a fare acquisti online. Un regalo stupido. Sicuramente non qualcosa di cui aveva bisogno, considerando che non aveva nemmeno cibo in frigorifero o un furgone su cui fare affidamento. Ma poi, i migliori regali non erano quelli che non avresti mai comprato per te stesso? Inserii l'indirizzo del Giardino dell'Eden per la consegna e completai la transazione.

La bella addormentata non si era ancora svegliata.

La fame finalmente mi fece alzare dal letto, ma quando mi alzai per frugare, non trovai niente nella sua cucina. Me ne sarei andato per andare a prendere qual-cosa, ma non volevo legarla di nuovo. E non volevo nemmeno svegliarla.

Trovai un bar nelle vicinanze collegato a una di quelle

società di consegna di cibo e ordinai un panino con uova e latte per entrambi.

E poi cominciai a guardare tra le sue cose.

Aprii i suoi cassetti e ci guardai dentro. Diedi un'occhiata alle opere d'arte sulle pareti, che consistevano principalmente in fotografie o dipinti di fiori.

Non sapevo cosa stessi cercando: indizi su chi fosse, immaginavo. No, era una fottuta bugia. Stavo cercando segni di un fidanzato.

Sapevo che non ce l'aveva, altrimenti non mi avrebbe scopato, ma volevo sapere se frequentava qualcuno. Con chi era uscita. Qual era la sua storia.

Aveva scopato altri ragazzi nel modo in cui l'avevamo fatto noi?

O era una cosa speciale?

Perché di sicuro non era stato normale per me.

Certo, non ero mai stato cinque anni senza fare sesso prima.

Ma pensavo che la nostra connessione fosse più di questo. La nostra chimica era fuori scala. Il modo in cui si concedeva e faceva emergere il fottuto dominio in me, che non sapevo nemmeno fosse una cosa che mi interessava.

Insomma, sì, mi piaceva essere al comando. Ero un maschio alfa e dovevo essere il responsabile. Ma ero sempre stato rispettoso. Non avevo mai piegato le donne, non le avevo schiaffeggiate e non ero stato cattivo con loro. Non avevo mai legato una ragazza prima d'ora.

Certo, non era stato per divertimento, ma per necessità.

La prima volta.

E l'ultima.

Ma non quella nel mezzo. Quella volta, era piaciuto ad entrambi.

Hannah aveva tirato fuori il fottuto selvaggio che c'era

in me. Era pazzesco quello che volevo farle. Anche adesso, quando stavo pensando di frugare fra le sue cose, avevo quasi voglia di buttarmi con forza su di lei di nuovo.

Non con vera forza. Non in un modo che la facesse incazzare. Ma giocare con la forza. O una forza parziale. Come al negozio di fiori quando era spaventata ma eccitata. Era così che la volevo ogni volta.

Tremante. Nervosa. Arresa.

Ovviamente, in questo momento, il sesso era fuori discussione. Era incazzata con me e non avrei insistito. Le dovevo il mio rispetto.

Hannah si svegliò quando il ragazzo delle consegne suonò il campanello. Stavo frugando nel suo cassetto della biancheria intima, controllando tutte le sue mutandine.

«»Che diavolo, Armando? Stai facendo il maiale con le mie mutandine?»

Sicuramente, *amore*. Lasciai cadere nel cassetto il paio di pizzo rosa che stavo tenendo in mano. Il cazzo mi premeva contro la cerniera perché me la immaginavo con quelle mutandine, immaginavo di togliergliele di dosso... con i denti.

Non risposi mentre aprivo al ragazzo delle consegne al citofono.

Hannah si strinse le braccia intorno come se fosse spaventata. O si sentisse vulnerabile. «Chi è?»

«Solo cibo, Fiori. Sei affamata?»

Parte della tensione si allontanò dalla sua postura. «Sì.» Non si alzò dal letto, però, quindi aprii appena la porta per accettare il cibo e poi glielo portai. Mi guardò diffidente mentre le porgevo il caffè e appoggiavo il mio sul comodino.

Aveva perso completamente la sua fiducia la scorsa sera. Probabilmente era meglio così. Era giusto che avesse paura di me.

Salii sul letto e mi sedetti con la schiena contro il muro accanto a lei, mentre beveva un sorso di caffè e poi gemeva sommessamente.

«Va bene?» chiesi.

«È buonissimo. Che cos'è?»

«Solo un latte macchiato.» La guardai incuriosito.

«È più forte di quello che prendo di solito. O meno dolce. Di solito prendo quello con tutto lo zucchero, gli sciroppi e roba del genere. Non pensavo che mi sarebbe piaciuto così.»

Mi stava parlando come se fosse tutto normale. Questo alleviò parte del caos che avevo nel petto e che era stato lì da quando l'avevo fatta piangere la scorsa notte.

Aprii il sacchetto di carta del cibo e le porsi il panino della colazione incartato, poi tirai fuori il mio. Il suo gattino, Shadow, saltò sul letto e iniziò a fare la pasta facendo le fusa. Mangiai il panino, attento a non far cadere briciole sul letto e ignorai la bestiolina, ma lui scelse il mio grembo per rannicchiarsi. Le sue zampette sembravano suonare il pianoforte sulle mie cosce.

Finii di mangiare e rimisi l'involucro nel sacchetto di carta. Il gattino si alzò per curiosare, infilando il nasino nella borsa e poi allungando una zampa per toccare la carta increspata.

Stava ancora facendo le fusa.

Aprii la busta e cambiai l'angolazione, in modo che potesse entrarci, e lui si accovacciò e scivolò dentro, girandosi e facendo sobbalzare e muovere la busta mentre lo faceva.

Hannah fece un piccolo verso divertito accanto a me.

Era carino. *Sapevo* che lo era, ma non lo sentivo del tutto. Era come se i centri nel mio cervello in cui si svolgeva tutta quella merda si fossero spenti. Avevo preso in braccio quel gattino la scorsa notte quando eravamo arrivati qui per la prima volta. L'avevo guardato dritto nel muso, sapendo intellettualmente che era carino da morire, cercando di sentire qualcosa, ma non era successo. Come quando non avevo sentito niente quando avevo abbracciato mia madre a quella festa di benvenuto. E un abbraccio di una mamma di solito era la cosa che provocava tutte le emozioni, anche se si trattava principalmente di vergogna e rimpianto.

Ma le lacrime di Hannah mi avevano fatto qualcosa ieri sera. Lei mi faceva sentire.

Era già qualcosa.

Stava ancora mangiando, con morsi delicati e masticazione lenta. Scesi dal letto e presi il mio caffè, lo portai in bagno dove cercai un rasoio e mi rasai la faccia.

Quando uscii, Hannah si stava vestendo. Stava indossando un abito t-shirt grigio che ne abbracciava ogni curva, con un top corto in pizzo bianco avvolto sopra. Ai piedi un paio di grossi sandali turchesi, marrone chiaro e arancione. Le dita dei piedi facevano capolino, le unghie dei piedi dipinte di rosa acceso con minuscoli fiori bianchi. Avrei voluto succhiare quelle dita dei piedi.

Si voltò verso di me, il viso era teso. Era nervosa.

Fanculo. Aveva paura di me adesso? Avrei dovuto esserne contento, ma fu come ricevere un calcio nello stomaco.

«Devo andare al negozio.» C'era un tono di sfida nelle sue parole, ma una leggera contrazione nelle sue labbra ne smentì la spavalderia. «Ho dei fiori da vendere, e se non li vendo, non posso pagare le bollette.» Sollevò il mento, le sue narici si allargarono leggermente mentre mi fissava con il suo sguardo esigente.

«A che ora?» chiesi dolcemente. Avevo pensato che

avrebbe dovuto lavorare. Avevo visto gli orari affissi alla sua vetrina.

Lei sbatté le palpebre per un momento, come se fosse sorpresa che non avessi detto di no. «Apro a mezzogiorno.»

Guardai l'orologio. Erano già le dieci. «Sei pronta?»

Si attivò e si diresse verso il bagno con passo veloce, poi si fermò. «Ehm... cosa sta succedendo, Armando?»

«Rimarrò con te, Hannah... finché non ne sarò sicuro. Quindi andiamo entrambi al negozio.»

«È una follia.» Borbottò e mi spinse oltre per entrare in bagno, ma la tensione era svanita. Come prima, sembrava che fosse più preoccupata per i suoi affari che per me. E per qualche ragione, questo alleggerì anche il mio umore.

Tirai fuori la borsetta dall'armadio dove l'avevo riposta e afferrai il caricabatterie dalla scrivania. Avevo messo il suo telefono nella mia tasca posteriore.

Uscì dal bagno truccata e con uno scampolo di tessuto colorato avvolto intorno alla testa, per tenere i riccioli lontani dal viso. Aveva il mascara e una tinta leggera sulle labbra. Avrei voluto baciarla via, ma evitai di provarci.

«Andiamo.» La sua postura era di sfida.

Le porsi la borsa e presi le chiavi.

«È così strano» disse quando chiusi a chiave la porta dietro di noi. «Sto cercando di affrontare questa situazione, ma se ci penso troppo, sono abbastanza sicura che andrò fuori di testa» disse mentre scendevamo le scale.

Le appoggiai leggermente la mano sulla schiena. Non avrei dovuto toccarla, non dopo la scorsa sera, ma il suo corpo era irresistibile. Volevo mettere le mani su di lei, tutto il tempo. «Sono stupito che tu non l'abbia fatto, Fiori.» Mi strofinai la fronte. «Sei andata dritta in cima alla mia lista.» Mi fermai perché non sapevo nemmeno cosa cazzo stessi dicendo. Solo che era vero. Lei era in cima alla mia lista. Di tutto.

«Quale lista?» chiese. Perché, sì, era stata una cosa strana da dire.

Scossi la testa. «Niente. Non importa.»

Mi destinò uno sguardo di sbieco, sotto quelle ciglia folte e curve c'era della curiosità.

Allora mi colpì la risposta: le piacevo. Ecco perché mi aveva baciato. Era il motivo per cui non era andata fuori di testa perché avevo fatto un disastro della sua vita. Invadendo il suo spazio. Insomma, sapevo che c'era un'attrazione reciproca. Una chimica fuori dagli schemi. Ma ora vedevo qualcos'altro. Era la buona vecchia vibrazione che correva quando a una ragazza piaceva un ragazzo che scorreva tra di noi. Un desiderio che era più che sessuale.

E cazzo se non mi venne quasi voglia di ridere.

Non *di lei*. Sicuramente no. No, mi si era sollevato così tanto peso dal petto che avrei potuto volare.

Infilai le mie dita nelle sue. Poteva anche essere incazzata con me, ma le piacevo ancora. Mi sarei riguadagnato il diritto di toccarla.

Quando lei non cercò di divincolarsi, mi godetti la piccola vittoria. La accompagnai al furgone e le aprii la portiera del passeggero.

Il furgone scoppiettò, ci vollero quattro tentativi per farlo partire. Fanculo. Questa cosa doveva essere risolta. Oggi.

Capitolo diciannove

Hannah

Non mi aspettavo assolutamente che Armando mi lasciasse andare a lavorare. Pensavo che avremmo avuto un'altra discussione e che avrei perso. E inoltre, non immaginavo che sarebbe venuto con me.

Era strano e sbagliato che io fossi semi-eccitata dall'idea. Come se il mio ragazzo fosse venuto al lavoro con me.

Continuai a ricordare a me stessa che ero sua prigioniera, non la sua accompagnatrice, ma poi mi tenne la mano e mi aprì lo sportello, e la cosa provocò al mio corpo un tripudio di sussulti e brividi.

Non stavo prestando molta attenzione alla strada che stava facendo, ma quando si fermò in un'officina di riparazioni auto, mi raddrizzai.

«Che cosa stiamo facendo?»

«Ci procuriamo un nuovo alternatore per questo affare. Dai.»

Afferrai la borsa, aprii lo sportello e saltai fuori, notando che non mi stava più ringhiando ordini di non muovermi. La fiducia stava crescendo.

«Non ho i soldi per un alternatore» gli dissi quando feci il giro. Immaginavo che lo sapesse già, ma era meglio essere chiari.

«Ci penso io» disse.

«Non posso lasciartelo fare» risposi.

Cambiò espressione, sfoggiandone una autoritaria. «Non te lo sto chiedendo. Ti sto dicendo che il furgone non è sicuro o affidabile. Quindi, lo aggiusto. Non c'è margine di discussione.»

Non avrebbe dovuto mandarmi in estasi, ma c'era qualcosa nel modo in cui lo aveva detto che mi aveva fatto diventare duri i capezzoli. Era stato un lampo del vecchio Armando, il ragazzo astuto e pacato che veniva nel negozio, quando era ancora di proprietà di Mary Alice, e mostrava enormi mazzette di denaro. Era quella sicurezza e disinvoltura, un po' di spavalderia. Come se i soldi non fossero un problema, e fosse felice di provvedere. Decisamente sexy per me.

Parlò con un meccanico, dicendogli cosa secondo lui non andava nel furgone, e poi entrammo per compilare i documenti. Li fece compilare a mio nome, ma fornì il suo numero di telefono e il suo nome come riferimento, poi chiese una navetta per il negozio.

Non era stato così difficile, ma ero stata sopraffatta dall'idea di portare il furgone ovunque da quando erano iniziati i problemi. Soprattutto perché sapevo di non potermi permettere alcuna riparazione. Ma anche perché avevo paura che mi avrebbero dato un'occhiata - una giovane donna di colore che non sapeva nulla di macchine - e avrebbero cercato di fregarmi.

Nessuno avrebbe mai provato a fottere Armando. Almeno, nessuno sano di mente.

Rimase silenzioso durante il viaggio verso il negozio, seduto accanto a me ma in realtà da qualche parte lontano.

Spinsi la sua gamba con la mia. «Grazie.»

Girò la testa e mi guardò, nessun accenno di sorriso, la sua faccia sfoggiava quella maschera pericolosa e vuota. Non ero sicura neanche che mi avesse sentita. «Che cosa?»

«Ho detto grazie.»

Sbatté le palpebre ancora per un momento, come se gli ci volesse un po' per tornare al presente ed elaborare le mie parole. Poi il suo sguardo tornò presente. «È un piacere, Fiori» borbottò.

Pensai di infilare la mia mano nella sua, ma resistetti. Non riuscivo nemmeno a immaginare cosa stesse passando: appena uscito di prigione con qualcuno che cercava di ucciderlo. Aveva commesso un omicidio e aveva preso la testimone come sua prigioniera. Una stretta della mia mano non avrebbe risolto il problema.

Ero fortunata che i miei problemi fossero risolvibili e lui fosse disposto ad aiutarmi a risolverli. Se ieri non avesse pagato il debito dell'affitto, non avrei saputo cosa fare. E far riparare il furgone sarebbe stato un vantaggio enorme per gli obiettivi che avevo di rendere redditizia l'attività. Avrei ricominciato le consegne.

La navetta ci lasciò al negozio e Armando aprì la portiera, guardando a destra e a sinistra lungo la strada, stile agente segreto. Il suo sguardo vagò e si posò sul punto in cui era caduto il corpo.

«Stai bene?» Gli toccai il gomito.

Armando sobbalzò e si voltò, inarcando le sopracciglia. Gli sfuggì un *oh* con uno sbuffo. «Lo stai chiedendo a *me*?» Mi appoggiò il palmo dietro la testa e abbassò la bocca sulla mia tempia. «E tu?» La sua voce era profonda e tranquilla. C'era un'intensa intimità nella domanda, come se condividessimo un segreto profondo, cosa che credevo di fare, in effetti. Profumava di pulito, la sua pelle appena rasata era liscia contro la mia.

Il cuore mi accelerò. Mi resi conto di quanto le sue labbra fossero vicine alla mia pelle. Di quanto fosse confortevole la sua presa. «Sì, sto bene. Non conoscevo quel tizio, ed è stato... un po' irreale per me. Come guardare un film, sai?»

Armando annuì. Dietro la mia testa, il suo pollice mi massaggiava il cranio. «Sì. Stessa cosa per me. Ma tutta la mia fottuta vita mi sembra un film in questo momento. Tutto tranne...» Si interruppe.

Mi tirai indietro per guardarlo. «Tranne cosa?»

Le sue dita mi scivolarono dietro i capelli e le strinse, catturando una ciocca di capelli. La usò per inclinarmi la testa all'indietro. «Ad eccezione di te. Lo sento reale.»

Smisi di respirare.

Si mosse lentamente, come se mi volesse dare il tempo di protestare, e abbassò la bocca. Fece scivolare le labbra sulle mie. Fu un bacio elegante. Esperto. Non come quelli dettati dalla pazza, calda affermazione quando ci eravamo baciati ieri.

Questo era diverso. Questa era seduzione.

E la seduzione sicuramente non era leale. Perché Armando non era il tipo di persona di cui potevo innamorarmi. Questo non era amore. Potevo aver giocato sporco quando l'avevo baciato per la prima volta, ma era sicuramente lui quello che giocava sporco ora.

Riuscii a mettere le mani tra di noi, e spinsi il suo petto nello stesso momento in cui mi allontanai. Lo permise, strofinando le labbra come se stesse assaporandomi.

Inciampai all'indietro, poi mi girai e corsi sul retro,

accendendo le luci e preparando le cose per aprire il negozio.

Merda. Avevo bisogno di un po' di distanza da questo tizio. Perché, in questo momento, era così in alto nel mio mondo, lo sentivo in ogni poro. Il che rendeva molto difficile erigere difese durature.

Le mani mi tremavano mentre mi muovevo nel negozio, la mia mente e il mio corpo erano ancora sopraffatti dal bacio. Non potevo negare il calore che aleggiava ancora tra di noi, e sapevo che non se ne sarebbe andato presto.

Cercai di concentrarmi sul lavoro, ma i miei pensieri tornarono ad Armando e al modo in cui le sue labbra toccavano le mie. Un profondo calore si diffuse in me mentre ricordavo l'elettricità che era passata tra di noi.

Mi fermai e alzai lo sguardo, solo per trovarlo in piedi sulla soglia, che mi osservava con uno sguardo ardente. Sostenni il suo sguardo e per un momento nessuno dei due si mosse. Poi, si avvicinò e allungò la mano, facendo scorrere un dito lungo la mia guancia. Il suo tocco era gentile ma fermo, mi mandò un'ondata di piacere attraverso il corpo.

Mi scrutò dall'alto in basso e la mia pelle si riscaldò sotto il suo sguardo. «Sei così bella» mormorò, avvicinandosi per sussurrarmi all'orecchio.

Rabbrividii, il cuore mi batteva all'impazzata mentre cercavo di trovare la mia voce.

«Stai cercando di distrarmi» dissi. «Dal lavoro.»

«Funziona?»

«Apro tra poco e non sono pronta.» Gesù Cristo quest'uomo era pericoloso. Il potere che aveva sul mio corpo era innegabile.

Armando fece un passo avanti. «Sembri pronta per me.»

«Armando...» cominciai, ma venni interrotta dalle sue labbra che premevano contro le mie. Un bacio diverso dal precedente, più intenso e appassionato. E potevo sentire la tensione tra noi aumentare ogni momento che passava.

Alla fine, si staccò e mi guardò con uno sguardo dalle palpebre pesanti.

«Lo capisco se non vuoi.» La sua voce era bassa e roca. «Ma non posso negare quello che sto provando in questo momento.»

Annuii, il cuore mi batteva forte nel petto. Lo volevo anche io. Ma avevo paura. Paura di cosa sarebbe successo se l'avessi fatto entrare.

«Io... io lo voglio» sussurrai, con voce appena udibile.

Mi spinse davanti a uno scaffale alto che usavo per riporre nastri e oggetti decorativi per le mie composizioni. Inchiodandomici contro, intrappolandomi tra la superficie dura e il suo corpo. Le sue mani si mossero lungo i miei fianchi e non riuscii a fare a meno di inarcare la schiena, spingendo il mio corpo più vicino al suo. Si chinò in avanti e premette le labbra contro le mie, la sua lingua scivolò nella mia bocca, esplorandomi e assaporandomi.

Il mio respiro divenne affannato e tutto quello che riuscii a sentire fu il suo cazzo duro che mi prometteva quello che sarebbe venuto dopo. Le sue mani mi scivolarono lungo la schiena e mi afferrarono il sedere, sollevandomi e premendo ancora di più i nostri corpi. Gli avvolsi le gambe intorno alla vita e lui si chinò e senza sforzo mi strappò via le mutandine.

Armando si inginocchiò davanti a me e iniziò a baciarmi l'interno delle cosce, risalendo lentamente fino a trovare il clitoride. La sua lingua esperta lo accarezzò e il piacere si diffuse in tutto il mio corpo. Mosse la lingua su e giù, stuzzicandomi fino a farmi ansimare dal desiderio. Le sue mani scivolarono intorno al mio culo e mi tirò più vicino, infilando la lingua dentro di me. Gemetti di piacere, il corpo mi tremò. Inarcai la schiena, spingendomi più vicino a lui, spingendolo ad andare ancora più in profondità.

Lui rispose facendo scivolare un dito dentro di me, il suo pollice trovò e strofinò il mio bocciolo stretto. Le sue spinte si fecero più urgenti e sentii che stavo raggiungendo il punto di non ritorno.

I miei gemiti divennero più forti e il corpo tremò mentre raggiungevo l'orgasmo. Le sue mani scivolarono sui miei fianchi e si alzò lentamente per guardarmi di nuovo negli occhi.

«Pronta per avere altro?» La sua voce era bassa e roca.

Annuii, il corpo mi tremava ancora per il piacere che mi aveva appena dato. Mi baciò profondamente e mi fece girare, spingendomi ancora una volta contro lo scaffale. Sentii il suono dell'involucro di un preservativo che veniva strappato, o almeno speravo che fosse quello che avevo sentito, ma ero andata troppo oltre per preoccuparmene.

«Hai detto che non avresti mai più fatto sesso con me.» Le sue parole roche mi accarezzarono la pelle e mi fecero venire i brividi lungo la schiena.

«Ho cambiato idea» risposi in qualche modo.

Lui trascinò la cappella sulla mia fessura, poi mi penetrò da dietro, riempiendomi a ogni spinta, e io emisi un forte gemito.

Si mosse sempre più veloce, e presto mi ritrovai a urlare il suo nome, grata di non aver ancora aperto il negozio.

Le sue forti spinte divennero sempre più intense, e sentii un altro orgasmo crescere dentro di me. Quando raggiunsi il mio apice, sentii il suo corpo tendersi, e rilasciò un gemito profondo mentre spingeva. Spinse ancora più in profondità e riuscii a sentire il suo sperma caldo che mi riempiva mentre finalmente raggiungeva il proprio climax.

Restammo così per qualche istante, ansimando e

cercando di riprendere fiato. Si staccò da me e mi avvolse le braccia intorno alla vita, appoggiandomi la testa sulla spalla.

I segni del mio amplesso coprivano l'interno delle cosce e guardai le mutandine gettate sul pavimento.

Mi fece girare e mi baciò profondamente, le sue mani indugiarono sul mio corpo. Il suo tocco era elettrico e la mia eccitazione aumentò rapidamente in risposta. Spostò le labbra dalla mia bocca e scese lungo il collo, facendomi venire i brividi sulla pelle.

Fece scivolare la mano più in basso e premette due dita dentro di me, girandole intorno finché non tremai di piacere.

«Mi piace sentire i tuoi succhi. Mi piace come mi ricoprono il dito» disse.

Gemetti in risposta, il desiderio e il bisogno mi attraversarono. Continuò a colpire e stuzzicare, il suo pollice sfiorò il mio bocciolo sensibile e inviò ondate di piacere attraverso di me. Inarcai la schiena e spinsi contro la sua mano, desiderando di più.

Mosse l'altra mano sui miei fianchi e mi tenne saldamente in posizione mentre mi accarezzava l'addome ancora tremante per l'orgasmo. Le gambe mi tremarono e rimasi senza fiato mentre lui ritirava lentamente la mano.

Mi avvolse di nuovo tra le braccia e mi sussurrò all'orecchio: «Ti devo un nuovo paio di mutandine.»

Capitolo venti

*A*rmando

Mi sedetti nell'area dell'officina per non intralciare Hannah. Su una parete c'era un lungo banco da lavoro con scaffali sopra che contenevano tutti i suoi materiali, come vasi e cestini e le cose di gommapiuma verde in cui infilare gli steli dei fiori. Era qui che metteva insieme le sue composizioni. Sulla stretta mezza parete c'era la sua scrivania, coperta da pile di fatture e vecchi registri che risalivano a trent'anni fa. La merda di Mary Alice.

Hannah si muoveva velocemente per lo spazio, sistemando le cose nel frigorifero, riordinando. Poi girò il cartello aperto e fermò la porta aperta.

Cominciai a setacciare tra le fatture e le scartoffie, facendo un rapido conteggio mentale dei totali man mano che procedevo. Aveva fatto tre matrimoni negli ultimi tre mesi, quelli pagavano molto. Ma il resto della roba era tutto bouquet e composizioni di poco conto. Sembrava che le consegne fossero state interrotte quattro mesi fa. Doveva essere il momento in cui il furgone aveva iniziato a fare i capricci.

Tanto per passare il tempo, afferrai il libro mastro più recente e lo aprii. Avevo approfittato del mio tempo in prigione per prendere una laurea in economia. Probabilmente allora stavo pensando di impressionare il don una volta uscito. Non gliel'avevo ancora detto.

Nonostante la mia mancanza di entusiasmo per quasi tutto in questo momento, gli affari mi interessavano ancora. Aprii il libro mastro e guardai gli incassi e i pagamenti. Arturo mi aveva fatto usare un libro mastro vecchio stile come questo per registrare le entrate e le rendite delle nostre rapine, quindi avevo familiarità con il layout. Tirai fuori il libro mastro successivo e il successivo ancora. Le voci che vedevo riflettevano la tensione a cui era sottoposta Hannah. Il reddito di Mary Alice non cresceva da anni. Era solo rimasto in pari. E il suo margine di profitto non era stato enorme all'inizio. Le spese maggiori erano state il personale e l'affitto. I fiori e altri materiali erano la voce successiva.

Hannah tornò indietro e si fermò di scatto. «Cosa fai?»

Non risposi, invece le chiesi: «Stai pagando le stesse spese che pagava Mary Alice?»

Lei si avvicinò, aveva una postura rigida. «Più o meno. L'affitto è salito di duecento dollari quando sono subentrata, e devo anche pagare mensilmente Mary Alice per l'attività.»

«Quanto?»

«Millecinquecento.»

Fischiai.

«Che c'è?» C'era un tono fortemente difensivo nella sua voce.

Non avrei dovuto insistere, ma volevo approfondire. Scoprire cosa era andato storto. «Hai controllato i numeri prima di subentrare?»

Impallidì leggermente. «Cosa intendi?» Quando si sistemò i capelli sulla spalla, vidi che le tremava la mano.

Poteva essere perfettamente in grado di gestire me, un legittimo assassino che l'aveva fatta prigioniera, ma andava fuori di testa quando si trattava di gestire gli affari, e lo sapeva.

Le presi le dita tremanti e le strinsi. «Ah, voglio solo dire, posso capire perché stai soffrendo. Non c'era molto spazio di manovra per cominciare.»

Fissò le nostre mani unite come se fossero oggetti estranei. Cristo, sembrava che stesse per svenire. Si liberò dalla mia presa per aggrapparsi al bordo della scrivania e sbatté rapidamente le palpebre.

«Ehi, non spaventarti. Si può risolvere. Significa solo che non puoi fare la stessa cosa che ha fatto Mary Alice e aspettarti di fare soldi. Devi apportare delle modifiche.»

Si appoggiò pesantemente alla scrivania, come se le gambe non la reggessero. Avrei voluto prenderla in grembo e dirle che sarebbe andato tutto bene, ma non ero il suo eroe. Ed ero troppo cinico per credere che avrebbe funzionato a meno che non cambiasse strategia.

«Che cambiamenti?»

Mi alzai e incrociai le braccia sul petto. «Non lo so. Devi trovare nuovi affari. Crea nuove connessioni. Lavorare con nuovi punti di vista. Stai pagando Mary Alice come buonuscita - gli affari fissi che aveva - ma forse stai pagando più del dovuto. E quell'attività è diminuita.»

Gli occhi di Hannah si riempirono di lacrime, ma lei le ricacciò indietro. Qualcuno entrò e lei si affrettò verso il negozio, lanciandomi uno sguardo mortale da sopra la spalla quando arrivò.

La tenni d'occhio. Era a portata d'orecchio, in modo che potessi sentire se avesse chiesto al cliente di aiutarla e vedere se avesse provato a passargli un biglietto o qualcosa del genere. Onestamente, non mi aspettavo che provasse a fare qualcosa, ma sarei stato stupido a fidarmi ciecamente.

Nessuno lo faceva, specialmente quando c'era di mezzo una bella donna.

Hannah fece apparire un bouquet da quattro soldi per la donna, lanciandomi un'altra occhiata arrabbiata alle spalle.

Feci scrocchiare il collo. Perché mi sentivo un tale coglione?

Ero solo onesto e stavo cercando di aiutare.

Tuttavia, non mi piaceva vederla incazzata. Come la scorsa sera, quando l'avevo lasciata legata, qualcosa di fastidioso mi strisciava nello stomaco.

Sentimenti.

Fanculo.

Ma volevo davvero *sentire* di nuovo?

Forse la vita era fottutamente più facile quando da insensibili niente di niente poteva fregarti.

Avrei dovuto restare e tenere d'occhio Hannah, ma non vedevo l'ora di risolvere le mie stronzate e porre fine a questa fottuta situazione con lei, quindi tirai fuori il telefono e andai nel retro del negozio per chiamare Luis, un ragazzo che conoscevo. Possedeva un banco dei pegni ed era anche felice di spostare le cose dai libri contabili. Gestiva tutte le cose, piccole e grandi. Era connesso con quasi tutto l'underground di Chicago, comprese le gang.

Rispose con un «Ehi.»

«Ehi, sono Armando, della famiglia Pachino. È passato un po' di tempo.»

«Armando. Sei fuori?»

«Sì, sono appena uscito.»

«Cos'hai per me?»

«No, niente. Resto pulito, ma mi chiedevo se potessi aiutarmi con alcune informazioni.»

Fece una pausa. Sapevo che niente in questo mondo era

gratis. Ci sarebbe stato un prezzo per tutto ciò che avessi ricevuto da Luis. «Quali informazioni?»

«C'è una taglia su di me. Mi chiedevo se ne avevi sentito parlare.»

«No, non ne so niente. Chi pensi che sia?»

«Immagino gli Hermanos. Ho avuto uno scontro con uno dei loro membri all'interno. Potresti scoprire se ho ragione?»

«Sì, chiederò in giro. Questo è il tuo nuovo numero?»

«Per ora.»

«Bene. Ci sentiamo.»

Riattaccai e aprii la porta sul retro che dava sul vicolo, sentendomi irrequieto. Stamattina qualcosa mi aveva fatto pensare che avrebbe potuto non trattarsi affatto degli Hermanos. Erano più tipi da presentarsi con un'auto piena di ragazzi e armi automatiche. Quello era più il loro stile. Un solo tizio che mi aggrediva in un angolo urlava piuttosto *sicario*. E perché avrebbero dovuto assumere un sicario, quando erano tutti perfettamente in grado di uccidermi da soli?

Erano solo due i motivi per cui qualcuno poteva decidere di assumere un sicario: o non era un assassino o non voleva che si sapesse che dietro c'era lui. E quando dicevo che non voleva che si sapesse, non intendevo che non venisse provato. Non si parlava del fatto che lo sapeva la polizia. Intendevo che lo sapessero in strada.

Nel caso in cui Don Pachino avesse colpito qualcuno, lo avrebbe fatto per mandare un messaggio. Per far sapere in strada che ne era responsabile. Ero convinto che lo stesso valesse per gli Hermanos. Il messaggio avrebbe dovuto essere *non ti mettere nei guai con i nostri ragazzi in prigione o all'esterno.*

Quindi un mercenario assoldato per seguirmi mi sembrava strano.

Non mi piaceva. E mi veniva da pensare che forse avevo più cose di cui preoccuparmi di quanto pensassi.

E ora stavo diventando fottutamente paranoico.

Pensai che forse non avrei dovuto ordinare da Gio l'altra sera. La gente mi conosceva lì. Il proprietario sapeva il mio nome. E avevo usato una carta di debito, il che significava che ora mi avevano collegato all'indirizzo di Hannah. Quindi forse avevo mandato a puttane il mio piano di nascondermi a casa sua.

Era il motivo per cui stamattina avevo portato il suo furgone da un meccanico a caso. Ne conoscevo di meccanici. Ragazzi che mi avrebbero fatto un ottimo prezzo o che addirittura mi avrebbero fatto il lavoro gratuitamente. Ma non avevo intenzione di collegare Hannah e i suoi affari al mio nome. Era già finita abbastanza a fondo in questa merda. Se le fosse accaduto qualcosa a causa mia, non sarei stato in grado di convivere con me stesso.

La guardai al suo banco da lavoro, mentre metteva insieme nuove composizioni. Aveva talento.

Volevo aiutarla.

Era la prima cosa che mi era stata chiara, a parte il fatto di volerla scopare, da quando ero uscito. La prima cosa che aveva generato in me persino una scintilla di interesse.

Peccato che farmi coinvolgere nei suoi affari fosse la peggiore delle idee. Se davvero mi fosse importato dei suoi affari, me ne sarei stato alla larga.

Capitolo ventuno

Hannah

Lo stomaco mi si aggrovigliò in un nodo sotto le costole. O forse era il mio diaframma bloccato. Era per quello forse che non riuscivo davvero a respirare. Il mio livello di stress era salito al limite quando Armando mi aveva chiesto del lavoro.

Le lacrime mi bruciavano gli occhi mentre preparavo mazzi di cui non avevo bisogno. Ma lavorare con i fiori era l'unica cosa che mi rendeva felice qui. Insomma, mi rendeva felice in generale - ecco perché avevo rinunciato alla mia borsa di studio per la scuola per infermiere - il piano di mia madre per me - per comprare il negozio di fiori. I fiori mi rendevano felice. Mi piacevano i loro colori, le loro trame delicate, i loro odori. Adoravo poter lavorare con un mezzo così bello e usare il mio occhio e la mia creatività nelle composizioni.

Il college non faceva per me. Potevo essere stata una studentessa da tutti dieci, ma ciò non significava che mi piacesse. No, quando Mary Alice mi aveva contattata per passarmi l'attività, lo desideravo più di ogni altra cosa al mondo.

Ma ora mi sembrava di aver commesso un grosso errore.

Armando entrò dalla porta sul retro e io lo guardai accigliata. C'era un po' di odio che si agitava in me nei suoi confronti in questo momento.

Sapevo che non era colpa sua, ma mi aveva detto la cosa che io stessa mi ero nascosta negli ultimi sei mesi. Avevo fatto un grosso errore rilevando il Giardino dell'Eden. Avevo rinunciato alla mia istruzione e alla mia sicura carriera, e ora avrei perso tutto.

«Ehi.» Appoggiò un fianco alla panca e mi osservò. «Non stavo cercando di farti incazzare.»

«Non sono incazzata» mentii con voce tesa. Quello che intendevo dire veramente era che non volevo essere incazzata perché non era colpa sua se stavo annegando qui.

«Non stavo criticando la tua decisione o i tuoi affari, Hannah.»

Di sicuro non era così che sembrava.

«Guardami.»

Ignorai il suo ordine.

«Hannah.» Interpretava molto bene il *Signor comando io*. Scommettevo che la faceva fare addosso a chiunque quando voleva.

Mi rivolsi a lui con le labbra serrate. La pressione che sentivo in gola minacciava di farmi esplodere.

«Non sei completamente fottuta. E non hai mandato a puttane nulla.»

Lo guardai sbattendo le palpebre. Sintesi interessante. Stranamente, le sue parole mi avvolsero arrivandomi con una specie di tonfo confortante.

Inclinò la testa. «Vuoi farlo funzionare, vero?»

Aprii la bocca, colta alla sprovvista dal reindirizzamento sulla mia angoscia. Era ancora tutto lì nel mio petto, ma aveva smesso di sobbollire. Smesso di agitarmi. «Sì» scattai, anche se non meritava la mia rabbia.

«Ehi.» Mi portò una mano alla vita. Provocò una tensione delle mie viscere, soprattutto considerando quanto ero nervosa. «Sei preoccupata. L'ho capito. Ma hai delle scelte.»

Mi ritrovai ad avvicinarmi a lui, come se la forza di quel corpo solido come una roccia o il suo atteggiamento presuntuoso potessero trasmettersi magicamente. «Quali scelte?»

Alzò le spalle. «Puoi continuare a preoccuparti e fare le stesse cose che hai fatto finora.»

Mi accigliai, i miei polmoni si strinsero di nuovo.

«Oppure puoi iniziare a provare cose nuove per far crescere la tua attività. Perché è quello che vuoi, giusto? Farlo crescere?»

Annuii. Sì. Questo era quello che avevo immaginato quando avevo deciso di rilevare l'attività. Non immaginavo di mantenere le cose come le aveva fatte Mary Alice per anni, e sicuramente non pensavo che avrei avuto meno affari di lei.

«Non posso farlo crescere se non ho soldi da investire. Insomma, non sono nemmeno riuscita a riparare il furgone per continuare le consegne. Ecco perché sono a galla da quando l'ho rilevato.»

«Allora inventati qualcosa.»

Sbattei le palpebre. «Sul serio? Questo è il tuo consiglio?»

«Non tutte le idee costano denaro. E i soldi non provengono solo da una fonte.»

Scossi la testa. Non sapevo perché avevo pensato che avesse delle risposte magiche per me. «Che ne sai, comunque?» mormorai voltandomi.

Mi prese per un braccio e mi tirò indietro. «O ti arrendi

o combatti per questo, Fiori. Non puoi trattenere il respiro e fingere che non stia affondando quando è così.»

Non ero il tipo di persona che diventava fisica con qualcuno, ma gli diedi una spinta violenta sul petto. «Vaffanculo, Armando.»

Certo, non era una risposta particolarmente profonda. Ma io...

Persi il filo dei miei pensieri quando mi afferrò i polsi e mi spinse contro il muro, il suo corpo duro premuto contro il mio. «Stai attenta, Fiori.»

Non sapevo perché finivo per bagnarmi ogni volta che mi maltrattava. O mi minacciava. Era come se il mio corpo non fosse in grado di distinguere il suo abuso dai preliminari. Non che sembrasse un abuso. Le sue azioni si erano decisamente più indirizzate verso i preliminari: non ero solo io.

«Togliti di dosso» sussurrai, ma chiaramente non lo pensavo davvero.

«Respira, Fiori.»

Cercai di liberarmi i polsi, ma lui rafforzò la presa. «Respira, o ti costringerò a farlo.»

«E come lo farai?» lo sfidai. Ero molto più eccitata che spaventata. Volevo tutta la sua attenzione su di me. Sul mio corpo.

Forse persino sui miei affari, anche se mi aveva fatto incazzare.

Si mosse velocemente, coprendomi la bocca e il naso con la mano libera, bloccandomi l'aria.

Emersero sorpresa e paura, e io cercai di combattere, il mio istinto di sopravvivenza prese il sopravvento.

Mi rilasciò i polsi e spostò l'altra mano tra le mie gambe, stringendo saldamente il mio monte di Venere. Mi lasciò prendere un respiro veloce, poi mi soffocò di nuovo. Shock, terrore e piacere si mescolarono in una furia di sensazioni. Il sangue affluì nel mio clitoride, i formicolii iniziarono ovunque. Mi strofinò con forza tra le gambe per tutto il tempo in cui andai fuori di testa per il fatto di non essere in grado di tirare il fiato.

Proprio quando divenni frenetica, mi tolse la mano dalla bocca e me la chiuse intorno alla gola. Respirai affannosamente. Erano passati solo trenta secondi ed ero già sull'orlo dell'orgasmo. Non mi soffocò, usò solo la mano sulla gola per tenermi inchiodata contro il muro mentre faceva scorrere le dita sul tassello delle mie mutandine. Non erano nemmeno all'interno ma ero comunque pronte a partire. Allungai la mano e coprii la sua, spingendo le sue dita più saldamente contro il clitoride, il mio ingresso, il mio ano.

Sorrise e annuì, gli occhi gli brillarono di piacere mentre il mio respiro si fece più affannato. L'altra sua mano mi scivolò lungo il corpo, tracciando un percorso lungo il mio collo e facendomi venire i brividi, prima di fermarsi sulla mascella. Mi guardò negli occhi e riuscii vedere l'intensità nel suo sguardo.

«Potrei scoparti tutto il giorno, tutti i giorni» sussurrò, e riuscii a sentire il suo respiro solleticarmi la pelle. Annuii, incapace di trovare le parole.

Strinse la presa intorno alla mia gola e si avvicinò, premendo avidamente le labbra sulle mie. La sua lingua mi esplorò la bocca, assaggiandola e stuzzicandola, e la mia eccitazione crebbe.

Con un ringhio, mi fece scivolare due dita dentro. Ansimai per l'improvviso piacere mentre mi accarezzava, spingendo il polso contro il clitoride mentre lo faceva. Cominciò a muoversi più velocemente e più forte, stimolandomi in modi che non sapevo potessero avvicinarsi tanto al sesso e darmi grande soddisfazione.

Avevamo appena fatto sesso.

Non potendo averne abbastanza di quest'uomo, mi contorsi e mi dimenai contro di lui, alla disperata ricerca di qualcosa di più. Accettò la mia sfida, alternando spinte forti e carezze dolci, portandomi sempre più vicino all'orlo dell'estasi.

Rispose ai miei gemiti, spingendo più in profondità e più velocemente a ogni colpo. Sentii il suo respiro affannoso mentre gemevo e ansimavo contro di lui, il mio corpo tremava di piacere. L'altra sua mano scivolò intorno alla mia vita, attirandomi più vicino, e la sua lingua si fece strada nella mia bocca, assaggiandomi ed esplorandomi mentre le dita si muovevano sempre più veloci sulla mia pelle sensibile.

Le sensazioni erano travolgenti. Ogni terminazione nervosa era in fiamme, e io ero vicina al limite, i miei fianchi andavano incontro alla sua mano nel disperato tentativo di raggiungere l'orgasmo... di nuovo. Dovette sentirlo anche lui, e la sua lingua si mosse più ferocemente contro la mia, le sue dita lavorarono sempre più duramente finché non ce la feci più, e urlai la mia liberazione, il mio corpo tremò e rabbrividì.

Mentre venivo, soffocata e senza fiato, Armando continuò a strofinare tra le mie gambe. Le stelle mi danzavano davanti agli occhi, e io li chiusi, trasportata via in qualche altro universo.

Quando tornai alla realtà, quando il mio respiro rallentò, e aprii gli occhi, trovai Armando appoggiato con la fronte al muro accanto alla mia testa, che mi accarezzava la mascella con il pollice. Le sue dita mi avvolgevano ancora il collo e mi accarezzavano le gambe.

Un brivido mi percorse tutto il corpo, un'altra liberazione.

«Non mollare, Fiori. Smetti di trattenere il respiro. Puoi risolvere questo problema.»

Mi piegai contro il suo corpo. «Come?» gorgheggiai. Sembravo patetica. Avrei dovuto essere incazzata per quello che mi aveva appena fatto. Anche se mi era piaciuto, era stato arrogante e spaventoso. Avrei dovuto respingerlo e dirgli di non toccarmi mai più, specialmente nel mio posto di lavoro.

Invece, gli caddi tra le braccia e lasciai che mi sorreggesse.

«Prova ogni idea che hai fino a quando qualcosa prende piede. Chiedi aiuto. Continua a lavorarci. Puoi farlo. Sei brava in quello che fai. Abbi fiducia in questo.»

Per quanto riguardava i discorsi motivazionali, era piuttosto fragile, ma stranamente mi sentivo meglio. Probabilmente era solo l'orgasmo a parlare.

Mi allontanai da lui, anche se non ero sicura che le gambe mi avrebbero retto. «Sei ancora uno stronzo» mormorai.

«Sicuro» confermò mentre mi allontanavo con le gambe tremanti ma respirando molto meglio di prima.

Guardandomi alle spalle, colsi il modo in cui i suoi occhi osservavano ogni singola mossa che facevo. Era a caccia e io ero una facile preda.

Avrei potuto scappare. Avrei dovuto scappare. Ma con il modo in cui mi guardava, sarei inciampata sicuramente nella mia lussuria e nel desiderio per quest'uomo e sarei caduta a faccia in giù. Ma poi conoscendo Armando, mi avrebbe presa semplicemente in braccio, mi avrebbe presa a schiaffi per aver cercato di scappare e mi avrebbe scopata di nuovo.

Capitolo ventidue

Hannah era tutta sconvolta. Non riuscivo a decidere se fosse ancora arrabbiata con me o se fosse solo in una pappa cerebrale post-orgasmica. Si muoveva irrequieta per il negozio, fermandosi a caso a fissare i suoi prodotti ma senza portare a termine nulla. Forse era in pappa per la questione degli affari.

La porta si aprì ed entrò una giovane donna alta con riccioli biondo platino e lentiggini sul naso. «Scusa il ritardo.» Si diresse dritta oltre il bancone nell'area in cui mi stavo rilassando e lasciò cadere la borsa sulla scrivania accanto a me. «Ciao.»

Qualunque effetto addolcente avesse avuto Hannah su di me non si applicava a lei. All'improvviso mi ritrovai ad essere di nuovo freddo e duro, di gesso, pronto a tutto. Non risposi, se non con un'espressione interrogativa.

La rese nervosa, si tirò indietro e si avvicinò ad Hannah. «Che è successo con Guido?» La sentii mormorare.

Hannah mi lanciò un'occhiata spaventata e io mi irritai all'istante, anche se non riuscivo a capire perché. Immaginavo che non mi piacesse vedere quell'espressione sul viso di Hannah, anche quando ero io la causa. «Ti presento, ah, Armando» rispose Hannah. «Oggi resterà nei paraggi.»

«Perché?» chiese la donna. Non sapevo dire se lavorasse qui o fosse solo un'amica. Possibilmente entrambe le cose.

«Armando, lei è Josie» disse Hannah a voce più alta. «Lavora qui.»

Guardai l'orologio. Il negozio aveva aperto a mezzogiorno. Erano le tredici e quarantacinque. A che ora doveva essere qui?

«Oh mio Dio, non sei riuscita a pagare l'affitto?» sussurrò Josie.

Hannah mi lanciò un'altra occhiata preoccupata. «Non proprio, ma va tutto bene, ho sistemato le cose per questo mese.»

«Che cosa significa?»

Hannah si limitò a scuotere la testa. «Puoi gestire il bancone?»

Josie le lanciò uno sguardo indagatore, ma quando Hannah lo ignorò, disse: «Certo.»

Hannah mi passò accanto e andò al suo banco da lavoro. Tirò fuori un vaso e due bobine di nastro. Ora era finalmente concentrata. Mi resi conto che stava aspettando qualcuno che si occupasse della reception, così da potersi occupare delle composizioni. Probabilmente avrei potuto tenere d'occhio le cose. Era chiaro che non me l'aveva voluto chiedere. Pensai che fingesse di essere più a suo agio con me di quanto non fosse in realtà.

Mi attraversò una fitta di senso di colpa. La stessa

vergogna che avevo provato la scorsa sera pensando che potesse credere di dovermi scopare per restare viva.

Era così brava come attrice?

No. Non lo credevo. Lei era coinvolta. Il suo corpo non poteva mentire. Non mi stava resistendo. Anche se... le stavo dando molta scelta?

Hannah sembrava calma e sicura di sé, assemblando secchi di fiori ai suoi piedi. Anche se poteva sembrare un cervo paralizzato davanti ai fari di una macchina quando si trattava dei libri contabili, qui al banco da lavoro era una dannata maga. I suoi movimenti erano rapidi e sicuri mentre completava un vivace bouquet di fiori colorati e avvolgeva un nastro rosso e bianco attorno a un vaso. Non sapevo nemmeno che tipo di fiori fossero, forse orchidee? Qualcosa di esotico e sorprendente. Nulla sembrava un cliché in quella composizione.

E poi mi colpì l'idea. «Dovrebbe essere un palo da barbiere?»

Fece un passo indietro, esaminando il suo lavoro con occhio critico. «Sì.»

Genio. Il suo talento come designer era fuori dalla norma.

«Rocco ti ha chiesto dei fiori?» Divertente, non riuscivo a immaginarlo.

«No. Ma li prenderà. Stavo pensando a quello che hai detto. A proposito di creare nuove connessioni. Hai ragione, non ne ho. E l'unica che aveva Mary Alice e che funziona ancora per me è quella con Rocco. Quindi penso che dovrei tenere quella ruota oliata. D'ora in poi Rocco avrà dei fiori freschi da lui con accanto un mazzetto dei miei bigliettini.

«Ottima pensata.» Avrei voluto andare con lei, guardare come andava. Non sapevo se fosse per proteggerla dai ragazzi che avrebbero potuto essere in negozio o per rivendicare la mia pretesa, ma non importava perché tanto non potevo.

Il modo migliore per proteggere Hannah era non farci mettere mai in relazione.

Dovevo starmene piazzato nel retro del suo negozio come una fottuta viola del pensiero, nascondendomi da Dio solo sapeva chi.

Era una stronzata.

«Non mi avevi detto che oggi veniva una persona dello staff.» Lanciai un'occhiata a Josie, che sembrava non stesse facendo altro che stuzzicarsi le unghie curate e sbadigliare mentre lo faceva.

«La sua presenza è, diciamo... fluida» disse Hannah, ancora concentrata sulle composizioni.

Tirò giù un altro vaso e ne fece una più grande e appariscente. Era alta circa sessanta centimetri e sbalorditiva.

«Per chi è?» chiesi.

Si mordicchiò il labbro. «C'è un hotel a un paio di isolati da qui.» Alzò le spalle. «Forse vado a presentarmi. Sai, nel caso avessero bisogno di fiori per gli eventi. Oppure potrebbero consigliarmi agli organizzatori di eventi.»

«Mi sembra buono.»

Forse sarebbe riuscita a cambiare questo posto.

«Ti accompagnerò dopo che avremo recuperato il furgone. Faremo il giro dell'isolato, così non devi metterti a cercare un parcheggiatore.»

Mi lanciò uno sguardo fulminante. «Non lo avrei fatto. Non l'ho mai fatto in vita mia. Sarei andata a piedi.»

Guardai i suoi sandali con la zeppa. «No. Ti porto io. Non vorrai mica che i fiori appassiscano. Aspetta il furgone... sarà pronto in un paio d'ore.»

Inspirò ed espirò lentamente, come se fosse nervosa.

«Sarà fantastico. Ti ameranno.»

«Dici?»

Annuii. «Sicuro.»

Si avvicinò un po' di più a me, nel mio spazio personale. Mi impedii di toccarla finché non mi resi conto che era quello che voleva, quindi le misi un braccio attorno alla vita e la attirai contro di me.

Alzò il suo bel viso. «Sono nervosa.»

«Fiori, una donna come te? Con un talento pazzesco e nessuna fisima da diva? Non c'è nessuno in questa città che *non vorrebbe* lavorare con te. Te lo garantisco. Bisogna solo capire con chi lavorano attualmente e quali sono le loro esigenze. Alcune relazioni potrebbero richiedere più tempo per fiorire, ma alla fine lo faranno.

Sbatté le ciglia verso di me. «Voglio crederti.»

«Non devi credere a me, Fiori. Devi credere *in te*. Questa è l'unica cosa che ti porterà al traguardo.»

Si tirò su e raddrizzò le spalle. «E tu in chi credi?»

Era una domanda semplice. Avrebbe dovuto essere facile anche la risposta, ma mi sentivo come se avessi ingoiato un macigno. «In nessuno, Fiori. In un cazzo di nessuno.»

Capitolo ventitré

Hannah

Josie continuò a cercare di beccarmi da sola, ma Armando non glielo permise. Sembrava ingannevolmente rilassato, mentre oziava sul retro, ma aveva scelto una posizione da dove poteva tenere d'occhio tutto: porta d'ingresso, porta sul retro. Bancone da lavoro. Refrigeratori. Cucinino. Non che il negozio fosse così grande, ma non c'era nessun posto in cui potessi andare senza sentire il peso del suo sguardo.

E ogni volta che Josie cercava di seguirmi da qualche parte con un milione di domande negli occhi, Armando piombava improvvisamente lì, come un avvertimento, senza dire una parola.

In quel momento mi trovavo nell'area dei refrigeratori, ma quando Josie era entrata dopo di me, Armando aveva aperto la porta per poter sentire.

Era strano. La cosa non avrebbe dovuto farmi bagnare. Non ero sicura del motivo per cui la sua intimidazione mi eccitasse così tanto. Dovevo essere fatta davvero male.

Ma la preoccupazione di Josie mi fece venire i brividi

allo stomaco. Avrei dovuto essere più spaventata da Armando e dalla mia situazione, ma fino ad ora, fino a quando non l'avevo vista attraverso i suoi occhi, non mi ero resa conto di quanto fosse incasinata.

E, naturalmente, non potevo dirglielo. Anche se Armando non mi avesse vista, non lo avrei detto.

Forse ero una di quelle persone irrimediabilmente leali che portavano i segreti degli amici nella tomba. E immaginavo che Armando rientrasse nella categoria degli amici. C'era già dentro quando la situazione era precipitata. Avevo fatto il tifo per lui fin dall'inizio.

Avevo creduto in lui. Semplicemente era lui a non credere ancora in me.

Avrei voluto che non facesse così male.

Ma dovevo darci un taglio. Probabilmente aveva il disturbo da stress post-traumatico dalla prigione. Qualcuno stava cercando di ucciderlo e lui non sapeva di chi fidarsi.

Perché avrebbe dovuto fidarsi di me? Non doveva.

Sentii il trillo del mio telefono, come se avessi ricevuto un messaggio. Ripetutamente.

Dov'era il mio dannato telefono? Ce l'aveva Armando da qualche parte. L'aveva tenuto con sé per tutto il tempo, anche se apprezzavo il fatto che si fosse assicurato di caricarlo.

Guardai attraverso il vetro e vidi Josie dietro il bancone che teneva in mano il telefono e allungava il collo per guardarmi da sopra la spalla. Eravamo amiche fin dalle scuole medie, da quando lei mi aveva difesa contro Erica Bane, una delle ragazze popolari, il terzo giorno di scuola. Mi conosceva a fondo. Ero una stupida se pensavo di poterla ingannare su qualsiasi cosa.

Mi stava scrivendo. E si era appena resa conto che non avevo il telefono.

Questo avrebbe potuto essere un problema.

Uscii dal refrigeratore come se fossi la proprietaria, cosa che, stranamente, ero. Peccato non essermici mai sentita. «Hai visto il mio telefono?» chiesi dolcemente ad Armando.

«Uh Huh. L'hai lasciato qui.» Me lo passò, impassibile. Ero leggermente turbata da quanto fosse stato convincente. Con quanta facilità avesse coperto la bugia. Ma dopotutto era un membro di una famiglia criminale organizzata. E probabilmente ci era cresciuto.

Controllai i messaggi, che erano tutti di Josie che mi chiedeva se stessi bene, se dovesse andare a cercare aiuto e che cazzo stesse succedendo.

Va tutto bene, risposi. *Ho fatto amicizia con lui e ora sta nei paraggi. Mi ha aiutata a pagare l'affitto.* Permisi che Armando leggesse da sopra la mia spalla prima di inviarlo.

Era tutto vero. Tranne forse per il fatto che non andava tutto bene.

Non l'avevo perdonato per avermi legata la scorsa sera. Quell'incazzatura persisteva ancora, ma per il resto... stavo bene. Armando mi innervosiva, ma in parte era per l'emozione di averlo vicino. Che mi controllava. Non sapendo cosa avrebbe fatto dopo.

Pensavo che mi avrebbe sepolta nel lago Michigan quando tutto fosse finito? No. Non riuscivo a vedercelo.

Potevo anche essere una merda negli affari, ma ero un'empatica. Non potevo fare a meno di capire le persone, perché percepivo le loro emozioni come mie. Almeno era così che mi faceva sentire. Josie pensava che io fossi matta ogni volta che glielo dicevo, ma potevo giurare che era vero. Non avvertivo la minaccia di Armando nei miei confronti. Emanava molto poco emotivamente a meno che non considerassi la lussuria. Ma non era cattivo. Non stava pianificando la mia morte.

Josie: *Sei uscita con lui? Chi è? Un perfetto sconosciuto!!! Non l'ho mai visto in negozio prima d'ora.*

Io: *È quell'uomo di cui ti parlavo di quando lavoravo per Mary Alice. È tornato in negozio ieri a ridosso dell'orario di chiusura.*

Josie: *Per comprare dei fiori per la sua fidanzata? Ti prego, dimmi che non ti stai scopando un uomo impegnato. Hannah!!*

Io: *Non sta più con lei. Si sono lasciati anni fa.*

Avevo quasi aggiunto che era appena uscito di prigione, ma non credevo che fossero affari di Josie. Inoltre, pensavo che avrebbe giudicato non solo lui ma anche me per aver fatto amicizia con un criminale. Non ero dell'umore giusto per difendere le mie azioni.

Josie: *Beh... il sesso è stato eccitante? È stato all'altezza delle tue fantasie?*

Sentii la faccia avvampare e lanciai un'occhiata ad Armando che mi stava osservando, ma non cercava più di leggere i miei messaggi. Mi sembrava di aver almeno guadagnato quel piccolo livello di fiducia da lui.

Continuavo a provare a dimostrargli che poteva fidarsi di me, e che mi avrebbe liberata, ma volendo essere del tutto onesta con me stessa, avrei dovuto ammettere che non ero pronta all'idea che tutto finisse. Mi piaceva il formicolio di eccitazione che provavo sapendo che stava osservando ogni mia mossa. Ricordando quanto apprezzasse il mio corpo. Forse potevo già essere dipendente dal modo in cui mi toccava.

Io: *davvero bollente.*

Josie: *Ma perché è qui?*

Io: *È protettivo, immagino...*

Josie: *Ok, è super sexy. Protettivo, possessivo... sì!*

Io: *Non puoi neanche immaginare.*

Capitolo ventiquattro

Armando

Una volta che Hannah aveva portato i fiori all'hotel e lasciato i suoi bigliettini, mi fermai in un supermercato. Mi servivano un rasoio, uno spazzolino da denti e altre cianfrusaglie. Inoltre, non aveva cibo in casa sua.

«Che cosa stiamo facendo?» chiese Hannah.

«Facciamo la spesa.» Spensi il furgone e scesi, guardandomi intorno per assicurarmi che nessuno ci stesse guardando. Oggi non avevo visto nulla di sospetto, ma sarei stato uno stupido a compiacermene. «Andiamo.»

Lei saltò giù e mi raggiunse.

«Stammi vicino. Segui le indicazioni. Dimostrami che posso fidarmi di te.»

Si lasciò scappare un piccolo sbuffo di indignazione. Se avesse voluto provare qualcosa, l'avrebbe fatto molto tempo fa. Lo sapevo. Ma non mi fidavo più di niente.

«Prendi un carrello.»

Mi lanciò uno sguardo fulminante. «Hai intenzione di legarmici?»

Il cazzo mi si tese al pensiero. «Non tentarmi, Ricci.»

«Oh, adesso mi chiami Ricci? Pensavo di essere Fiori.»

La ignorai, soprattutto perché avevo superato di gran lunga il mio quoziente giornaliero di parole. La mia gola era letteralmente irritata per aver parlato così tanto oggi. Agganciando le dita attorno alla parte anteriore del carrello, la condussi verso il corridoio degli articoli da toilette. Trovai spazzolino e dentifricio e un sacchetto di rasoi. Quando gettai la scatola di preservativi nel carrello, lei se ne accorse.

«Stai supponendo che faremo di nuovo sesso? E se volessi tornare alla mia regola del niente sesso?»

«Ok»

«Perché dici *ok* come se non mi credessi?»

Fermai il carrello e mi voltai a guardarla. Era così dannatamente bella, anche quando era sprezzante. «Tranquilla, Fiori. Rispetterò la tua decisione su qualunque cosa tu voglia al riguardo.»

Questo non la calmò. Anzi, diede una spinta al carrello, costringendomi a spostarmi per non esserne colpito. Camminai accanto al carrello mentre lei marciava lungo il corridoio. «Allora, a cosa servono i preservativi? Torni al tuo strip club? Hmm? Vai a cercarti delle ragazze lì?»

Oh, cazzo. Ero convinto che la mia faccia si stesse per aprire in due perché sentii un sorriso in arrivo. Era gelosa? Era fottutamente adorabile da gelosa.

Soffocai il sorriso e mantenni un'espressione impassibile. «No. Non tornerò allo strip club, Fiori. Li ho presi nel caso tu decida di voler continuare a fare sesso con me.»

Fermò il carrello e mi guardò, riflettendo. Le sue labbra erano imbronciate, ma la sua postura si era ammorbidita. «Ci penserò.»

Alzai le spalle. «Va bene.»

Arrossì e ricominciò a spingere il carrello a una velocità determinata. «Cos'altro vuoi prendere?»

«Cibo.»

«Mi serve la lettiera» borbottò.

«Prendiamola.» Ci dirigemmo verso la corsia degli animali domestici. Scelse la lettiera per il gattino. Misi dentro un po' di Kitten Chow, dei bocconcini di erba gatta e uno di quei bastoncini con le piume attaccate all'estremità per farlo giocare.

«Non pensavo ti piacessero i gatti.» Hannah mi guardò da sotto una ciocca di riccioli.

Per qualche ragione, mi fece male che l'avesse notato. La mia incapacità di nascondere la mia mancanza di umanità. «Non mi piacciono» dissi burbero.

Non era vero. Il fatto che mi piacessero o no non era il punto. Non me ne fregava niente di loro. Ma sapevo che non era tanto normale poter guardare un gattino nel muso in questo momento e non sentire niente. C'era sicuramente qualcosa che non andava in me. Tutti i mammiferi erano programmati per pensare che i cuccioli di animale fossero carini. L'avevo imparato durante il corso di scienze alla scuola media.

Attraversai il negozio. Avevo preso alcune cose al supermercato prima di trasferirmi nell'appartamento che Marco mi aveva affittato, ma allora ero sotto shock culturale Il solo fatto di essere al supermercato era stata un'esperienza fuori dal corpo, come quasi tutto quello che era successo la scorsa settimana. Ora ero determinato a trovare qualcosa che mi piacesse o che desiderassi. Trascinai Hannah lungo ogni corridoio riempiendo il carrello di ogni tipo di cibo. Bistecca. Gelato. Patatine. Frutta e verdura fresca. Biscotti Oreo.

«Faresti meglio a pagare tu per tutto questo perché io non lo farò» mormorò Hannah quando il carrello si riempì.

«Sì, ci penso io.»

Dopo pochi istanti, disse: «Mi dispiace, sono stata stronza.»

Sul serio. Questa ragazza. Chi lo faceva? Chi si scusava per una semplice frecciatina?

«No, me lo merito.»

«Beh, non mi piace come ci si sente.»

Non le piaceva come ci si sentiva. Hannah Munn era così pura che mi faceva girare la testa. Non era innocente o ingenua. Non era una timorosa. Era solo... gentile. Buona. Onesta.

E ora era dispiaciuta perché fare la stronza non era nelle sue corde. Grace avrebbe potuto tirarsela tutto il giorno e non si sarebbe mai scusata per questo. Hannah non si era nemmeno avvicinata a offendermi e non poteva spingersi oltre.

«Era fuori luogo. Mi hai aiutata con i soldi in banca e con il furgone.» Le si spezzò un po' la voce.

Aw, merda, si stava corrucciando? Per questo?

«Vieni qui, Fiori.» Me la strinsi al petto e la abbracciai. «Va tutto bene. Sono solo soldi. Devi superare la tua paura.»

«Non ho paura dei soldi» disse, suonando ancora più turbata. Si liberò dal mio abbraccio e io la lasciai andare.

«Potresti non avere paura, ma è sicuramente il tuo punto debole. Ti arrabbi più per i soldi che per qualsiasi altra cosa. Compreso quello che è successo ieri.»

«Beh, è un grosso problema» scattò.

«Non lo è. Tu l'hai reso un grosso problema. Sono solo soldi.»

«Ti è mai capitato di non averne abbastanza?» chiese.

Tornai con la memoria all'adolescenza. Il mio primo

lavoro per Don G, occuparmi della sicurezza al Lollipops all'età di sedici anni. Quando tendevo i muscoli e fingevo di fare l'eroe davanti a un gruppo di ragazze nude. Avevo iniziato ad apprezzare i contanti. Vedere i ragazzi mostrarli in giro, tornare a casa con una mazzetta in tasca. Comprare generi alimentari e benzina per mia madre. Permettermi di dirle di lasciare il suo secondo lavoro. «Ne ho sempre voluti di più» ammisi. «È così che sono entrato nell'organizzazione.»

Spalancò gli occhi e si calmò, metabolizzando l'informazione. «Te ne sei mai pentito?»

Sbuffai. Lo ero? Non mi era permesso nemmeno di pensarlo. Non potevo pensarlo perché se lo avessi fatto, non avrei avuto più un motivo per continuare a vivere.

Una volta che ci eri dentro, non ne potevi uscire, se non in un sacco per cadaveri.

«Ufficialmente no.»

«Ufficiosamente?» chiese dolcemente.

«Ho dei rimpianti» ammisi. «Ma non c'è via d'uscita. Ci sono dentro per tutta la vita adesso.» Alzai le spalle. «Devo farmela andare bene.»

Sbatté le ciglia verso di me, vedendo molto di più di quello che volevo mostrare.

Dovevo cambiare argomento. «»Andiamo, Fiori. La spesa la offro io, quindi finisci di riempire questo carrello. Non so cosa ti piace.»

«Aragosta e caviale, sì.» Scosse i capelli e agitò i fianchi mentre spingeva il carrello lungo il corridoio.

Sentii di nuovo quella sensazione alla bocca.

Un sorriso. Hannah mi faceva venire voglia di sorridere.

«Se la mia principessa vuole l'aragosta, allora aragosta sia» dissi.

Fece una pausa, si mordicchiò il labbro inferiore e poi

prese una scatola di deodoranti per ambienti. «Preferirei questi all'aragosta. Può aiutare con gli odori del gattino. Sono solo super costosi considerato che si tratta di un po' di olio da collegare al muro. Ma...»

Glieli strappai di mano, senza nemmeno guardare il prezzo. «Sei un appuntamento economico.»

Sorrise di nuovo - un sorriso che avrei potuto guardare tutto il giorno per tutti i giorni - e proseguì verso la cassa.

Uscimmo e ci assalì il rumore di bassi proveniente da una Chevy Impala low-rider. Mi girai per affrontare Hannah, afferrando il carrello per fermarlo e fermare lei.

«Che c'è?» spalancò gli occhi. Era abbastanza intelligente da riconoscere l'emergenza in me e scrutò la strada, seguendo il veicolo con lo sguardo. «Li conosci?»

Non mi girai, anche se lo volevo. Odiavo fottutamente dover affrontare il pericolo. «Non lo so» mormorai. La musica martellante svanì.

«Non c'è più» mi disse Hannah.

Tornai al furgone e tirai il carrello, riprendendo a comportarmi come se nulla fosse.

Fanculo.

Avrebbero potuto essere gli Hermanos. Avrebbero potuto avere armi d'assalto e sparare dall'auto. Hannah sarebbe stata uccisa.

Ero ancora impassibile e privo di emozioni quando mi immaginavo di essere ucciso a colpi di arma da fuoco, ma il pensiero che Hannah potesse morire a causa mia mi faceva venire la bile in bocca.

Non avrei dovuto nascondermi con lei. Sarebbe stato meglio espormi al pericolo piuttosto che usarla come scudo.

Dovevo uscire dalla sua vita.

Presto, cazzo.

Accompagnandola dal lato del passeggero del furgone,

aprii la portiera e la aiutai a salire, sentendomi ancora osser-
vato. Come se stessero guardando ogni mia mossa. Notai
che Hannah stava studiando il mio viso, ovviamente
captando il mio disagio. Senza dare nessuna spiegazione,
chiusi la portiera e feci il giro del furgone incazzato per aver
abbassato la guardia. I miei occhi guizzavano da una parte
all'altra, scrutando il parcheggio e infine facendomi compor-
tare nel modo per cui sono stato addestrato.

Avevamo finito di giocare alla coppietta. Le nostre
fottute vite erano in pericolo.

Capitolo venticinque

H*annah*
Shadow corse ad accoglierci quando arrivammo a casa, arrampicandosi sulla gamba dei pantaloni di Armando.

«Che cazzo è?» Si ritrasse per guardare dall'alto in basso il mio minuscolo fastidiosetto dagli artigli affilati.

«Mi dispiace.» Mi precipitai a districare gli artigli del gattino dalla sua coscia. «È un elemento di disturbo.»

«Fammelo vedere.» Armando tese la mano. Esitai un attimo prima di consegnarglielo. Non ero sicura di dove si posizionasse Armando nella scala di valori del trattamento degli animali, anche se aveva comprato dei giocattoli per Shadow.

Me lo prese e se lo sollevò all'altezza del viso. «Ascolta, ometto. La mia gamba non è il tuo tiragraffi. Capito?»

Ridacchiai e mi allungai per riprenderlo.

«Dagli uno di quegli sfizi» disse Armando, e il mio cuore si strinse in quel modo strano. Come se insieme fossimo genitori di animaletti domestici o qualcosa di stupido del genere. Era ridicolo e strano e Dio... tutta questa situazione mi sfiniva.

Recuperai gli snack e ne diedi uno da mangiare a Shadow mentre Armando metteva via la spesa e apparecchiava la tavola.

Sono arrabbiata con lui, ricordai alle mie ovaie, che rilasciavano ovuli ogni trenta secondi. *Arrabbiata con lui.* Mi aveva legata nel mio letto la scorsa notte. Mi aveva preso il telefono, di cui avevo bisogno. Mi faceva ancora la guardia come se fossi una prigioniera.

Tecnicamente, ero una prigioniera. Lo ero? Era difficile sentirmi una prigioniera quando continuavo a scoparmi il mio carceriere. Mi stavo sforzando per tenere le mani lontane da lui in questo momento.

Ci sedemmo e mangiammo uno di quei polli allo spiedo precotti e una Caesar salad che aveva preparato Armando. Armando mangiò veloce, a testa bassa, senza dire una parola. Me lo immaginai mentre mangiava così in prigione e mi si strinse il petto. Avrei voluto chiederglielo, ma era così chiuso che non osai.

Alla fine, alzò lo sguardo, fece una pausa a metà della masticazione e deglutì a fatica. Come se gli fosse appena venuto in mente che eravamo rimasti seduti qui in silenzio mentre si cacciava il cibo in bocca come se una guardia stesse aspettando di portargli via il vassoio.

«Allora dimmi qualcosa di te» disse.

«Ehm... tipo cosa?»

Fece una pausa, i suoi occhi guizzarono per la stanza e poi si concentrarono di nuovo su di me. «Qual è il tuo fiore preferito? So che ci hai a che fare tutto il giorno e conosci le preferenze dei tuoi clienti. Ma qual è il tuo?»

«Devo averne uno?»

«Sì. Tutti ne hanno uno.»

«Forse... mi piacciono le rose» dissi. «Rosse.» Non ero sicura che avrei risposto così se non fossi stata messa in difficoltà.

«L'avrei immaginato» disse. «Hai la personalità di una rosa.»

Il respiro mi si bloccò in gola. «Quale sarebbe?»

«Forte, bella e che richiede attenzione.»

«Non richiedo attenzione» dissi, sorpresa dalle sue parole.

«Dovresti.» Mi inchiodò con uno sguardo che mi fece tremare la pancia. «»Non accontentarti mai di nient'altro.»

«E tu?» chiesi. «Hai un fiore preferito?»

«Qualunque fiore ti renda felice. Quello è il mio.»

Non sorrise. Non disse le parole in un modo inteso ad affascinarmi o corteggiarmi. Erano semplici, dirette e pacate. Non sapevo come rispondere a quest'uomo.

Quindi, piuttosto, continuai a mangiare, come fece lui. Anche se parlammo molto poco, ero confortata dalla sua presenza e dal suono del suo coltello e della sua forchetta contro il piatto. Non avrei dovuto cercare di interpretare le sue parole o le sue azioni, eppure non potevo farne a meno.

Quando finimmo, mi aiutò a pulire con la stessa efficienza con cui faceva tutto. Era come se stessimo giocando alla coppietta, in piedi fianco a fianco a lavare i piatti e metterli via. L'unico rumore nella stanza era l'acqua che scorreva e i miagolii di Shadow che implorava per avere avanzi di pollo.

Fui sorpresa quando Armando si inginocchiò e gli diede un assaggio tenendolo con le dita. «Ecco. È buono» disse al gattino mentre Shadow leccava fino all'ultimo assaggio di sugo dalle dita forti di Armando.

Poi prese lo spazzolino da denti e gli altri articoli da toeletta dal bancone e si diresse in bagno. Mi sentivo...

strana. Non sapevo come elaborare tutto ciò che stava accadendo e l'ondata di emozioni sia buone che cattive che mi scorreva dentro. Ma dovevo trovare il mio telefono. Potevano esserci messaggi che richiedevano una risposta. Non sopportavo il fatto che non me lo voleva dare.

Cercai negli armadietti in alto perché era lì che aveva riposto la mia borsa la scorsa sera. Niente da fare.

Poi lo vidi. Era in cima al frigorifero, spinto in fondo dietro i cestini di fiori che avevo impilato lì. Mi divertiva il fatto che lo avesse nascosto in alto. Come se fossi una ragazzina che non lo poteva raggiungere.

Ok, in realtà, non mi bastò allungarmi perché ero bassa, ma appoggiai un ginocchio sul bancone e lo raggiunsi. Ripresi il telefono e controllai i messaggi.

Ce n'erano due. Uno di mia madre, che mi chiedeva se sarei andata a cena l'indomani, e uno di Josie, che mi diceva che avrebbe fatto tardi lunedì.

Non me lo stava chiedendo. Me lo stava *dicendo*.

Sospirai. Un altro problema per cui stavo ficcando la testa sotto la sabbia.

Cominciai a rispondere quando sentii Armando imprecare.

Si scagliò contro di me, ma io non sussultai. Sì, era capace di farmi del male. Era violento. Pericoloso. Ma c'erano pensiero e controllo dietro la violenza. Ed ero abbastanza certa che avesse delle regole sul fare del male alle donne. Non lo avrebbe fatto. E francamente, se avesse voluto farmi del male, l'avrebbe già fatto.

«Che cazzo, Hannah!» mi strappò il telefono dalla mano, corrucciò la fronte mentre scorreva sullo schermo. «A chi hai scritto?»

«*A nessuno.*» Lasciai trasparire la mia irritazione. Alzai il mento verso il telefono. «Controlla tu stesso.»

Il suo pollice volò sullo schermo mentre controllava anche il registro del mio telefono. «Avresti potuto inviarne uno e cancellarlo.»

«Ho bisogno del mio fottuto telefono, Armando.» Mi permisi di sembrare stronza perché era un'alternativa migliore al permettergli di fare il prepotente con me o mostrare paura.

Scosse la testa e infilò il telefono nella tasca posteriore dei pantaloni. «Non è così che funziona, e lo sai, Fiori.» Mi afferrò i polsi e mi bloccò con uno sguardo cupo. «Mi fido di te e me ne vado per un minuto... E ora sei nei guai con me.»

Grossi guai.

Perché la cosa mi fece capovolgere la pancia per l'eccitazione?

Perché sapevo già che mi piacevano le sue punizioni. Mi fece girare e mi schiaffò le mani sul frigorifero, poi mi tirò indietro i fianchi per piegarmi alla vita. I miei polsi erano bloccati sotto uno dei suoi palmi possenti.

Ero preparata per lo schiaffo quando arrivò, ma fu più forte di quanto mi aspettassi e sussultai. Mi schiaffeggiò l'altra natica altrettanto forte, poi mi tirò su il miniabito fino alle ascelle. Mi sculacciò ancora un po' il culo sopra le mutandine.

«Oh, ok.» Scattai perché faceva davvero male.

Avvicinò la bocca al mio orecchio, abbastanza vicino che il suo respiro caldo mi sfiorò la mascella quando parlò. «Tieni le mani incollate a quel frigorifero, Hannah» mi avvertì. «Se ti muovi, te ne farò pentire.»

Non aspettò che annuissi ma mi liberò i polsi per tirarmi giù le mutandine lungo le cosce.

Oh Dio.

Era così sexy ma anche al limite dell'umiliante. Soprattutto perché mi si aggrovigliarono intorno alle cosce e ci restarono. Mossi e scossi le gambe finché non caddero.

«Brava ragazza» disse Armando, e tutto cambiò.

Forse fino a quel momento avevo avuto un po' di paura. Era stato un po' più brutale di quanto non fosse stato in passato. Mi aveva sculacciata un po' più forte. Ora ero di nuovo sicura di lui.

«Non farò sesso con te» dissi, cercando di mantenere l'unico livello di controllo che mi aveva dato.

Il sesso era l'unica leva che avevo, non che non potesse semplicemente costringermi. Ma sapevo che non lo avrebbe fatto.

«Capito, ma questo non fermerà la tua punizione.» La sua voce era profonda e roca.

Bene bene. Non volevo interrompere la mia punizione. Solo che riprese a sculacciarmi di nuovo, ed era ancora troppo forte.

«Ahia!» sussultai e mi agitai mentre mi colpiva il culo con altre cinque sculacciate potenti.

«E c'è così tanto che posso farti oltre a scoparti.»

Continuò a sculacciarmi di più. Il culo mi si scaldava a ogni colpo della sua mano. Quello che faceva male era anche così fottutamente bello.

«Farai la brava ragazza e seguirai le mie regole? O devo continuare a sculacciarti? La sua voce era profonda, autorevole, e la figa mi pulsò a ogni sillaba della sua domanda.

«Sarò una brava ragazza.» Anche se avevo pronunciato quelle parole, sembrarono svanire, annegando tra i miei rantoli e i miei gemiti.

«Vuoi che paparino ti punisca come una ragazza cattiva o ti punisca come la cattiva ragazza che sei?»

Ma porca puttana. La sua unica domanda mi attraversò come un fulmine. Così fottutamente intenso.

«Entrambe, *paparino*.» Inspirai profondamente. «Entrambe.»

Poi si inginocchiò dietro di me e mi pizzicò le natiche con i pollici. Le separò e leccò la mia fessura.

Emisi un gemito di piacere. Dio, sì. Ovunque quest'uomo avesse imparato a scopare, l'aveva imparato bene.

Mi leccò l'ano con la lingua, poi mi allargò le cosce per aprirmi a lui. Affondò la faccia nel mio culo, mi leccò fino al clitoride e poi di nuovo indietro. Il bruciore delle sue sculacciate si trasformò in un caldo formicolio, portando ulteriore calore in quell'area, come se il mio nucleo non fosse già fuso.

Mi schiaffeggiò il culo a intermittenza mentre passava tra le mie pieghe con la lingua, poi mi avvitò un dito dentro. Con il pollice mi strofinò l'ano.

«Meno male che non facciamo sesso, Fiori. Altrimenti adesso ti piegherei, ti metterei il cazzo nel culo e ti fotterei forte.

Oh. Mio. *Dio.*

Armando si spostò per intingere il pollice nella figa, poi tornò all'ano con il dito ricoperto dei miei succhi e spinse come se stesse cercando di entrare. Mi mise tre - cazzo, forse quattro - dita nella figa contemporaneamente.

Urlai, un forte, «Oh mio Dio!» Persi l'equilibrio, mi si piegarono le ginocchia. Armando mi afferrò il bacino per sostenermi e tolse le dita. «No» piagnucolai. Dannazione. Ero vicinissima a venire.

Mi afferrò per la vita e si tirò indietro. Urlai mentre gli cadevo in grembo, ma lui non perse un colpo. Mi agganciò la mano dietro il ginocchio sinistro e lo sollevò e lo aprì, allargandomi. Con il palmo destro iniziò a sculacciarmi la figa.

Schiaffi rapidi e decisi. Schiaffeggiò tutto: il clitoride, il mio ingresso, le mie labbra. Mi dimenai sulle sue ginocchia, cercando di spingerlo via mentre lo avvicinavo di più. Era intenso in modo pazzesco. Intenso al punto di farmi perdere la testa in un modo tanto buono che cattivo. Doloroso, ma davvero dannatamente soddisfacente.

Urlai e afferrai la mano che mi sculacciava, la misi sul mio monte di Venere, così da poter venire. Arricciò le dita e le immerse dentro - due, forse tre - e io venni, uno spasmo di liberazione mi attraversò.

«Oh cazzo» ansimai. «Dio mio.»

Venni ancora un po'.

Fece ondeggiare la mano, spingendo la parte bassa del palmo contro il clitoride. Venni di nuovo.

«Gesù.» Mi gettai di nuovo tra le sue braccia, la testa mi ciondolava sulla sua spalla.

Tirò fuori le dita da me e io gemetti, ma lui mi diede altri tre rapidi schiaffi alla fica e io venni di nuovo.

«Porca merda» ansimai. «Cosa diavolo mi hai appena fatto?» Tutto il mio corpo era in fermento, il culo formicolava, la figa era irritata e dolorante per via delle sculacciate, l'ano pulsava ancora per essere stato violato.

Girai la faccia contro il suo collo perché improvvisamente mi bruciavano gli occhi per il rilascio. Sapevo che se non avessi fatto qualcosa, le emozioni mi avrebbero travolta, ma non volevo che lui vedesse. Era così strano quanto piangessi facilmente.

Mi spostò il culo per trattenermi meglio, e sentii la sua erezione dura come una roccia che mi pungolava il sedere. Non mi sentii in colpa. Affatto.

Ma la verità era che ero ancora su di giri. Non lo so, forse il mio corpo non sarebbe stato del tutto soddisfatto finché non fossi andata fino in fondo. Finché non avessi cavalcato davvero il suo cazzo.

«L'unico modo in cui accetterei di fare sesso con te sarebbe se fossi io a legarti questa volta» gli dissi.

«Non succederà» rispose senza esitazione, ma sentii il cazzo spingermi contro il sedere. Portò le dita sul clitoride e strofinò con un lento movimento circolare.

Merda!

Il tocco di quest'uomo era la mia criptonite. Era certo che mi sarei fatta fare qualsiasi cosa se solo mi avesse fatta venire così forte ogni giorno.

Rimisi la faccia nell'incavo del suo collo e piagnucolai. Potevo anche essere appena venuta, ma il bisogno c'era ancora. E lo stava amplificando a ogni tocco del clitoride.

«Ti lascerei cavalcare senza mani» offrì.

Gli morsi il collo perché ero frustrata. «Che vuol dire?»

«Sai. Come in uno strip club. Puoi arrampicarti su di me, ma io non posso toccarti.»

Aveva per forza dovuto tirare in ballo gli strip club e ricordarmi della scorsa notte. «No, non lo so. Non ci sono mai stata» dissi con tono acido.

«Vuoi cavalcare il mio cazzo?» Mi massaggiò una manciata di culo.

Sfortunatamente, sembrava che il mio corpo non aspettasse altro. Non portasse rancore.

Quando esitai, si mosse, sollevandomi dal suo grembo e mettendomi in piedi mentre si alzava. Poi mi prese in braccio. Ansimai, preoccupata di essere troppo pesante, ma lui non sembrò sforzarsi.

Ed essere trasportati era una sensazione deliziosa. Una a cui non volevo affezionarmi perché c'erano già troppe cose che mi piacevano nel modo in cui Armando mi toccava. Non volevo abituarmi a niente di tutto ciò, perché non avevamo una relazione. Non era permanente. Era questa strana esperienza condivisa ad alto tasso di stress che aveva forgiato l'intimità. Come le persone che si univano durante l'apocalisse degli zombi ed erano costrette a sviluppare legami che altrimenti non sarebbero mai esistiti.

E sì, il fatto che stavo paragonando la nostra situazione a quella affrontata dai personaggi di *The Walking Dead* la diceva lunga.

Mi mise in piedi vicino al letto e mi sfilò via il vestito, che avevo ancora aggrovigliato intorno alle ascelle.

Gli diedi una leggera spinta al petto, che ovviamente non lo mosse affatto. «Non toccare» gli ricordai.

Capitolo ventisei

Armando

Maria, Regina della Pace. Ero più duro della pietra per Hannah. Che tipo di creatura magica era lei per trasformare ogni conflitto in sesso esplosivo? Lei si arrendeva a me, cazzo. Anche quando voleva trattenersi, il suo corpo si scioglieva al mio tocco, a tutte le cose sporche che le facevo. Non avevo intenzione di farle, ma era lei a portarmi a farle. Me le tirava fuori. Il suo corpo riceveva e il mio voleva dare. Era impossibile per me non offrirle ogni carezza, ogni sculacciata, ogni orgasmo che lei sembrava bramare.

E in questo momento voleva fingere di avere il controllo, quindi glielo avrei dato. Mi spogliai e presi un preservativo dal portafoglio. Mi buttai sul letto di schiena e srotolai il preservativo sulla mia erezione.

Hannah si era tolta tutti i vestiti. Era incredibilmente meravigliosa: tutte curve morbide e pelle scura con quella folle criniera di capelli che le cadeva sulle spalle e lungo la schiena. Salì sul letto.

Misi una mano dietro la testa ma tenni la base del mio cazzo con l'altra finché lei non prese il sopravvento. Un brivido di piacere mi percorse nel momento in cui lo strinse nel pugno.

«Scommetto che vuoi che te lo succhi» disse, con le pupille dilatate.

L'erezione si irrigidì ancora di più. «Cazzo!»

«Non sono sicuro che te lo meriti.» Stava fingendo di tirarsela, ma non me ne fregava un cazzo perché si arrampicò su di me e allineò quella sua dolce figa con la cappella del mio albero. Ci strofinò sopra i suoi succhi, poi sprofondò.

Ringhiai, trattenendomi a malapena dal raggiungere i suoi fianchi per aiutarla. Era fottutamente difficile non usare le mani. Perché non era una spogliarellista sconosciuta. Era Hannah e non vedevo l'ora di vederla venire sul mio cazzo.

Si dondolò lentamente sopra di me, il suo bacino ondeggiava, le sue tette si muovevano. Era come una dea. Volevo toccare quelle tette succose. Volevo strofinarle il clitoride. Volevo tirarla giù così forte da farle vedere le stelle. Ma ora aveva il controllo. Ed ero dannatamente grato di essere dentro di lei.

Roteai i fianchi a tempo con i suoi, spostandomi verso l'alto per spingermi contro di lei quando si abbassava. Divenne rapidamente troppo per lei. Mi mise le mani sulle spalle e iniziò a cavalcarmi più velocemente, i seni ondeggiavano, i capelli caddero come una tenda intorno alla mia testa.

Strinsi il cuscino dietro la testa, strappandolo, per non infrangere la parola data di non toccarla. Quando vide il mio dilemma, mi bloccò i polsi sul letto come se fossi suo prigioniero e fece scivolare quella figa magica sempre più velocemente sul mio cazzo. Andò avanti e avanti come un fottuto coniglietto Duracell, finché non rimase senza fiato per lo sforzo e smise di muoversi, ansimando.

Alzai i fianchi per andarle incontro ad ogni spinta verso il basso. Sembrava incredibile. Era così bagnata e così stretta. E quando alzai lo sguardo, vidi le sue tette rimbalzare e i suoi capezzoli irrigidirsi. Non c'era più modo di tenere le mani ferme, neanche per qualche secondo in più. Non vedevano l'ora di toccarla. Di spremere quei tumuli maturi. Di stringere i capezzoli rigidi tra pollice e indice. Di scivolare sul clitoride e farla venire.

Ero al limite. Con le palle in profondità in quella fica liscia, appoggiata contro la sua cervice, spingevo i fianchi per andare ancora più in profondità. Contrassi le dita.

Lei si inarcò all'indietro e mi strinse forte il cazzo. Lo shock dei muscoli della sua figa che si contraevano intorno a me fu quasi sufficiente a mandarmi oltre. Ora stava ansimando, le sue tette rimbalzavano mentre macinava il bacino avanti e indietro.

Allungai le braccia e feci scivolare le mani lungo il suo corpo fino a coprirle i seni, stringendoli e massaggiandoli. Spalancò gli occhi e deglutì. Lasciai cadere una mano per accarezzarle il clitoride. Non riuscii a trattenermi. Ci ero troppo vicino. I suoi fianchi urtarono contro i miei, fottendomi. Mossi il pollice con movimenti circolari sul clitoride finché lei non gemette e implorò di essere liberata.

Lasciai andare la sua tetta e le afferrai il culo per seppellirmi in lei il più a fondo possibile. La guardai inarcarsi all'indietro per venirmi incontro mentre emetteva un gemito roco.

Cazzo.

«Lascia che ti tocchi» cominciai a implorare. «Lasciami guidare, bambolina. Ti farò sentire benissimo, te lo prometto.»

Aveva lo sguardo annebbiato, la pelle arrossata. Sbatté le ciglia mentre rifletteva. Sollevai i fianchi per andare più in profondità e lei gemette.

Nel momento in cui mi fece un minuscolo cenno del capo, avvolsi le dita intorno ai suoi fianchi e cominciai a controllare il movimento. La sollevai e la abbassai sopra di me, spingendo i fianchi a ritmo per incontrare i suoi. Sembrava di stare in paradiso, ma stavo anche cercando disperatamente di finire. Ce l'avevo avuto duro per lei tutto il giorno e l"avevo appena vista venire sul pavimento della cucina.

Gemeva come se si stesse avvicinando, con grida brevi e acute che risuonavano come musica nella stanza.

Ci eravamo entrambi vicini, ma non succedeva, e pensai che un cambio di posizione avrebbe aiutato. «Lascia che ti metta sulla schiena.»

Di solito non ero uno che chiedeva il permesso per fare qualcosa, ma ora lei deteneva questo potere su di me e glielo avrei permesso. Era la mia penitenza. Ed era migliore di quelle che assegnava padre Fantoni.

«Va bene» ansimò.

La girai in un secondo netto, tenendo i nostri fianchi incollati insieme. Appena fui sopra iniziai a spingere con forza. Gli occhi di Hannah ruotarono all'indietro, le sue labbra si aprirono per il piacere. Si coprì i seni. La tenevo nel punto in cui la spalla incontrava il collo per impedire che la sua testa sbattesse contro il muro e la scopai a morte.

Quando decisi di dover andare ancora più a fondo, le sollevai una delle cosce e la colpii in quella posizione.

La baciai forte di nuovo, ancora una volta. La mia lingua

era diventata forte e dominante. Le presi la lingua e me la succhiai forte in bocca, costringendola a sottomettersi. Lei era mia. Se lo sarebbe ricordato. Volevo lasciare un segno su di lei. Volevo che fosse in grado di annusarmi su di lei, di sentirmi nel profondo. Volevo che pensasse a me ogni volta che si toccava o ricordava questa notte.

«Hai un sapore così fottutamente buono, Hannah. Ti farò venire fortissimo. Ti farò urlare.»

La guardai crollare intorno a me, le gambe le tremarono e la sua schiena si inarcò, tutto il suo corpo reggeva il peso di un orgasmo troppo intenso. Respirò profondamente e con forza dal profondo, contorcendosi contro di me, aggrappando saldamente le mani ai miei avambracci. Ogni volta che il suo corpo si avvolgeva attorno al mio, sentivo crescere il mio orgasmo.

«Sto per venire, piccola» ringhiai. «Ti riempirò...»

Cominciò a urlare, riempiendo la stanza di urla estatiche e bisognose. Mi si strinsero le palle, le cosce tremarono.

«Cazzo, Hannah, sto per venire» le dissi mentre le stelle iniziavano a esplodermi negli occhi.

«Sì!» piagnucolò. «Anche io!»

L'orgasmo di Hannah era stato così potente che stava tremando anche mentre il mio mi squarciava il corpo, prendendo il sopravvento e scuotendomi nel profondo. Non volevo fermarmi. Volevo restare dentro di lei per sempre, sentire il suo corpo attirarmi più a fondo, tenermi qui, connesso.

Continuai a venire, continuando a sbatterla forte, e lei si morse il labbro, inarcò la schiena e urlò ancora. La figa si contrasse attorno al mio cazzo, pulsando e stringendomi con il suo orgasmo.

Cristo, lei era tutto.

Lo era davvero.

Rallentai e spinsi lentamente per un po', trasformando il movimento in una carezza, poi finalmente mi fermai e sentii il cazzo pulsare e contrarsi dentro di lei per le scosse di assestamento.

«*Bella.*»

Aggrottò la fronte e sollevò la testa dal cuscino. «Che cosa?»

«Sei bella.»

«Mi hai appena chiamata con il nome di un'altra donna?» La sua voce era tagliente e offesa.

Uno sbuffo di risate mi sorprese. Gesù. Quando era stata l'ultima volta che avevo riso?

«No, ho detto *bella*. È un aggettivo, in italiano. Mi allontanai e mi tolsi il preservativo, allungando una mano dietro di me per gettarlo nella spazzatura vicino al letto.

«Oh.» Divenne di nuovo morbida e ricettiva. Cazzo, mi piaceva quanto fosse ricettiva. Amavo anche la sua gelosia. «Parli italiano?»

Mi sistemai accanto a lei e le accarezzai il fianco con il palmo della mano. «Un po'. Lo capisco meglio di come lo parlo. Sono americano di seconda generazione, quindi i miei nonni lo parlano.»

«Wow.» Si girò verso di me, posandomi il palmo sul petto. «Sei sempre... così?»

Le scostai una ciocca di riccioli sopra la spalla, così da poter vedere il suo splendido seno. «Così come?»

Si mordicchiò il labbro. «Così a letto.»

Riuscii a nascondere la mia sorpresa solo in parte. Avevo imparato molto tempo fa che ogni volta che convincevi una donna a parlare di sesso, non era il caso di fare nulla per interrompere quella comunicazione. Hannah voleva parlare, ci stavo. Anche se ero così lontano dal contatto con le mie emozioni, ero un robot.

Valutai la risposta. «No. Non credo. Tendevo a comportarmi diversamente. Le mie tecniche erano... più stilizzate. Pensavo persino sofisticate. Ma con te...» chiusi gli occhi lasciandomi travolgere dal piacere di quello che avevamo appena fatto. «È più crudo. Affamato. Quasi disperato.»

Lei sbatté le palpebre. In quei sensuali occhi castani brillava della vulnerabilità, ma non ero sicuro di cosa volesse che dicessi. O se avevo già mandato tutto a puttane.

«Ogni volta che lo facciamo, qualcosa in me si scioglie» ammisi.

Più vulnerabilità le bagnò il viso e il suo respiro accelerò. Le tremava il labbro inferiore?

Ne uscii fuori con tutta l'onestà che potevo darle. «Mi stai guarendo.»

Le si riempirono gli occhi di lacrime e sbuffò. Le presi il viso, cercando di non reagire alle lacrime. Un paio le caddero lungo la guancia e io ne asciugai una.

«Mi stai *distruggendo*.» La sua voce era strozzata dalle lacrime.

Mi bloccai. Smisi di respirare.

Cosa stava dicendo? Cosa diavolo mi stava dicendo? Fanculo.

Mi accadde di nuovo qualcosa nel petto.

«Come?» Mi si tese tutto il corpo in attesa della risposta.

Si sedette e io la seguii. «Armando, cos'è questa cosa? Non so nemmeno cosa stiamo facendo, ma so che è una cattiva idea.»

Ah, merda. Il mio cuore smise di battere. Il petto si irrigidì.

«Non ho le risposte che stai cercando» ammisi.

«Succede tutto così in fretta. Come una tempesta infuriata.»

«È così.»

«Allora cos'è questa cosa? È solo sesso... molto sesso?»

Scossi la testa. «No, Fiori. Non è solo sesso. Questo posso dirtelo.» Anche se non riuscivo a tenere le mie dannate mani lontane da questa donna.

«Ma è pericoloso» aggiunse.

Mi si strinse un nodo nello stomaco.

«Non tengo i sentimenti rinchiusi in una scatola. Le mie emozioni sono forti e defluiscono in tutto. E non voglio cadere giù nel baratro quando so che non ci sarà nessuno nei paraggi a tirarmi fuori.»

Digerii quella metafora. *Il baratro* significava amore? Fanculo.

Volevo dirle che non le avrei fatto del male. Ma aveva ragione. Qualcuno mi voleva morto. Non sapevo se sarei sopravvissuto alla settimana. E anche se ci fossi riuscito, io e Hannah eravamo mondi separati. Lei era fatta di colore e fiori leggeri e delicati.

Io ero fatto di oscurità.

Morte.

Distruzione.

Vivevo e respiravo in una tana di peccato.

Non avevo niente da offrirle.

In effetti, la mia continua presenza nella sua vita comportava solo un grave pericolo per lei.

Non appena avessi smesso di fingere di credere che lei rappresentasse davvero un problema per me, sarei dovuto andare.

Allontanarmi e non voltarmi mai indietro.

Se avessi avuto un po' di decenza, lo avrei fatto subito.

Ma non ne avevo. Le afferrai il viso e ne reclamai la

bocca come se mi avesse appena professato il suo amore. Cosa che, in un certo senso, aveva fatto.

«Siamo entrambi nel baratro, Fiori» le dissi quando ci separammo.

Non ero mai stato così a fondo in un baratro.

Lei sanguinava.... Io sanguinavo.

Capitolo ventisette

annah
Il telefono di Armando squillò nel cuore della notte. Il modo in cui si era alzato dal letto senza fiato mi disse che era abituato a svegliarsi in guardia. Inspirò a fondo dalle narici e la luce del suo telefono si accese. La sua espressione era dura. Simile a quella di un guerriero. «Sì?»

Sentii una voce maschile tagliente dall'altra parte, il tono duro quanto quello di Armando. Sentii le parole *sparato* e *poliziotti*.

Armando imprecò e iniziò a vestirsi come se stesse per andare a combattere. «Bene. Sto scendendo... No, prendo un Uber... Sì.»

Accesi la lampada da comodino e mi alzai anche io. Il cuore mi batteva forte, anche se non sapevo quale fosse l'emergenza.

Armando terminò la telefonata e si abbottonò i pantaloni, poi si infilò il cellulare in tasca.

«Qual è il problema? Chi era?» chiesi. Forse ero troppo

diretta, ma lui era nel mio appartamento e *nel mio letto*. Pensavo di essermi guadagnata il diritto.

Si voltò a guardarmi. La sua faccia era dura. Intransigente. L'espressione letale.

«Devo andare.» Gli occhi vagarono per la stanza. «Dovrai restare...»

«Non pensare nemmeno a legarmi.» Mi sentivo orgogliosa di me stessa per aver mantenuto la voce bassa e minacciosa, invece che isterica come l'ultima volta.

Ci stava pensando. Potevo dirlo perché non si mosse. Era ancora lì, che mi guardava.

«No. Armando, quando hai intenzione di fidarti di me? Non vado da nessuna parte. Me ne torno a dormire.»

Aprì il cassetto e tirò fuori di nuovo un paio dei miei collant. «Non mi fido di te, ok? *Non mi fido*. Credimi quando dico che legarti è meglio di quello che dovrei fare per lasciare il mio messaggio e andarmene. Non ci sarebbe ritorno da quello.»

Le sue parole bruciavano. Poteva *scoparmi* ma non fidarsi di me.

«Non ci sarà modo di tornare indietro se mi leghi di nuovo» lo avvertii. Cercai un'arma in giro. Quando non ne vidi una buona, presi la lampada. «Ti combatterò.» La sollevai come se volessi usarla per colpirlo. Probabilmente non sarei riuscita a convincermi a usarla, soprattutto perché dopo averlo visto combattere nel mio negozio, sapevo che le possibilità di vincere qualsiasi battaglia con lui erano ridicole. E probabilmente mi sarei fatta male... *ah*.

Ricordai il suo punto debole. «Dovrai farmi del male.» Questo lo avrebbe infastidito. Era contro il suo codice personale.

Sul suo viso non cambiò nulla, eppure in qualche modo capii di aver vinto perché si mosse di nuovo, lasciando cadere i collant nel cassetto e cercando le chiavi. «Metti giù la lampada. Entra in quel letto.» Era un ordine netto.

Non mi mossi.

Il suo telefono squillò di nuovo. Guardò lo schermo, con espressione cupa. «Sono Armando...Sì, signore. Sì, ho già sentito... No, non sono nelle vicinanze, ma posso essere lì in venti minuti.... Ok, vengo subito.»

Quando riattaccò, mi puntò un dito contro. «Nel letto prima che cambi idea. Prendo il tuo telefono e il tuo iPad. Se apri quella porta d'ingresso, lo saprò e la pagherai quando torno. Lo dico per la tua sicurezza. *Capito?*»

Il cuore mi batteva forte, ma il mio corpo ridicolo era eccitato dalla sua prepotenza. Salii sul letto, soddisfatta di me stessa per aver negoziato con successo la mia libertà. Se si poteva contare come libertà l'autonomia delle mie mani.

«Cosa è successo?» chiesi, anche se sapevo che non me lo avrebbe detto.

«Torna a dormire, Fiori.»

«Puoi prendere il furgone» proposi. «Oppure potrei accompagnarti io.»

«Non c'è problema.» La sua affermazione era ferma e sapevo che non si poteva discutere. «Quello che succede nella mia *vita* non può coinvolgerti. Punto.»

Alzai gli occhi al cielo e aspettai, sedendomi sul letto, guardandolo andarsene. Fece per uscire dalla porta, poi rientrò, guardandomi.

«Ehi ascolta...»

Aspettai.

«Se non torno entro domattina, puoi andartene. Tieni la bocca chiusa e fatti i fatti tuoi come se non mi avessi mai conosciuto. Va bene?»

Lo fissai, il ghiaccio mi scorreva nelle vene.

Quando non risposi, aggiunse: «Dico sul serio, Hannah.

Non mi hai mai conosciuto. Non mi ha mai visto. Niente. Chiaro?»

Pensava che ci fosse una possibilità che non tornasse. Che cosa significava? Che sarebbe morto? O sarebbe finito di nuovo in prigione?

Cosa diavolo stava succedendo?

All'improvviso fui terrorizzata per lui, ma non ci fu niente da dire o da fare, perché se n'era già andato.

Rimasi seduta a lungo alla luce della lampada, il cuore che mi batteva forte per lui.

Armando. Merda!

Perché sembrava anche a me di trovarmi in una situazione di vita o morte? Non volevo preoccuparmi così tanto. Non era il mio ragazzo. Non era nemmeno un amico. Lui non era niente. Eppure, ero già completamente travolta. Come al solito...mi legavo troppo in fretta. Troppo forte. Troppo intensamente.

Ma sapere questo non cambiava questa sensazione distruttiva che sentivo intorno a me. Armando era coinvolto in qualcosa di brutto. E davvero non volevo che morisse.

Ma questa sarebbe stata la mia realtà se ci fosse stato qualcosa con quest'uomo. Era nella mafia. Lo sapevo. Non potevo ignorarlo. Lui era quello che era, e io ero solo una ragazza che possedeva un negozio di fiori.

C'era un muro intorno a lui fatto di mattoni di tradizioni, regole, dettami di persone più potenti di lui. Viveva in una tana di peccati, e non importava quanto mi divertisse giocherellare alla coppietta con lui: dovevo ricordare la mia realtà.

E se non fosse tornato?

E se *fosse* tornato?

Capitolo ventotto

Armando

Porca puttana.

Ero di sasso mentre scendevo dall'Uber davanti al mio condominio. Quattro volanti e un'ambulanza bloccavano la strada con le luci lampeggianti. I poliziotti si muovevano dappertutto. Alzai le mani mentre mi avvicinavo.

«Sono Armando Rossi, hanno sparato nel mio appartamento» dissi al primo poliziotto che mi vide.

«Ok.» Parlò nella sua ricetrasmittente. «Ho la vittima quaggiù.» Ascoltò la risposta. «Sì, lo porto su.» Mi guardò sospettoso. «Ha delle armi con sé?»

Tenni le mani in aria. «No signore.»

Mi perquisì per essere sicuro, poi disse: «Venga con me.»

Al mio piano vidi Marco in piedi con un agente. Il suo appartamento era due piani più in alto, accanto a quello di Leo. Pregai che anche i loro appartamenti non fossero stati coinvolti in questa merda.

Lui alzò il mento verso di me. Oltrepassammo il gestore

dell'appartamento, che indicò e ringhiò: «Ti voglio fuori da qui entro domani. Non avrei mai dovuto lasciare che un criminale affittasse qui.»

«Lui rimane» la voce ferma ma alta di Marco interruppe le conversazioni in corso, facendo girare tutti.

Li ignorai entrambi. Ero morto di nuovo. Sentivo la cenere sulla lingua. I miei movimenti erano meccanici. Vedevo solo nei toni del grigio scuro. Tutto si chiuse intorno a me come le sbarre di metallo della mia cella a Joliet. Avrei potuto facilmente uccidere o essere ucciso in questo momento senza una sola emozione.

Un agente di polizia mi venne incontro alla mia porta. «Lei è Armando Rossi?»

«Sì signore.»

Guardò l'agente che mi aveva portato su. «È stato perquisito?»

«Sì, signore, è pulito.»

«Posso vedere un documento?»

Tirai fuori il portafogli e la carta d'identità che mi avevano dato la settimana scorsa, visto che mi era stata revocata la patente. Tirò fuori un taccuino e una matita e copiò le mie informazioni. «Può dirmi cosa è successo qui?»

Scossi la testa. «No signore. Ero via.»

«Cosa pensi che sia successo?» sbottò, ovviamente irritato da me. Si era già fatto un'idea su di me ed ero sicuro che non era stato generoso.

«Penso...» Mi guardai intorno nel mio appartamento. C'erano fori di proiettile in ogni parete. Il vetro del quadro che Marco aveva appeso era andato in frantumi, coprendo i pavimenti. Lo schermo piatto era andato. Una gigantesca ragnatela di crepe attraversava la finestra che si affacciava sulla strada, ma il vetro non era caduto né dentro né fuori.

Ancora.

L'imbottitura del divano sbucava dal rivestimento. Marco mi aveva già raccontato quello che aveva sentito e visto, quindi era facile immaginarlo. Alcuni tizi avevano fatto irruzione e avevano sparato centinaia di colpi da un'arma semiautomatica contro casa mia. «Credo che qualcuno mi voglia morto.»

«Chi?»

Scossi subito la testa. «Non ne ho idea.»

Socchiuse gli occhi. «Chi pensi possa essere stato?»

Alzai le spalle. «Non ne ho idea.»

«Il padrone di casa ha detto che sei appena uscito di prigione.»

Avrei dovuto dire di *sì, signore*, ma all'improvviso avevo chiuso con quella fottuta conversazione. Volevo solo che tutti se ne andassero. Dovevo parlare con Marco e Leo. Quindi fissai quello stronzo. Tecnicamente non era una domanda, quindi non mi sarei degnato di rispondere.

Mi schiarii la gola. «Posso dare un'occhiata in giro?»

Il poliziotto socchiuse di nuovo gli occhi. «Hai qualcosa che valga la pena di rubare qui?»

«No.» Non aggiunsi il *signore*. Come avevo detto, avevo chiuso.

Si rimise in tasca taccuino e matita. «Ok. Guardati intorno, fammi sapere se manca qualcosa.»

Mi diressi in camera da letto. Sembrava messa male come il soggiorno. Fori di proiettile nelle porte, nella testiera del letto. Le piume dei cuscini sparse per la stanza. Probabilmente avevano iniziato da qui. Quando si erano accorti che non ero a casa, avevano sparato comunque.

Era un messaggio. Erano venuti per me.

Sembrava più nelle corde degli Hermanos rispetto a quanto successo venerdì.

Avevo messo da parte nell'appartamento un po' di quel

denaro che mi aveva dato il don per ricominciare, ma non volevo controllare in presenza della polizia. Non c'era bisogno di spiegare dove avevo preso settemila dollari: quel che restava dei soldi dopo aver aiutato mia madre e Hannah. Marco non avrebbe accettato soldi per la caparra e l'affitto che aveva pagato per l'appartamento né per gli arredi che aveva comprato per riempirlo.

Restammo lì senza fare un cazzo per altri quaranta minuti prima che i tizi in divisa finalmente facessero fagotto e se ne andassero. Il padrone di casa era ancora fuori, in attesa di affrontarmi. Marco si avvicinò per mettersi al mio fianco.

«Ascolta» disse, allargando le mani in modo conciliante. «Non posso proprio avere il tuo tipo da queste parti. I miei residenti hanno bisogno di sentirsi al sicuro e quello che è successo stanotte ammazzerà i miei affari.»

Un tempo gli avrei risposto a tono. Ero un fottuto cane alfa e non permettevo a nessuno di prendermi in giro. Ma in questo momento, non riuscivo a convincermi a interessarmene. Non mi importava se potevo rimanere in questo condominio o me ne dovevo andare. Tanto per cominciare, non avevo trascorso molto tempo qui da quando avevo incontrato Hannah.

Non ero nemmeno arrabbiato per quello che era successo. Non c'era alcun senso di vendetta che mi risuonava dentro. Nessun desiderio di rivalsa.

Ero solo fottutamente morto di nuovo.

E questa era davvero l'unica cosa che trovavo inquietante.

Ma poi in fondo, chi se ne fregava? Perché era una specie di esperienza fuori dal corpo.

Ma Marco se ne fregò di tutto. Entrò nello spazio personale del padrone di casa, non toccandolo, ma entrando dritto nel suo spazio vitale. «No, quello che ucciderebbe i tuoi affari, amico, sarebbe mettersi dalla parte sbagliata della famiglia Pachino. Mio cugino resta. Io resto. Mio fratello resta. E se infastidisci di nuovo qualcuno di noi, manderò a picco questa cazzo di attività, insieme a te e a tutti quelli a cui tieni.» Marco fece un passo indietro. «Stanne certo, vecchio.»

Il padrone di casa ci credette. Ci credette così tanto che sbiancò e iniziarono a tremargli i dannati denti. E Leo, con tempismo impeccabile, colse quel momento per presentarsi, arricchendo la minaccia della sua figura ingombrante.

«Ora levati di mezzo.»

Il padrone di casa scappò.

Marco e Leo aspettarono che se ne andasse prima di entrare nel mio appartamento. Marco indossava una canottiera bianca e un paio di pantaloni, come se li avesse infilati al volo quando era successo tutto. Sembrava che Leo avesse impiegato più tempo a vestirsi. «Sicuramente gli Hermanos» disse Marco. «Ho visto quegli stronzi correre verso un'auto per strada. Indossavano passamontagna ed erano armati. Ho sentito un poliziotto dire che hanno sparato alle telecamere davanti e alla porta a vetri. Poi hanno preso il fottuto ascensore fin qui e hanno sparato a casa tua. L'hai detto a Don G?»

«Non ancora.» Tenevo d'occhio Leo, perché anche se era come un fratello per me, meno persone erano a conoscenza delle mie cazzate, meglio era.

Tirò fuori una pistola dalla cintura posteriore e munizioni dalla tasca. «So che non ti è permesso tenere una pistola, ma saresti più al sicuro con un'arma addosso sempre con te in questo momento.»

Forse la mia anima non si era completamente avvizzita

perché avvertii un filo di gratitudine. La mia famiglia si prendeva cura di me. Tra alti e bassi.

Presi la pistola e la infilai nella cintura posteriore dei pantaloni. «Sì, grazie.»

«Sono preoccupato per tua madre» disse Marco. «Se non ti trovassero qui, pensi che verrebbero a cercarti a casa sua?»

Mi passai una mano sul viso. «Ho avuto lo stesso pensiero. Vedrò se posso mandarla in vacanza da qualche parte.»

Andai in camera da letto a cercare i soldi sotto il lavandino del bagno. Era ancora tutto lì. Ma non ne ero sorpreso. Non si era trattato di una rapina.

Erano in cerca di sangue, di sicuro. E dopo aver fatto tanto casino, erano dovuti scappare in fretta. Francamente, ero sorpreso che si fossero azzardati a rischiare in un condominio come questo.

Tirai fuori un borsone dall'armadio e cominciai a buttarci dentro vestiti, scarpe e articoli da toeletta. L'appartamento di Hannah era ancora il posto più sicuro per me. Il mio istinto ci aveva beccato in pieno sul fatto di voler stare lì. Ma Marco aveva ragione, mia mamma poteva essere in pericolo. E quel pensiero mi fece capire che avrei fatto qualsiasi cosa per mia madre. Crescendo, eravamo rimasti solo noi due, e io avrei ucciso o sarei morto per lei in un attimo.

«Domani porterò qui la mia squadra per pulire il casino» si offrì Marco.

«Grazie.»

«Cos'altro posso fare?»

«Niente. Ti sono già debitore. Non mi piace essere così tanto un peso per te, amico.» Gli diedi uno di quegli abbracci fraterni e una pacca sulla schiena.

Si tirò indietro e incrociò il mio sguardo. Aveva gli occhi

verde chiaro dello stesso colore dei contanti. Da sciupafemmine. «Tu per me lo faresti.» La sua espressione era estremamente seria, come se fosse un patto.

Mi resi conto allora che non si stava solo prendendo cura della famiglia. E non era solo pietà. Si sentiva in colpa perché ero stato beccato. Ero stato messo dentro, e lui no. Leo no. Il resto del nostro gruppo che aveva gestito la rapina in macchina no. Avevo solo avuto la sfortuna di essere pizzicato. E ovviamente, avevo tenuto la bocca cucita.

Avrei voluto dire qualcosa per alleggerirlo di quel peso. Perché era la stessa storia: avrebbe fatto la stessa cosa nei miei panni. Forse era divorato dentro per quanto ero finito nel baratro. All'epoca ero al vertice della mia organizzazione. Pensavo di essere innamorato. Ero fidanzato con una bella donna. Facevo soldi a palate. Avevo ottenuto riconoscimento e rispetto all'interno dell'organizzazione. Avevo guidato la mia squadra: Marco e Leo lavoravano per me. Ero pronto a diventare un leader e a salire di grado, mentre la vecchia generazione si ritirava.

E poi il mio castello era crollato e mi ero presentato al suo garage guidando una Mercedes Benz rubata nuova di zecca nel momento sbagliato. Ero sceso ed ero scappato, ma mi avevano messo alle strette ed era finita così. Tutto quello che avevo potuto fare era stato cavarmela. Scontare la mia pena e ricominciare.

Dato che le parole non facevano più per me, soffocai ogni sentimento e mi accontentai di un pugno contro punto. Lo feci anche con Leo. «Hai ancora la chiave di casa mia, vero?»

«Sì, ce l'abbiamo. Vuoi stare da me stanotte?» chiese Marco.

«No. So dove andare.» Presi il borsone e mi diressi verso la porta.

Marco mi scrutò con aria indagatrice, ma non mi chiese dove avrei dormito. Nel nostro giro, meno sapevi, più eri al sicuro. Sapevo che Marco e Leo non mi avrebbero mai tradito, ma non volevo metterli nella posizione di dover mantenere segreti per me. Ne dovevano tenere già abbastanza.

«Vola basso, allora.»

«Sì. Lo farò. Grazie ancora.» Toccai la pistola sulla schiena e feci un cenno a Leo.

«Aspetta, per nessun motivo ti lascerò uscire da quella porta senza guardarti le spalle. Specialmente se ora c'è di mezzo una ragazza» disse Leo.

«Ho tutto sotto controllo» dissi.

«Leo ha ragione» disse Marco. «Almeno mettiamo un uomo di guardia. Un supporto per ogni evenienza.»

Aprii la bocca per controbattere, ma poi pensai ad Hannah. Anche se stavo cercando di mantenere un profilo basso, c'era la possibilità che chiunque mi volesse morto ora sapesse di lei. Se non per me, dovevo sicuramente assicurarmi che ci fossero sempre degli occhi puntati su di lei. Annuendo, dissi: «Sì, non è una cattiva idea. Voglio che Hannah sia al sicuro.»

«Quindi ha un nome» disse Leo con un sorrisetto.

Andai in cucina, che era un disastro, e trovai un taccuino e una penna nel cassetto. Annotai l'indirizzo del suo appartamento e del Giardino dell'Eden e lo consegnai a Leo.

Guardò l'indirizzo. «Quel fioraio accanto al negozio di Rocco?»

Annuii di nuovo. «Ti manderò un messaggio con le informazioni sulla sua amica e dipendente. Lavora anche lei lì. Vorrei assicurarmi che sia tenuta al sicuro durante tutta questa storia. Non voglio che venga coinvolta nel fuoco incrociato.»

Marco guardò il biglietto da sopra la spalla di Leo e aggiunse: «Consideralo fatto.»

«Scopriremo chi è il responsabile e porremo fine a tutto ciò. Garantito» promise Leo.

Mio cugino più giovane era diventato un uomo mentre ero via. Vedevo una maturità in Leo che non c'era prima che andassi in prigione.

Un milione di piccole cose era cambiato mentre ero via. I cambiamenti sembravano minimi, eppure erano sufficienti per farmi sentire in un mondo completamente diverso.

O forse ero semplicemente io ad essere completamente diverso.

E se volevo vivere per arrivare alla prossima settimana, era meglio che iniziassi a capirci qualcosa, in fretta.

Cosa stava succedendo. Cosa fare al riguardo.

Di chi potevo fidarmi.

Chi dovevo uccidere per mettere fine a tutto.

Eppure, mi risultava ancora difficile impegnarmi a risolvere i miei problemi.

L'unica cosa che mi interessava lontanamente in questo momento era Hannah. Volevo solo dormire nel suo letto.

Ero un avido bastardo.

Sapevo che avrei dovuto lasciarla in pace. Avrei dovuto stare alla larga da lei, soprattutto considerando il pericolo che arrecavo a chiunque mi stesse intorno.

Ma non potevo.

Lei era la mia ancora di salvezza.

L'unica strada illuminata era quella che portava a lei in questo momento.

L'unico modo che vedevo per tornare a casa.

Capitolo ventinove

H*annah*
Fissai la figura addormentata di Armando nel mio letto. Era arrivato più o meno all'alba e da allora era crollato. Era disteso sulla schiena, il lenzuolo aggrovigliato intorno alla vita. I suoi muscoli magri e scolpiti lo facevano sembrare pericoloso anche nel sonno. Shadow era raggomitolato e faceva le fusa contro la sua vita, un improbabile compagno di letto.

Non vidi sangue, graffi o lividi su di lui, e mi fece pensare che questa sarebbe potuta diventare la mia nuova normalità: scansionare il suo corpo alla ricerca di danni. Se Armando e io avessimo continuato questa cosa, qualsiasi cosa fosse, la nostra vita sarebbe stata scandita da lui che se ne andava nel cuore della notte e io che mi chiedevo se sarebbe tornato a casa illeso.

Ma potevo gestirlo?

Potevo gestire *lui*?

Quando era entrato e si era arrampicato dietro di me, avevo fatto finta di dormire. Non sapevo cosa dire o fare. Certo non potevo chiedergli come era andata la sua giornata di lavoro. Non potevo dirgli che avevo passato la notte sull'orlo del vomito e del pianto. Ero terrorizzata da quello che poteva accadergli e da cosa sarebbe successo se non fosse mai tornato indietro a varcare quella porta. Ma mentre metteva il suo corpo caldo contro il mio, avvolgendo il suo braccio pesante attorno al mio corpo, mi ero sentita al sicuro. In effetti, non mi ero mai sentita più al sicuro. La sensazione che mi aveva dato in quel preciso secondo aveva fatto sì che ne valesse la pena. Per *lui* ne valeva la pena.

Mi chiesi se svegliarlo o lasciarlo dormire. Dovevo andare al negozio. Non sapevo perché mi sentissi come se dovessi chiedergli il permesso di andarmene. Solo perché mi considerava una prigioniera non significava che lo fossi.

Solo che mi piaceva essere sua prigioniera. Questa era la sciocca verità. In realtà non volevo che mi liberasse e se ne andasse. Perché mi stavo già innamorando di questo ragazzo. Proprio come facevo sempre quando iniziavo a dormire con qualcuno.

Non sapevo come contenere le mie emozioni. Come trattenerle. Amavo con tutta me stessa, ed era sempre un casino. Finiva sempre per spaventare il ragazzo in questione.

Forse era per questo che essere una prigioniera mi attraeva. Armando non si spaventava. Si stava imponendo su di me, non il contrario. Non potevo davvero rovinare tutto perché non c'era niente da rovinare. Non era una relazione. Non l'avevo scelto. Non potevo nemmeno non sceglierlo, a parte il rifiutarmi di fare sesso con lui, cosa in cui fallivo epicamente.

E perché avrei dovuto farlo? Era la parte migliore di questa situazione. Anche se non era solo il sesso a piacermi. Amavo l'eccitazione. Il limite del pericolo compensato da un livello di fiducia. Inoltre, mi piaceva come si prendeva cura di me in micro-modi, come comprarmi del cibo e portare fuori la spazzatura. Pulire dopo mangiato. La mia vita sembrava un po' più gestibile con qualcuno che si prendeva cura di me. Contribuiva. Ero così abituata a essere quella che si preoccupava per tutti gli altri, che era bello avere qualcuno che mi prestava attenzione, tanto per cambiare.

Gli toccai i bicipiti duri. «Armando?»

Emise un respiro affannato, si sedette di scatto con una pistola in mano. . puntata contro di me.

Urlai di sorpresa e mi bloccai. Non sapevo nemmeno da dove provenisse la pistola: dovetti rivedere la scena per rendermi conto che l'aveva tirata fuori da sotto il cuscino.

Il mio cuscino. Dove sicuramente prima non c'era una pistola.

Sbatté le palpebre, abbassò la pistola. Non disse niente.

«Gesù, Armando» esclamai con un respiro tremante. Quando ancora non parlò, dissi: «Senti, devo andare al negozio. Va bene se vuoi restare qui e dormire...»

Ma era già in piedi, fece oscillare le gambe oltre il bordo del letto e fece saltare Shadow sul pavimento che inarcò la sua piccola schiena.

«Non devi venire. Penso che ora abbiamo stabilito che non parlerò, giusto? Quindi ho solo bisogno del mio telefono e me ne andrò di qui. Sei il benvenuto a restare.»

Armando mi ignorò, infilandosi una maglietta che tirò fuori da un borsone sotto il mio letto.

Bene. Quindi immaginavo che si stesse trasferendo.

Non avrebbe dovuto rendermi felice, ma in un certo senso fu così.

Si vestì in pochi secondi, legandosi la pistola alla gamba prima di infilarsi i pantaloni. Tirò fuori la borsa, il telefono e le chiavi del furgone, questa volta dal forno. Quando ci ritrovammo a uscire dalla porta di casa non aveva ancora detto una parola.

Una volta sul marciapiede, Armando alzò il mento in direzione dello Starbucks all'angolo. «Vuoi qualcosa?» la sua voce era roca e impastata di sonno. Scontrosa, persino.

Non sapevo perché lo trovassi sexy.

«No.» Non mangiavo in modo regolare. Di notte mangiavo per lo stress, ma di solito ero troppo occupata e in ritardo per i pasti regolari. Peccato che i pasti mancati non avessero portato a una silhouette da Hollywood. Ma fanculo Hollywood. Ero curvy in tutti i posti giusti. Un fatto di cui Armando sembrava godere con un certo abbandono.

Entrò nello Starbucks e tirò fuori il portafoglio. Aveva gli occhi spenti stamattina. Li avevo già visti morti in questo modo, ma oggi avevano una luce particolarmente spenta. O forse era l'empatia in me che rilevava la completa mancanza di emozioni in lui.

Continuavo a pensare a quella pistola che mi aveva puntato contro stamattina. La minaccia sul suo volto prima che vedesse che ero io. Allora avevo percepito un'emozione da parte sua: era stato letale. Come un animale in trappola che stava per uccidere per la sua libertà. Che tipo di vita aveva condotto che lo portava a svegliarsi e puntare una pistola come prima cosa? Cos'era successo ieri sera? Avrei voluto chiederglielo, ma sapevo che non avrebbe risposto.

Armando ordinò un panino all'uovo e un doppio espresso e si voltò verso di me. Io ordinai porridge e un cappuccino. Pagò di nuovo.

Era stupido, non si trattava di molti soldi, ma mi piaceva uscire con Armando. Fargli pagare i pasti e la spesa. Mi piaceva che se ne prendesse cura. Il modo in cui non aveva chiesto né discusso di riparare il furgone, l'aveva semplice-mente portato in un'officina e l'aveva fatto fare.

Avrebbe potuto infastidire alcune donne, ma io lo trovavo eccitante.

C'era un elemento da paparino sexy in lui, e anche se non mi ero mai resa conto di avere un debole per questa cosa, stavo iniziando a rendermi conto che era così.

Prendemmo il cibo da asporto e Armando si mise alla guida di nuovo. Lo apprezzai. Non mi interessava se era il mio furgone, odiavo guidare in città. Mi piaceva che qualcun altro fosse al comando. Potevo semplicemente mangiare la mia farina d'avena, sorseggiare il mio latte e guardare fuori dal finestrino senza preoccuparmi del mondo, anche se solo momentaneamente.

Era ancora completamente silenzioso e non tentai di conversare. Conoscevo un sacco di persone a cui non piace parlare la mattina, anche se avevano dormito a sufficienza e non avevano affrontato qualche tipo di crisi per tutta la notte. Avrei aspettato che si riprendesse.

Entrammo in negozio dalla porta sul retro. Armando si aggirò per il locale e aprì le persiane delle finestre anteriori. Poi girò il cartello con scritto aperto e gli orari.

«Che cazzo, Hannah?» ringhiò.

Mi bloccai. La minaccia era tornata: la sentii dall'altra parte della stanza e mi spaventò. «Che c'è?»

Indicò il cartello. «Non dovresti essere aperta la domenica. Cosa diavolo stai cercando di fare?» si girò di lato, guardando su e giù per il marciapiede attraverso la vetrina.

Cristo. Pensava che l'avessi incastrato? Come se stesse per arrivare la polizia per arrestarlo? O se avessi avvisato chi stava cercando di ucciderlo?

Capitolo trenta

Camminai verso di lui, in parte per vincere la mia paura viscerale di lui in questo stato e in parte perché ero incazzata perché non si fidava di me. E incazzata perché mi aveva spaventata. «Nel caso non l'avessi notato, Armando, non riesco a pagare l'affitto Devo rimanere aperta ogni minuto che posso, e questo significa lavorare anche la domenica. Lavoro tutti i giorni. Ogni ora. È l'unico modo in cui posso sopravvivere.»

Sbatté le palpebre, un po' della durezza nella sua espressione svanì.

Lo guardai. «Non urlarmi di nuovo in quel modo. Sei spaventoso quando sei cattivo.»

Mi aspettavo che fosse dispiaciuto. Volevo che mi chiamasse bambina, mi accarezzasse i capelli, mi tenesse stretta e promettesse di non essere mai più spaventoso, ma invece si acciglò. «Sì, fai bene ad aver paura di me, Fiori.»

L'offesa mi colpì rapida e profonda, dritta nel mio petto. Alzai il mento. «Sul serio? Beh, perché non lo dici allora? Di' qualunque cosa sia da cui non potremo tornare indietro.

Fai le tue minacce e falla finita. Così puoi andartene. Sarebbe molto più facile per entrambi.»

Restò lì per un minuto, c'era del conflitto sul suo viso. Potevo giurare che la stanza avesse iniziato a girare intorno a noi, come in quei film. E poi la sua mano scattò fuori e mi afferrò la nuca. Le sue labbra si infransero sulle mie. Fu un bacio succoso e vigoroso, perché risposi subito.

Questo era ciò che sapevamo fare meglio. La nostra relazione poteva anche essere una farsa, la comunicazione uno scherzo, ma conoscevamo questa danza. Dedussi che fosse proprio per questo che l'aveva fatto. Proprio come l'avevo baciato io la prima volta, quando si stava chiedendo cosa fare con me.

Avevo fatto così.

Perché questo era quello che facevamo.

Interruppe il bacio ma non mi liberò la testa. «È questo che vuoi, Hannah? Vuoi che me ne vada?» disse miseramente. Con un pizzico di disperazione. Stava sostenendo il mio sguardo come se la mia risposta facesse orbitare la luna.

«No» ammisi. Era l'ultima cosa che volevo.

Avvicinò di nuovo la mia bocca alla sua e mi consumò in un bacio bruciante. Lo baciai di rimando, le mie labbra si aprirono e si chiusero contro le sue, tirandole.

«Mi dispiace» gracchiò quando le nostre labbra si separarono. «Qualcuno ha sparato a casa mia la scorsa notte, e in questo momento sono paranoico da morire. Non avrei dovuto urlare. Soprattutto a te.»

Roteai gli occhi intorno, anche se avevo sospettato che si trattasse di qualcosa di orribile di quel tipo.

«*Non voglio* che tu abbia paura.» Spostò la mano dietro la mia testa per cullarmi il viso e fece scorrere il pollice sul mio labbro inferiore. «Voglio baciarti come se fosse la fine del mondo. Scoparti come se le nostre vite dipendessero da questo.»

Un'ondata di calore mi investì.

«Sei l'unica cosa che mi mantiene sano di mente in questo momento. Sono sul punto di perdere la testa, cazzo. Ma sei tu che tieni la chiave della mia sanità mentale, Hannah. Tu.»

Adoravo il modo in cui marcava il mio nome. Iniziò a baciarmi, premendo questa volta i miei seni contro i suoi muscoli duri. «Come se le nostre vite dipendessero da questo, eh?» mormorai quando mi staccai per prendere aria.

Mi spinse contro le porte di vetro e richiuse le tapparelle. Le sue mani vagarono ovunque, mi accarezzarono i fianchi, mi strinsero il sedere. Sollevai una gamba per avvolgergli la vita, e quando lui si spostò per mettere l'avambraccio sotto al mio sedere, tirai su anche l'altra. Mi premette contro la finestra, battendo sulle persiane mentre mi infilava il rigonfiamento del cazzo tra le gambe.

Fece danzare le sue labbra sulla mia clavicola, e poi si fermò per trovare il mio orecchio con i denti, catturandomi il lobo con un morso più breve e più acuto di prima. Lo sentii fino in fondo. La sua voce era bassa e gutturale, le sue parole mi mandavano vibrazioni sexy nell'orecchio. «Sei stupenda cazzo. E baciabile. E scopabile. Voglio piegarti proprio qui, proprio ora. Voglio spingerti contro questa finestra e fotterti fino a farti urlare.»

Ero troppo senza fiato per rispondere. Non riuscivo a pensare a niente da dire. «Fallo, ora, ho bisogno di te.»

Spostò la mano dal mio culo al mio fianco, e poi intorno al mio stomaco, premendo le dita con forza sulla mia pelle. «Voglio guardarti venire da dietro. Voglio vedere la tua dolce fighetta prendere il mio cazzo. Voglio scoparti per ore.»

«Anche io lo voglio» gli dissi, con la gola stretta e secca.

Lo volevo, ma non volevo che finisse. Volevo restare qui. Volevo rimanere in questo momento per sempre.

Mi baciò di nuovo, e questa volta non fu un bacio gentile, ma urgente. Poi si girò e mi portò dietro il bancone alla mia scrivania. Il mio culo toccò la superficie. La freddezza del bancone mi riportò alla realtà.

La realtà.

Eravamo in negozio. Il mio lavoro. La realtà.

«Aspetta» ansimai. «Non possiamo continuare a farlo.»

Era troppo. Lui era troppo. Io sentivo decisamente troppo.

Si irrigidì. Si tirò indietro. Registrai la perdita del suo tocco come uno scroscio di acqua fredda. «Sì.»

Mi dispiacque subito averlo fermato. Lo raggiunsi. «Aspetta.»

Fece un passo indietro tra le mie gambe e mi accarezzò con il palmo la coscia nuda. Le sue dita raggiunsero l'orlo del mio vestitino corto e scivolarono sotto. Le nostre fronti si toccarono. «Parlami, Hannah.»

Parlare con lui. Questo era il momento in cui mostravo i miei veri colori e lui scappava. Ma forse era meglio così. Era quello di cui avevo bisogno.

«È solo che...» feci un respiro incoraggiante. «Non faccio sesso occasionale. Lo sento troppo, sai? E mi affeziono troppo in fretta...»

La cosa peggiore da dire a un ragazzo.

Ma era la verità.

«Ti sembra occasionale?» La voce di Armando suonò graffiante.

«No» ammisi.

Mi scostò una ciocca di capelli e se la avvolse intorno al pugno, fissando i riccioli schiariti che si mescolavano a quelli scuri. «Non mi sembra occasionale. Sembra disperato e vivificante. Come il primo sorso di latte di un bambino affamato.»

Oh Dio. Mi crollò il cuore. Mi piaceva dannatamente sapere che gli stavo dando qualcosa che non riusciva a trovare da nessun'altra parte. Forse lo stavo anche cambiando. Dando significato alla nostra danza. A chi ero e cosa significava la mia vita. Alzai le labbra per un bacio, ma lui si ritrasse di mezzo centimetro e mi lasciò in sospeso.

«Ma se hai bisogno di prendere fiato, farò un passo indietro. Non costringo le donne.»

Quasi svenni. «Non dimenticare...» respirai, guardandolo da sotto le ciglia. «Mi piace essere costretta.»

Il suo respiro affannoso significava tutto.

Così come il modo in cui mi afferrò lentamente il polso e mi tirò giù dalla scrivania, poi mi girò e mi fece piegare. Mi inchiodò il braccio dietro la schiena e mi schiaffeggiò il culo. «Quindi ti piace.»

La sua voce aveva di nuovo quel suono gracchiante. Mi prese lentamente l'altro polso e torse anche quello dietro la schiena. Il mio viso premeva contro la superficie liscia della scrivania, il profumo dell'inchiostro e della carta si mescolò al suo profumo maschile. Mi tirò su l'orlo del vestito, spingendomi il tessuto sopra al culo. Poi mi tolse le mutandine quel tanto che bastava per accarezzarmi il sedere con una mano. «Sei dolorante per quella sculacciata che ti ho dato prima?»

La figa si contrasse alla menzione di quello che mi aveva fatto. O forse si stava stringendo per quello che stava facendo ora. Scossi la testa.

«L'hai presa da brava ragazza, vero?»

Oh Dio.

Era così sexy.

Schiaffeggiò una natica, afferrando la parte inferiore e

facendola riverberare proprio nel mio nucleo. Passò la mano sul bruciore. «Sì, continua a provocarmi, Fiori, perché avrò sempre voglia di sculacciare questo culo rosa.»

Mossi il culo avanti e indietro per tentarlo di nuovo, e lui mi sculacciò. Massaggiò via il bruciore. «Sei la donna più sexy con cui sia mai stato. Di gran lunga.» Mi sculacciò di nuovo.

Chiusi gli occhi, immergendomi sia nelle sensazioni che nelle sue parole. Di solito non parlava molto, quindi la sua espressione verbale ora era un balsamo per i miei nervi logori.

«E mi piace quanto senti.» Colpì un po' più forte. «Mi piace starti attaccato.» Un altro schiaffo. «Perché l'unico momento in cui sento qualcosa è quando sono con te.»

Le lacrime mi bruciarono gli occhi. Per una volta, sembrava che il ragazzo di cui mi stavo innamorando fosse sulla mia stessa lunghezza d'onda. Era un dannato miracolo.

«Oh, cazzo» ringhiò, con la bocca sul mio collo. «Ti piace quando paparino ti punisce?» Mi sculacciò di nuovo e io gemetti mentre premevo contro il suo palmo.

Mi sollevò un po', e il tessuto ruvido dei suoi pantaloni grattò la pelle calda e pronta del mio sedere. Rabbrividii, sollevai i fianchi per incontrare il suo tocco.

«S-sì. Lo voglio. Lo voglio... *paparino*.» Quella parola sembrava così fottutamente giusta mentre rotolava fuori dalla mia lingua.

«Cosa vuoi, Fiori?» ringhiò, le sue labbra risalirono il mio collo per baciarmi. «Dimmi cosa vuoi.»

«Voglio che mi scopi» sussurrai, ansimando. «Voglio che tu mi fotta qui, con il culo per aria e il tuo cazzo dentro di me.»

Strofinò la mano contro il mio clitoride, e io piagnucolai,

il cervello mi fluttuava in un nebbioso mare di piacere che era molto più intenso di qualsiasi cosa avessi mai provato.

Mi premette un dito dentro. Ero così bagnata che scivolò facilmente e le mie ginocchia quasi si piegarono. Ne infilò un secondo e iniziò ad accarezzarmi dentro e fuori mentre la punta del suo pollice strofinava il clitoride dolorante.

Premetti la faccia contro la scrivania e le mie grida soffocate di bisogno echeggiarono nella stanza. Il legno era fresco contro la mia guancia e le sue labbra sussurravano contro la mia schiena, pronunciando cose sporche che mi andavano dritte alla testa.

«Ti scoperò così, piccola» mi ringhiò all'orecchio. «Ti farò venire così forte con il cazzo nella tua dolce piccola figa. Ma prima, c'è qualcosa che devi fare per me.»

Fece scivolare le dita fuori da me e io gemetti per la sensazione di vuoto.

Tirò dietro di sé la sedia della scrivania e vi affondò, liberando la sua erezione. Mi voltai verso di lui e caddi in ginocchio. Il suo sguardo si fece determinato. Torturato, anche. Gli dovevo senza dubbio del sesso orale dopo tutte le volte che mi aveva dato un piacere intenso. Era sempre al comando e io ero... beh, ero stata sua prigioniera. Un ruolo che mi sembrava di amare.

Ma volevo che mi ordinasse di succhiarglielo. Volevo che guidasse la mia testa con i miei capelli, comandando ogni mossa. Volevo succhiargli il cazzo perché lo richiedeva.

Come se mi leggesse nella mente, disse: «Metti quelle labbra attorno al mio cazzo.»

Avvolsi la mano intorno alla base del suo cazzo e feci roteare la lingua intorno alla cappella. La sua erezione sporse, improvvisamente si ispessì e si allungò nella mia mano.

«Oh cazzo.» mormorò, le narici dilatate, il respiro affannato.

Mi afferrò i capelli e mi tirò indietro la testa, così che incrociassi il suo sguardo. Il calore mi inondò le gambe. Ero eccitata dal potere che avevo su di lui e da quanto lui ne avesse su di me. Ero eccitata da quanto piacere gli avrei dato.

Sostenni il suo sguardo mentre stringevo lentamente le labbra attorno alla sua cappella e le affondai di più.

Il suo gemito sembrò addolorato. «Oh, Hannah.» Aggrovigliò le dita nei miei capelli e strinse il pugno. «Tu...» soffocò mentre mi spingeva la testa in avanti per accoglierlo di nuovo.

Era un altro spettacolo di dominazione sessuale. Se qualcuno mi avesse chiesto prima se mi sarebbe piaciuto, avrei detto assolutamente no, ma mi piaceva. Anche se ero leggermente offesa dall'apparente mancanza di gratitudine, visto che stava usando la mia bocca come nient'altro che un buco del cazzo, la figa era carica di eccitazione, i miei capezzoli stretti formicolavano e facevo roteare la lingua intorno alla parte inferiore del suo cazzo con entusiasmo.

«Brava, Hannah» canticchiò. «È così fottutamente bello. Sei una brava ragazza.» Era la terza volta che mi diceva *brava*. Ancora una volta, lo trovavo offensivo, ma anche sexy. Strinse di più il pugno tra i miei capelli, tirandomi verso di lui più velocemente. Succhiai forte e usai la mano per mungerlo, facendo del mio meglio per dargli piacere.

I suoi fianchi roteavano e il cazzo spingeva contro la mia lingua. Avvolsi le mie labbra attorno a lui e lo attirai nella mia bocca, avevo le guance così incavate che i suoi colpi scivolavano con un suono umido dalle mie labbra alle sue palle. Respirava più velocemente e sentivo i suoi bicipiti tesi. Sapevo che ci era vicino. Volevo farlo venire.

Volevo il gusto salato in bocca.

Il suo cazzo si indurì e si contrasse. Gemette e spinse più a fondo, e io lo presi più avidamente che potevo.

Flessi la mano attorno alla sua lunghezza e gli massaggiai la parte inferiore della cappella con la lingua. Strinse la mano tra i miei capelli, e io lo presi ancora più in profondità in bocca, usando la mano per accarezzargli la lunghezza come sapevo che gli piaceva.

Era ancora così duro che era quasi impossibile inserirmelo interamente in bocca, e la mascella mi faceva male mentre cercavo di succhiarlo.

Lo stavo ingoiando, succhiandolo giù il più velocemente possibile. Combattendo il riflesso del vomito, gli occhi mi lacrimavano mentre sentivo il cazzo gonfiarsi fino a raggiungere dimensioni impossibili. Si stava preparando a venire, e quando lo avesse fatto, volevo che fosse nella mia bocca. Volevo assaggiarlo. Volevo sentirgli sparare lo sperma sulla mia lingua. Volevo inghiottirlo.

Cominciai a far scorrere la lingua su e giù per la sua asta e lui si irrigidì.

«Oh» ansimò. «Merda.» Mi tirò via, ansimando mentre mi fissava con occhi vitrei. «Volevo che continuasse per sempre, ma non sarei durato.» Si infilò la mano in tasca e tirò fuori un preservativo. «Sali, Fiori. Ti faccio fare un giro. La sua voce era un rombo profondo e sexy. Il suo discorso sporco era perfetto oggi.

Lasciai le mutandine ancora aggrovigliate intorno alle cosce e mi misi a cavalcioni sulla sua vita mentre lui srotolava il preservativo.

«Oh Dio.» Un brivido di piacere lo attraversò quando

mi abbassai sul suo cazzo. «Hannah. Sei una fottuta dea. La dea dei fiori. Esiste?»

Non avevo mai sentito pronunciare così tante parole non necessarie da lui. Qualcosa gli aveva liberato la lingua e lo adorai. Mi palpò il sedere e controllò i miei movimenti, anche se si trovava sotto. Lo presi in profondità quando si alzò per venirmi incontro nello stesso momento in cui mi tirava verso il basso.

Mi impastò il culo. «Adoro questo culo, Hannah. È così sexy.» Era affannato, sembrava senza fiato. Adoravo vedergli perdere il controllo. «Fottuta dea dei fiori. O ninfa dei boschi. Sei come quella fata sulla tua spalla... ma molto di più. Sei carnale.» Mi affondò le dita nella pelle. Ero a pochi secondi dall'orgasmo.

Anche lui, a giudicare dall'intensità delle spinte, dai suoi denti stretti e dallo sguardo selvaggio nei suoi occhi. Mi fece rimbalzare su di lui, le gambe mi penzolarono intorno ai suoi fianchi, i capelli mi caddero sul lato destro della faccia.

«Sei bellissima, davvero bellissima.» Guardò attraverso le palpebre pesanti. «Ci sei vicina?» Aggiustò le mani per avvicinare il pollice al mio clitoride.

«Sì! Sono pronta!» sussultai. Ero più che pronta perché nel momento in cui mi massaggiò il clitoride, partii, i miei muscoli si contrassero intorno al suo cazzo.

«Oh cazzo» ruggì, dimenticando il mio clitoride per afferrarmi i fianchi e tirarmi su e giù sopra il suo cazzo.

Venne, sollevandoci entrambi in aria mentre si spingeva così profondamente dentro di me da lasciare la sedia. Appoggiò il mio sedere sulla scrivania e mi colpì mentre entrava e usciva.

Ricaddi sui gomiti, ansimando, guardando il tizio che stamattina era fatto di pietra sciogliersi.

Nel miglior modo possibile.

«*Cristo*» mormorò quando aprì gli occhi e mi accolse. Mi mise un braccio dietro la schiena e mi tirò su contro il suo petto. «Stai bene?»

«Sì.» Gli morsi il petto e gli strinsi il cazzo con il mio nucleo. Emisi una risata soffocata. E poi improvvisamente piansi.

Non lacrime tristi, solo una liberazione. Ma odiavo quando lo facevo.

Il braccio di Armando si strinse intorno a me. Mi aspettavo che desse di matto, pensando di avermi fatto male o qualcosa del genere. O peggio, che mi allontanasse perché ero diventata troppo intensa. Questo era quello che succedeva di solito. Di solito era questo il momento in cui il ragazzo andava fuori di testa e se ne andava.

Non disse una parola, però. Non mi chiese cosa c'era che non andava. Mi tenne solo stretta contro il suo petto solido come una roccia e mi lasciò piangere nella sua camicia.

Quando finalmente passò, si allontanò e mi asciugò le lacrime con i pollici. «Adoro le tue lacrime, cazzo» mormorò.

«Che cosa?»

Scosse la testa. «Ugh, suonava male. Non intendevo questo.»

Aspettai, ma non elaborò. Stava già prendendo le distanze, facendo la cosa che succedeva sempre. Ma le sue parole... quelle erano diverse.

Gli presi la mano. «Dillo di nuovo. Cosa intendevi?»

Mi cullò il lato del viso con il palmo calloso. «Stai bene, vero? Era solo... *una cosa tua?* O ho fatto di nuovo una cazzata?»

Il *di nuovo* mi fece torcere lo stomaco. In un buon modo. Perché gli importava di non fare cazzate con me.

Scossi la testa. «Sì, ero solo... troppo. Come al solito.» Lo dissi con tono sconfitto, non perché mi avesse fatta sentire sconfitta, ma per l'accumulo di tutta una vita passata a sentire tutto troppo.

Abbassò la testa per incontrare il mio sguardo. «No. Non è stato troppo. L'ho adorato, cazzo. Sei come... una selvaggia creatura mitica...» si fermò, alzando lo sguardo come se stesse cercando le parole. «Non voglio dire *unicorno* perché è stupido. Ma qualcosa del genere.»

Il cuore mi traboccò, mi uscì dalla bocca, mi riempì il petto. Mi uscirono un paio di lacrime. Armando le asciugò di nuovo.

«Non lo so, Fiori. Sei aperta. Prendi tutto. Semplicemente disposta a *ricevere* da me, cazzo. E penso che sia bellissimo. E se devo dire *mi dispiace* ora, lo farò. Ma sarebbe una bugia perché adoro vederti andare in pezzi e sanguinare la tua essenza dappertutto, poi raccoglierla e ricominciare da capo.»

Fissai gli occhi nocciola di Armando, bevendo le sue lodi. Espandendomi. Espandendomi in me stessa. Chi ero veramente. La persona che ero con Armando, quella era la vera me. Ero più me stessa con lui che con chiunque altro. Compresa me stessa, probabilmente. Celebrava le parti di me che non mi piacevano nemmeno.

E sapere questo, credere che lui pensasse che ero speciale, mi cambiava. Mi rendeva più forte. Più intera.

Si guardò intorno nel negozio e sorrise. «È qualcosa che riguarda il Giardino dell'Eden. Mi fa venire voglia di peccare. Ancora ed ancora.» Mi baciò. «E ancora.»

Capitolo trentuno

Armando

Uscendo dall'euforia post-orgasmica, decisi che era ora di discutere di qualcosa che mi pesava da quando mi ero svegliato.

Appoggiai la fronte contro quella di Hannah. «Sono cattivo per te? Vuoi che me ne vada? Sinceramente?»

Fece cenno di no con la testa contro la mia. «No» sussurrò. «Non ho mai voluto che tu te ne andassi. Era questo ciò di cui avevo paura, che stavo cercando di evitare. Ma ci siamo.»

«Ci siamo» ripetei. Capivo logicamente, ma non avevo idea di cosa provasse. Io ero vuoto e lei era troppo piena. Forse era per questo che ci adattavamo. Che tra di noi funzionava.

Non c'era modo di capire Hannah perché era così diversa da me e dalle persone che avevo conosciuto. Ecco perché sembrava una creatura mitica. La sua capacità di accettazione era monumentale.

Accarezzai i suoi riccioli ribelli e poi li strinsi quando non li trovai facili da accarezzare. Erano fatti per essere afferrati, di sicuro. «Allora, sono perdonato? Mi dispiace di essere stato un coglione.»

Sbuffò una risata. «Siamo a posto.»

Mi allontanai da lei e gettai il preservativo nella spazzatura accanto alla scrivania. «Cosa posso fare qui per aiutare?» Rimisi dentro il cazzo e mi allacciai i pantaloni. Recuperò le sue mutandine dal pavimento e si accovacciò per infilarle sulle caviglie.

«Ehm...» Sembrò aver paura di chiedermi qualcosa.

«Sì? Che cosa? Dimmelo, Fiori.»

«Vuoi aiutarmi a pulire il frigorifero? È quello che faccio di solito la domenica prima dell'apertura.»

«Lo pulirò io. Fai qualsiasi altra cosa tu debba fare.»

Il suo viso si illuminò di colpevole sorpresa. Scese dalla scrivania e si tirò su le mutandine. «Veramente? È una specie di lavoro di merda anche se sarà più facile per te perché sei forte.»

Aggrottai la fronte, cercando di capire cosa richiedesse forza.

«Devi spostare tutti i pesanti secchi di fiori in giro per pulire sotto. Di solito finisco per versare così tanta acqua che mi inzuppo. In inverno, mi tolgo i pantaloni prima di entrare, così non si bagnano.»

Mi venne un barzotto. «Devo prendere nota. Venire qui la domenica d'inverno.»

Il suo sorriso fu una dolce ricompensa. Diavolo, avrei pulito una stanza piena di merda di cane per quel sorriso.

Sapevo già dove si trovavano i prodotti per la pulizia, dato che avevo dovuto sbiancare a morte il suo pavimento. Li tirai fuori e andai nel frigorifero e spostai tutti i secchi di fiori nel corridoio per spazzare e pulire.

Ci misi un po' prima di realizzare una cosa: ero sveglio. Vivo. Quella sensazione di morte e di vuoto che mi era piombata addosso la scorsa notte si era dissipata. In effetti, tutto il mio corpo stava ronzando. Non solo, ma c'era qualcosa che non sentivo da anni.

Un filo di felicità.

Ero uscito da una settimana con una banda che cercava di uccidermi, ed ero pieno di una ritrovata contentezza.

Hannah mi rendeva felice. Questa era l'unica spiegazione. Mi piaceva stare con lei. Le cose avevano più senso quando c'era lei. E, naturalmente, il sesso era fuori classifica.

Sentii un urlo dall'angolo cottura e tutta quella felicità si trasformò in furia.

Nessuno poteva fare casino con la mia ragazza.

Pistola imbracciata e puntata, fui lì in un lampo, pronto a uccidere chiunque fosse lì dentro. Pronto a rinunciare alla mia vita se mi avesse permesso di salvare la sua.

Girai l'angolo e mi fermai, puntando la pistola a destra e a sinistra.

Ehm...

Non c'era nessuno lì con lei. Era bloccata nel mezzo della minuscola stanzetta del personale, con gli occhi spalancati e terrorizzata.

A causa mia. Per la pistola.

La abbassai velocemente. «Hai urlato.»

Fece una risatina tremante e indicò il pavimento nell'angolo. «C'è un topo.»

«Un topo.» Feci rallentare il battito. Provai ad allentare la presa mortale sulla pistola. La girai di lato e piegai la testa. «Vuoi che gli spari?» Ero impassibile.

Mi sorrise e si avvicinò finché i suoi morbidi seni non premettero contro le mie costole. «Una battuta. Penso sia la prima che fai.»

Davvero?

Dannazione.

Stavo tornando in vita.

«Sembravi davvero spaventoso quando sei entrato qui.» Fece le fusa come se fosse eccitata.

Infilai la pistola dietro la cintura e la cinsi con un braccio. «Me lo chiedevo.»

«Che cosa?»

«Cosa ti ha spinto a baciarmi quella prima volta? Ti piacciono i duri?»

«*Tu* mi piaci» confessò, le sue mani scivolarono sui miei pettorali. «Da sempre.»

«Sì?» Questo mi sorprese. La ricordavo da prima, ma era giovane. E off-limits. In più ero fidanzato. Avevo pensato che fosse carina, ma non le avevo prestato molta più attenzione. Ora mi meravigliavo di quanto mi ero perso. Mi sarebbe piaciuto tornare indietro nel tempo e rivedere tutte le mie visite al negozio per metterla al centro dell'attenzione.

«E, sì, mi piace che tu sia pericoloso. Mi eccita molto.»

«Sei speciale, Fiori.» Le accarezzai la guancia con il pollice.

Lei fece marcia indietro. «Quindi puoi essere pericoloso per i miei topi?»

Ridacchiai. «Sì certo. Hai delle trappole?»

«Ehm, sì. Ne ho comprate alcune, ma non sono riuscita a usarle perché non posso affrontare il pensiero di dover pulire il negozio da dei topi morti. Stesso motivo per cui non ho usato il veleno.»

Contrassi le labbra. Porca merda. Avrei potuto davvero sorridere. Non sapevo che la mia bocca ricordasse come. «Quindi piuttosto li sopporti.»

Annuì. «Esattamente.»

«Ci penserò io per te, bambolina. Sono il tuo ragazzo. Non dovrai più preoccuparti di loro.»

E mentre tornavo a pulire il frigorifero, lo notai di nuovo: quella leggerezza piombata intorno a me all'improvviso.

Come se ci fosse una ragione per continuare a vivere.

Potevo quasi osare azzardare che stavo iniziando a sentirmi di nuovo normale. Se era possibile.

«Ehi, Fiori!» Gridai dal frigorifero, sentendo che era ora di affrontare qualcos'altro che avevo evitato da quando ero uscito di prigione. Avevo pensato che sarebbe passato molto tempo prima che fossi di nuovo dell'umore giusto, ma improvvisamente sentivo che era quello il momento migliore.

Aprì il frigorifero e si appoggiò alla cornice. «Hai chiamato?» Aveva un sorriso dannatamente grande stampato sul viso. Avrei potuto fissarlo tutto il giorno.

«È domenica.»

Annuì. «L'abbiamo già stabilito.»

«Prenditi il giorno libero.»

«Non posso. Te l'ho detto...»

Raggiunsi il portafogli, tirai fuori una banconota da cento dollari e gliela misi in mano. «Considerale delle ferie retribuite e vieni con me in chiesa.»

Avevo bisogno di espiare i miei peccati. Di purificarmi per essere degno di questo tesoro di donna. Non sapevo se quelle storie fossero reali, ma mia madre ci credeva. Accendeva per me una candela ogni volta che andava a messa, due volte alla settimana.

Poteva anche non essere reale, ma mi sembrava che un cenno in quella direzione fosse giustificato. Per Hannah.

Spalancò gli occhi. «In chiesa?»

«È domenica. In chiesa.»

«Ora?»

Annuii. «La messa è già finita, ma è comunque aperta.»

Abbassò lo sguardo sui suoi vestiti. «Devo andare a casa e cambiarmi.»

La presi per mano e la allontanai dal frigorifero. «Fidati di me. Dopo i segreti e le confessioni che questa chiesa ha ascoltato, l'ultima cosa su cui verremo giudicati è il nostro abbigliamento. Inoltre» premetti le labbra sulla sua fronte «sei bellissima».

«Non ti immaginavo un uomo di chiesa.»

«Una volta lo ero» confessai. «È passato molto tempo. Ma devo farlo da parecchio. Inoltre, ho promesso a padre Fantoni che sarei passato, e non l'ho ancora fatto. Posso anche essere un peccatore, ma sono un uomo di parola.»

Mi rivolse un sorriso dolce. «Va bene, fammi andare a controllare che l'ingresso sia chiuso.» Si affrettò verso la porta d'ingresso e si bloccò con un sussulto. Presi immediatamente la mia pistola, ma poi mi resi conto che probabilmente si trattava solo di un altro topo.

«Armando» sussurrò, con la voce intrisa di paura.

Tirando fuori la pistola, mi precipitai verso di lei.

Indicò attraverso una fessura delle persiane e la porta. «C'è un uomo fuori.»

Tolsi la sicura, pronto a difendere la donna che... vidi Marco dall'altra parte.

Liberando il respiro che stavo trattenendo, misi via la pistola, aprii la porta e diedi scherzosamente un pugno sul braccio a mio cugino, poi dissi: «Avrei potuto spararti proprio lì, amico.»

«Leo e io ti abbiamo detto che avremmo messo degli occhi in più.» Marco scrutò Hannah dalla testa ai piedi e vidi dell'approvazione nel sorriso diabolico che mi fece.

«Perché sei venuto tu? Non hai nessuno dei tuoi uomini?»

Marco alzò le spalle. «È domenica. La maggior parte

degli uomini oggi è con le proprie famiglie. Non ho niente di meglio da fare. Inoltre, se vuoi che qualcosa sia fatto bene, devi fartelo da solo.»

Hannah si schiarì la gola dietro di me, ricordandomi le buone maniere. «Marco, ti presento Hannah. Hannah, lui è mio cugino Marco.

Allungò la mano e con la voce più dolce disse: «Piacere di conoscerti, ufficialmente. Ricordo di averti visto ogni tanto comprare qualcosa in negozio.»

«Sei la proprietaria ora, giusto?» chiese Marco.

«Sì.»

«Stavamo giusto uscendo. Andiamo alla St. Andrews. Ti va di venire?» gli chiesi.

Marco ridacchiò. «Se metto piede in quella chiesa, verrò abbattuto. È passato così tanto tempo dall'ultima volta che mi sono confessato che non saprei nemmeno da dove cominciare.»

«Perfetto» dissi. «Allora possiamo essere abbattuti insieme.»

Gli occhi di Marco guizzarono prima su Hannah e poi su di me. «Chiesa, eh?»

«È domenica» dissi.

«Sì, so che giorno è.» Marco sorrise. «Bene, allora, chiesa sia.» Poi si rivolse ad Hannah. «Ma ti avverto, Hannah. Non starci troppo vicino. Potrebbe non essere un bello spettacolo se prendessimo fuoco.»

Capitolo trentadue

Hannah

«Alle brave ragazze spetta un gelato dopo la chiesa» disse Armando mentre mi conduceva lungo la strada mano nella mano.

Avevamo appena salutato Marco. Armando lo aveva praticamente minacciato perché ci lasciasse soli per qualche ora. Gli aveva promesso che saremmo tornati al mio appartamento e saremmo rimasti lì, quindi ero confusa riguardo al motivo per cui non stavamo tornando a casa.

«Da piccolo, mia madre mi premiava sempre con il gelato se mi comportavo bene durante la funzione in chiesa» aggiunse. Mi guardò e fece l'occhiolino. «Sei stata brava.»

Il mio corpo si accese, sentendosi caldo e annebbiato. Ci tenevamo per mano come una coppia, camminando sotto la luce del sole per andare a prendere un gelato. Era come se fossimo a un appuntamento ufficiale. Per trascorrere insieme una piacevole domenica. Tutto sembrava così normale e così giusto.

La gelateria era solo a un isolato di distanza e appena la vidi mi innamorai del suo fascino. Il negozietto era dipinto di rosa pastello e bianco, con una gigantesca insegna a forma di cono gelato appesa sopra l'ingresso. L'aria all'interno era fresca e dolce, e sentii il dolce rintocco del campanello sopra la porta mentre entravamo.

Il caratteristico locale aveva un aspetto vintage e l'aroma dei coni di cialda appena fatti ci colpì nel momento in cui entrammo. Era pieno di gente, ma riuscimmo a trovare un tavolo libero in un angolo. Il suono di una chitarra che suonava riempiva l'atmosfera, e notai un giovane seduto in un angolo, che strimpellava il suo strumento.

«Qual è il tuo gusto preferito?» mi chiese.

«Quello che prendi tu» risposi. Quando si trattava di gelato, non esisteva un gusto cattivo.

Armando andò a ordinare, lasciandomi godere la musica. Mentre aspettava in fila, si girò e mi salutò, con un bel sorriso sul viso. Il cuore mi batté forte mentre lo salutavo, sentendo una calda sensazione nel petto. Quando tornò al tavolo, aveva in mano due coni.

«Due palline. Uno è cioccolato al caramello e l'altro è biscotto.» Vidi l'orgoglio sul suo volto per aver scelto i due gusti migliori.

«Perfetto.»

Rimanemmo seduti lì, gustando il nostro gelato e ascoltando la musica. Era semplice. Rilassato.

«Sei cresciuta a Chicago?» mi chiese Armando, studiandomi da dietro il suo cono.

«Sì. Nata e cresciuta.»

«I tuoi genitori vivono qui?»

Annuii. «Sì. Mia madre è un'infermiera e mio padre lavora nell'edilizia.»

Era pazzesco avere questa conversazione casuale con Armando. Niente di Armando e me fino a questo punto era stato semplicemente casuale. Era come se fossimo le uniche due persone al mondo in questo momento, e nient'altro avesse importanza.

«Tu?»

Annuì. «Nato e cresciuto. Eravamo solo io e mia madre, ma siamo italiani, quindi ho una grande famiglia allargata. Una ventina di cugini. Sono più vicino a Marco e suo fratello Leo. Sono come fratelli per me, davvero. Stavamo sempre insieme.» Il suo sguardo, generalmente spento divenne caldo. La luce nei suoi occhi mi fece sentire più viva di quanto mi sentissi da molto tempo. In realtà stava condividendo. Si stava aprendo, e non pensavo neanche che fosse possibile per lui.

«Grazie per tutto questo» dissi quando finimmo il nostro dolce. «Non ho avuto un vero giorno libero da molto tempo» ammisi. «E anche quando ci ho provato, avevo sempre la testa piena di preoccupazioni. Quindi questo è un giorno raro per me.»

«Dovremo rimediare.»

«*Noi due?*»

Sorrise. «Sei legata a me, Fiori.» Il suo viso si fece serio, gli occhi si incupirono. «Lavori troppo. Carichi troppo su quelle tue spalle perfette. È ora che qualcuno ti aiuti ad alleggerire il peso.»

Ero sempre stata una donna indipendente. Una che voleva stare in piedi da sola, ma dannazione se non era bello avere un uomo seduto di fronte a me... che mi proteggeva e si prendeva cura del mio benessere.

Finii il mio cono e mi asciugai la bocca con un tovagliolo. «Grazie» dissi, non volendo che il momento finisse.

«Figurati» rispose, prendendomi di nuovo la mano tra le sue. «Dovremmo farlo più spesso.»

Annuii, sentendo un sorriso diffondersi sul mio viso. «Mi piacerebbe.»

Mentre lasciavamo il negozio, mi resi conto che quello era il momento più felice che vivevo da molto tempo. Non sapevo cosa mi avrebbe riservato il futuro, ma sapevo che lo voglio al mio fianco. Volevo tenergli la mano e camminare alla luce del sole ogni giorno. Volevo ascoltarlo parlare e capire come farlo ridere, ma non mi importava nemmeno della sua oscurità e delle ombre che perseguitavano i suoi occhi.

Volevo gustare altri gelati con lui ed esplorare negozietti più affascinanti, ma volevo anche essere lì per lui quando le cicatrici del suo passato fossero tornate o quando i suoi demoni avessero oscurato le sue giornate. Volevo innamorarmi di lui e volevo che lui si innamorasse di me.

Camminammo per strada, godendoci la brezza calda e la reciproca compagnia. Non sembrava che avessimo una destinazione in mente, ma non importava. Eravamo contenti per il semplice fatto di stare insieme.

All'improvviso si fermò davanti a una piccola boutique. Era piena di vestiti e accessori vintage. Si girò verso di me, gli occhi gli brillavano di eccitazione. «Entriamo.»

Lo seguii all'interno, sentendomi come una bambina in un negozio di dolci. La boutique era ancora più affascinante della gelateria. Le pareti erano coperte di carta da parati dai colori vivaci e i vestiti sugli scaffali non assomigliavano a niente che io avessi mai visto prima. Era come tornare indietro nel tempo, ma anche tanto trendy.

Cominciò a scegliere i vestiti da farmi provare e non riuscii a fare a meno di ridere. Aveva un grande senso dello stile che qualsiasi cosa avesse scelto mi sarebbe stato benissimo. Mentre navigavamo tra gli scaffali, provai un senso di vicinanza con lui che non avevo mai provato prima. Era come se fossimo chiusi nel nostro piccolo mondo e niente potesse abbatterci.

Dopo aver provato alcuni abiti per cui aveva insistito, mi accontentai di un vestito floreale vintage. Lo pagò senza esitazione, insistendo sul fatto che ero bellissima. Stavo notando che gli piaceva prendersi cura di me e dovevo permettergli di farlo. Avevo bisogno di resistere all'impulso di discuterci per i soldi e di preoccuparmi costantemente per ogni piccolo centesimo.

Mentre lasciavamo il negozio, disse: «Suppongo che dovremmo tornare a casa. Se Marco o uno dei suoi uomini arriva a fare la guardia prima del nostro arrivo, mio cugino mi ucciderà.»

«No, per carità» dissi con un sorriso.

«Non hai visto Marco arrabbiato» rispose accennando un sorriso.

L'aria felice donava ad Armando. Era così fottutamente sexy in questo momento.

Mi chinai in avanti, così vicino che potevo sentire il suo alito caldo sul suo viso e annusare la dolcezza zuccherina del gelato.

«Baciami» dissi. «Baciami come un fidanzato bacia la fidanzata.»

Mi guardò con un misto di sorpresa ed esitazione, come se cercasse di leggermi nella mente. Sentii il suo cuore battere forte e sapevo che lo stavo spingendo ben oltre la sua zona di comfort. Avevo detto *fidanzato e fidanzata*. Ma non mi interessava. Volevo che mi baciasse, che mi rivendicasse come sua, che mi facesse dimenticare tutto il resto del mondo.

Si avvicinò lentamente, le sue labbra si librarono a pochi centimetri dalle mie. La sua mano scese sulla mia vita, attirandomi più vicina a lui. Chiusi gli occhi e feci un respiro profondo, cercando di calmare il battito del mio cuore. E poi, finalmente, le sue labbra incontrarono le mie in un bacio tenero, quasi esitante.

All'inizio fu gentile e incerto, come se avesse paura di farmi del male. Ma poi, mentre rispondevo con entusiasmo, approfondì il bacio, la sua lingua sondò le mie labbra. Gemetti piano, gli strinsi le spalle con le mani, incitandolo a continuare. Mi premette contro il muro della boutique, il suo corpo era duro contro il mio, e sentii un'ondata di desiderio che non avevo mai provato prima.

Gli avvolsi le braccia intorno al collo, affondai le dita nei capelli corti sulla sua nuca. Sentii la forza nelle sue braccia mentre mi teneva stretta. Con un gemito, interruppe il bacio, tirandosi indietro per guardarmi. «Che cosa stiamo facendo?» La sua voce era roca.

«Ci stiamo baciando» dissi, con un sorriso accennati.

«Come un fidanzato e una fidanzata?»

«Esattamente» dissi semplicemente, prima di tirarlo a me per un altro bacio. Questa volta, rispose con ancora maggiore passione, le sue mani vagarono sul mio corpo mentre mi baciava profondamente.

Mentre le nostre bocche si muovevano in perfetta armonia, mi resi conto che questo era ciò che mi mancava. Passione, desiderio e il brivido dell'ignoto. Non sapevo dove questo ci avrebbe portato, ma per ora, tutto ciò che contava era il calore tra di noi, la fame nel nostro bacio e la promessa che sarebbe seguito molto altro.

Capitolo trentatré

Armando

Entrammo nel suo minuscolo appartamento, baciandoci, circondati da un uragano di lussuria e desiderio. Avevo bisogno di questa donna più di quanto avessi bisogno di respirare.

Mentre inciampavamo sulla porta, con le labbra premute insieme in una passione frenetica, mi travolse una sensazione di sollievo. Finalmente ero qui, con lei, e nient'altro al mondo aveva importanza. Il suo appartamento era piccolo, persino angusto, ma non mi interessava. Tutto ciò di cui avevo bisogno era lei. Eravamo due animali di ritorno alla nostra tana. La nostra tana dei peccati.

Le mie mani vagavano sul suo corpo, tracciando le curve e gli avvallamenti della sua figura. Il calore si irradiava dalla sua pelle e non faceva altro che alimentare ulteriormente il mio desiderio. Avevo bisogno di essere dentro di lei. Subito.

La sollevai da terra, mi avvolse le gambe intorno alla vita mentre inciampavamo muovendoci verso il letto. Il suo profumo mi riempiva le narici, inebriandomi ulteriormente.

Mentre crollavamo sul letto, interruppi il bacio solo per

un momento per guardarla negli occhi. Erano scuri, pieni di una fame che corrispondeva alla mia. Avevo bisogno di lei, di tutto di lei, e sapevo che anche lei aveva bisogno di me.

«Ti scoperò come un fidanzato scopa una fidanzata» dissi, ricordando la sua richiesta di prima e come voleva che la baciassi.

Le sue mani erano tra i miei capelli, attirandomi più vicino. Sentii la sua urgenza, il suo bisogno di me. «No. Fottimi come un animale fotterebbe la sua preda.»

Questa ragazza... stava mandando a puttane tutto nella mia testa. Qualunque cosa.

Abbassai il viso per baciarla di nuovo, la mia lingua scivolò nella sua bocca mentre lei gemeva di piacere. I nostri corpi erano premuti insieme, il mio cazzo indurito deside-rava ardentemente trovarsi dentro di lei. Facendo scivolare la mano tra le sue gambe, accarezzai la sua umidità e capii che era pronta per me, e questo mi spronò solo ad andare oltre. Avevo bisogno di essere dentro di lei. Dovevo farla mia.

Con una mano, le slacciai i bottoni della camicetta, rivelando la morbida pelle sottostante. Le mie labbra lascia-rono le sue, scendendo lungo il collo e il petto, lasciando dietro di sé una scia di baci. Con l'altra mano afferrai la gonna, tirandola giù lungo il suo corpo finché non cadde a terra.

Le mie mani vagavano ovunque, cercando ogni centi-metro della sua pelle. Lei gemeva e si contorceva sotto di me, mentre con le dita mi afferrava i capelli e mi tiravano più vicino come se temesse che l'avrei lasciata andare.

Trovai il capezzolo con la bocca e cominciai a succhiarlo, stuzzicandolo con la lingua mentre l'altra mano trovava e iniziava a stuzzicare l'altro.

Il suo corpo tremò sotto il mio, il suo respiro divenne

irregolare. Feci scivolare la mano lungo il suo corpo, cercando disperatamente con le dita la sua umidità.

Sollevò le gambe e me le avvolse intorno alla vita, attirandomi più vicino a sé, sperando disperatamente che io la penetrassi. Quando trovai l'orlo delle sue mutandine, infilai un dito sul lato e le tirai giù con facilità.

Feci scivolare un dito dentro di lei, tirandolo fuori e facendolo scivolare di nuovo mentre lei gemeva di piacere. La stuzzicai, torturandola con il mio tocco. Volevo che mi implorasse. Volevo che riconoscesse il potere che avevo su di lei.

«Ti prego» sospirò. «Ti prego, ho bisogno di te. Fottimi.»

Mossi le dita più velocemente, scivolando dentro e fuori di lei, mentre il mio pollice le accarezzava il clitoride con piccoli e veloci movimenti circolari.

Gettò indietro la testa e gemette, la voce piena di desiderio.

Era il suono più erotico che avessi mai sentito. Tutto quello che volevo era vederla urlare sotto di me, gemendo il mio nome per il resto della mia vita.

Mi afferrò i vestiti, liberandomene in modo quasi disperato e gettandoli a terra.

Avevo bisogno di essere dentro di lei, subito.

Con rapidità, mi slacciai i pantaloni, sfilandoli e gettandoli a terra. Mi strappai via i boxer mentre lei si abbassava per avvolgere la sua mano attorno al mio cazzo. Gemetti di piacere, sapendo cosa sarebbe successo dopo.

Il mio cazzo pulsò, il precum trasudò dalla cappella mentre aspettavo di essere dentro di lei. Le sue dita scivolarono su e giù per la mia asta, stuzzicando la cappella con il pollice. Gemetti mentre lei giocava con me, il mio corpo teso mentre aspettavo il seguito.

Feci scivolare due dita nel suo canale accogliente. Si

contrasse e si irrigidì al minimo tocco, come se fosse già vicina all'orgasmo.

Avevo bisogno di entrare dentro di lei, subito.

La cappella trovò il suo ingresso bagnato e Hannah spinse i fianchi in su, disperata dal bisogno di portarmi dentro di lei. Era bagnata fradicia, e fece scivolare il mio cazzo dentro senza sforzo, il calore delle sue pieghe mi abbracciò il cazzo, portandomi dentro. Il suo corpo rabbrividì mentre entravo, e percepii che aveva un disperato bisogno che io mi muovessi.

Mi sfilai finché solo la cappella era dentro, prima di rituffarmi a fondo. Le afferrai i fianchi mentre la prendevo in pura beatitudine animalesca. Non ero gentile e, a ogni spinta aggressiva, lei mi veniva incontro con la stessa forza. Inarcò la schiena, incontrando ogni spinta con la sua. Lo sguardo di puro piacere sul suo viso era indescrivibile. La stavo prendendo e lei ne adorava ogni secondo.

Mi tirai fuori e Hannah piagnucolò. Volevo che avesse bisogno di me.

«Pregami» ringhiai. «Implorami di fotterti.»

«Ti prego» rispose. «Ho bisogno di te. Ti prego, fottimi.»

La sua voce era disperata e io avevo bisogno di sentire di più.

Scivolai profondamente dentro di lei, che avvolse le gambe intorno a me, attirandomi più a fondo. «Scopami» disse. «Scopami come un animale.»

Mi sfilai, ma Hannah era pronta per me. Aveva un bisogno disperato e sapevo che voleva essere riempita da me.

«Ti prego tesoro. Riempimi. Lasciami venire. Fammi venire» gridò. «Ne ho bisogno. Ho bisogno di te. Fottimi. Per favore.»

Era il suono più bello che avessi mai sentito. Immersi il

cazzo dentro di lei ancora e ancora, il mio ritmo accelerava a ogni spinta, a ogni movimento.

Mentre ci muovevamo insieme, gemevamo, ansimavamo e sussurravamo. La sentii andarci vicino, il suo corpo tendersi sotto il mio. Affondò le unghie nella mia schiena mentre cercava di resistere.

Il cazzo mi pulsava mentre lei sollevava i fianchi, incontrando ogni spinta con un gemito di piacere. Il piacere cresceva così tanto che sentii avvicinarsi l'orgasmo.

Era la sensazione più intensa che avessi mai provato. Il cazzo palpitava e pulsava mentre mi tuffavo dentro e fuori. Piagnucolò, implorandomi di farla venire ancora e ancora.

A quel punto ci era vicina. Potevo dirlo mentre i gemiti diventavano più forti e il suo corpo iniziava a contorcersi sotto il mio.

«Vieni con me» ringhiai. «Vieni adesso.»

Immersi il cazzo in profondità dentro di lei, riempiendola e spingendola oltre il limite mentre rabbrividiva sotto di me. La figa strinse il cazzo, i suoi succhi scorrevano fuori da lei mentre urlava.

Il corpo le tremò e lei mosse i fianchi contro i miei, l'orgasmo la scosse nel profondo. Le palle pomparono una, due, quattro volte mentre mi seppellivo profondamente dentro di lei, rilasciandole dentro il mio seme.

Non sapevo dire per quanto tempo restammo sdraiati lì, appiccicosi, caldi e completi. I nostri respiri sembravano fondersi in uno, il nostro battito cardiaco trovò lo stesso ritmo. E per la prima volta in tutta la mia vita, mi sentii come se fossi a casa.

Capitolo trentaquattro

Hannah

«Quindi ora vivete insieme?» chiese Josie. «Non pensi che le cose si stiano muovendo un po' troppo velocemente?»

Alzai le spalle. «In un certo senso sì. Non lo so. Non è una situazione normale quella tra di noi. Il modo in cui abbiamo iniziato in qualche modo ha amplificato le cose.»

«È lui il motivo per cui adesso un sicario mi segue da e verso il lavoro?»

«Si sta assicurando ti tenerci al sicuro» mi difesi. «È solo per il tempo necessario a sistemare le cose circa una situazione che riguarda il suo lavoro.»

«Siamo in pericolo?» spalancò gli occhi. «Non mi ci sono infilata io in questa merda.»

«È solo eccessivamente protettivo. È dovuto a ciò che fa.»

«Almeno ne vale la pena? È bravo?» chiese Josie con voce canzonatoria mentre tirava fuori un bouquet appassito dal frigo e versava l'acqua nel mio lavandino industriale.

Avevo la solita sensazione di ansia alla bocca dello

stomaco che provavo sempre quando lei lavorava, ma anche così, ero sollevata di sviscerare i dettagli di Armando con lei.

Sbattei le palpebre. «Tanto. Bravo al punto da tre volte ieri e una volta stamattina.»

«Oh dannazione. È così sexy. Quindi è come... un accordo? Come se ti ripagasse per l'affitto? O cosa?»

Le lanciai una rosa appassita in testa. «Stronza, non mi sono prostituita. Si è solo offerto di pagare l'affitto. E ho accettato l'offerta.»

«Mmm ehm. E come è andata a finire, esattamente?»

Ok, merda. Non potevo raccontarle la vera storia. «Va bene, sì, mi sono svenduta» borbottai, come se stessi confessando.

Gli occhi di Josie si spalancarono. «Oh, è sexy. Penso davvero che sia sexy. Ti ha semplicemente dato i soldi e ha detto *entra nel mio letto, puttanella?*»

Sbuffai e risi. «Sì, proprio così.»

Josie mi guardò con pura curiosità. Era tanto alta lei quanto bassa io: un metro e ottanta ed era la più bassa di tutti i suoi fratelli. E sì, giocavano tutti a basket. La sua famiglia era migrata dal Brasile quando lei aveva quattro anni. Era di carnagione scura come me, bellissima, con i capelli biondo platino che le esplodevano in un'aureola intorno alla testa. Era lei la ragione per cui avevo decolorato le estremità dei miei ricci, anche se non ero diventata così leggera come lei.

Inclinò la testa. «Non riesco a decidere cosa pensare di tutto questo.»

«Cosa intendi?» forse ero un po' sulla difensiva.

«Non lo so. Sembri felice. Più felice di quanto tu non sia da tempo. Ma è una situazione così lontana dal tuo carattere, che ho la sensazione di dover intervenire o qualcosa del genere.»

Mi accaldai. «Mi piace, Jos.»

Mi puntò contro un dito con fare severo. «Non dirglielo. E non piangere! Ti prego, dimmi che non hai già pianto.»

Rabbrividii un po'. Josie sapeva come andavano sempre a finire le mie relazioni. Eravamo amiche dai tempi del liceo e c'era sicuramente uno schema. Mi affezionavo troppo in fretta, assegnavo troppo significato alle cose. Poi sbottavo con un: «Ti amo!» o qualche altra cosa altrettanto appiccicosa. Oppure scoppiavo in lacrime o in qualche modo mi emozionavo eccessivamente per qualcosa, e poi improvvisamente finiva. Il ragazzo in questione spariva. Ero troppo da gestire per lui.

«Beh, ho pianto» ammisi. «... È stato dopo il sesso, però!» Aggiunsi velocemente quando Josie mi lanciò un'occhiata alla *è finita*.

«Uh Huh. E come è andata?»

«Ehm.» Ci pensai. «In realtà non in modo terribile. Mi ha lasciata fare. Come se non sembrasse pensargli, come se non fosse un grosso problema.» Nel dirlo mi sorpresi. Perché non si era sentito a disagio o aveva cercato di recuperare o aveva pensato che fossi pazza? «Non lo so... forse le donne piangono regolarmente dopo aver fatto sesso con lui» scherzai, ma pensare a lui che faceva sesso con altre donne mi fece venire l'amaro in bocca. «È così bravo.»

Josie si mise le mani sui fianchi. «Quando è stato?»

La sensazione di rabbia ritornò. «Ieri... forse anche il giorno prima.» E stamattina aveva interrotto bruscamente la faccenda.

Se n'era andato mentre dormivo ancora. Mi aveva giusto baciata in fronte e aveva detto che doveva andare a lavorare. Come se non fosse un grosso problema, e non fossi stata sua prigioniera per giorni. Mi aveva detto che ci sarebbe stato un uomo fuori dal negozio tutto il giorno e di non andarmene senza che qualcuno mi accompagnasse. Ma non mi stava più controllando. Mi aveva detto che ci saremmo sentiti più tardi come se fossimo stati una coppia normale.

Avevo pensato che significasse che finalmente si fidava di me, ma forse era stato per il pianto. O per me. Ero troppo da gestire, come sempre. Stava scappando.

I campanelli della porta tintinnarono e Jack, il tizio della FedEx, entrò. «Pacco per te, signorina.» Mi sorrise in modo paterno mentre mi porgeva una busta imbottita. «Devi firmare.»

Perplessa, firmai la sua cartella elettronica ed esaminai il pacco. Non avevo ordinato niente perché non avevo più credito nella mia carta o contanti nel mio conto in banca, a meno che non contassi i soldi che Armando ci aveva messo.

Aprii la confezione per trovare un minuscolo portagioie. «Oh wow.» Mi accelerò il battito. Mi aveva fatto un regalo.

Un regalo.

Significava qualcosa, no?

Josie emise un versetto eccitato. «Piaci a qualcuno.»

«Oh wow» mormorai di nuovo, aprendo il piccolo coperchio con dita tremanti. «Oh.» era praticamente l'unica cosa che ricordavo come dire. Aprii la scatola. All'interno c'era un piercing per il naso, d'oro con un diamante all'estremità.

Josie afferrò il certificato che lo accompagnava. «Oro a diciotto carati con un diamante VVS senza conflitti.» Mi guardò. «*Cavolo.* Gli piaci decisamente.»

Non riuscii a fermare lo stupido sorriso che mi coprì la faccia.

Gli piacevo.

Era un regalo pensato. Adatto a me. Non era una stupida collana con cuore di diamanti o altri gioielli cliché. Mi aveva comprato qualcosa che mi sarebbe piaciuto indossare. Tolsi il mio semplice anellino dorato e misi il diamante. «Come ti sembra?»

Josie sorrise. «È perfetto.»

«Sì, è vero.» Ovviamente l'aveva ordinato un paio di giorni fa perché arrivasse oggi, quindi non era garantito che fosse ancora preso da me, ma improvvisamente mi sentivo molto più fiduciosa sul fatto di avere una possibilità.

Volevo assolutamente che avessimo una possibilità.

Ma non dovevo iniziare ad affibbiare un significato alle cose. Era per questo che mi andavano male tutte le relazioni.

Guardai Josie, pensando che poteva essere il momento giusto per parlarle di come il suo lavoro qui potesse necessitare di qualche aggiustamento. Ora che eravamo a nostro agio e vicine.

«Ascolta, Josie...»

«Ehm?»

«Ehm, mi stavo chiedendo...ti piace lavorare qui?»

Mi scrutò, un'espressione allarmata sul viso. Le farfalle sbattevano selvaggiamente le ali nel mio ventre. Su per l'esofago. In gola.

«Mi piace, perché?» Ero io o sembrava nervosa?

«Oh, ehm, io...» Cristo! Ero una stupida balbuziente! «Bene. Sono contenta. Solo per sapere.» Mi voltai e scappai al tavolo di lavoro.

Grande. Era andata bene. Ah. Non ero poi così tagliata per gestire questo business da sola!

Avevo bisogno di una boccata d'aria fresca ed uscii nel vicolo. Vidi Marco appoggiato al muro, che scrollava il telefono.

«Ehi, Marco» dissi, sentendomi allo stesso tempo strana e protetta dalla sua presenza. «Armando mi aveva detto che uno dei tuoi uomini sarebbe stato qui oggi. Non mi aspettavo che venissi tu.»

«Non mi dispiace.» Alzò lo sguardo dal telefono e sorrise. Marco assomigliava molto ad Armando: tra i due la consanguineità era evidente. Tanto che mi mancava già e speravo che mi chiamasse presto. «Mi piace tastare il terreno per primo.»

«Ah sì?» Alzai un sopracciglio e chiesi: «Cosa ne pensi della situazione?»

«Piaci a mio cugino. Molto.»

Il cuore mi palpitò e mi si bloccò il respiro. «Davvero?»

«Davvero.» Marco inclinò la testa e sembrò scrutare ogni centimetro del mio viso. «Non ha mai portato nessuna in chiesa prima d'ora.»

Non me n'ero resa conto, ma mi piacque sentirlo.

«Devo presumere che il sentimento sia reciproco?» chiese lui.

Sentivo il viso accaldato, come se la temperatura fosse a cento gradi. Avevo i palmi sudati e all'improvviso desiderai una sigaretta. Non fumavo, ma almeno avrei avuto qualcosa da fare, e non mi sarei sentita così a disagio a starmene semplicemente nel vicolo con un uomo che conoscevo a malapena.

«È reciproco.»

«E sai cosa significa?»

Alzai lo sguardo e lo guardai negli occhi.

«Capisci che tipo di vita conduce Armando, vero?»

Annuii e concentrai lo sguardo sulle mie Converse logore. «Sì.»

«La cosa non può essere cambiata.»

«Non desidero affatto cambiarlo.»

Marco fece un passo verso di me e usò il dito per sollevarmi il mento, quindi fui costretta a guardarlo negli occhi.

Aprì la bocca per parlare, ma mi squillò il telefono, interrompendoci.

«Potrebbe essere Armando» dissi, non riconoscendo il numero, ma sperando che fosse lui.

Marco mi fece cenno di rispondere al telefono.

Capitolo trentacinque

Armando

«Dai un bacio a nonna da parte mia, va bene?»

Mia madre mi aveva chiamato mentre stava andando all'aeroporto. Le avevo comprato un biglietto per andare a trovare mia nonna in Arizona per un paio di settimane, solo così non avrei dovuto preoccuparmi che qualcuno facesse qualche casino con lei.

«Lo farò. So che c'è qualche tipo di problema e so che non puoi dirmelo, ma Mando?»

Trattenni il respiro. «Sì, mamma?»

«Prenditi cura di te.» Le tremava la voce.

«Lo farò, mamma. Lo farò. Ho solo bisogno di sapere che sei al sicuro.»

«Resti nel tuo appartamento? Forse non è una buona idea.»

«Non. Sto volando basso. In realtà...»

Non sapevo perché avevo il bisogno di dirglielo. Forse era solo perché meritava qualcosa, qualsiasi cosa, per illuminare i suoi pensieri su di me.

«Ho conosciuto una ragazza. Vado a casa sua finché le acque non si calmano.»

Mia madre fece un piccolo verso di sorpresa. «È fantastico. Deve piacerti se mi parli di lei.»

«Sì. È così.»

«Ti rende felice?»

«Sì. Non pensavo fosse possibile. Ma sì.»

«Meriti di essere felice.»

«Non sono sicuro di cosa merito» ammisi.

«Puoi aver commesso degli errori, figliolo. Potresti farne molti altri a venire. Ma l'unica cosa che so è che meriti la felicità. Non resisterle.»

«Sto cercando di non farlo.»

«Come si chiama?»

Esitai perché eravamo al telefono, ma dubitavo che i ragazzi che mi stavano cercando fossero abbastanza sofisticati da intercettarmi. Inoltre, era un usa e getta che avevo preso il giorno in cui ero uscito di prigione.

«Hannah.»

«Hannah. È cattolica?»

Lasciai che mia madre me lo chiedesse. «Siamo andati in chiesa insieme ieri.»

«È fantastico. Ti sei confessato?»

«L'ho fatto.»

Era stata la cosa più difficile e allo stesso tempo più facile che avessi fatto da molto tempo. L'avevo fatto per me. L'avevo fatto per Hannah e l'avevo fatto per cercare di liberare la mia anima. Avevo pronunciato le parole di cui avevo bisogno e non mi ero trattenuto:

Benedicimi Padre perché ho peccato.
La mia anima è danneggiata irreparabilmente.

Sono passati cinque anni dalla mia ultima confessione.

Cinque anni da quando mia madre piangeva mentre mi portavano fuori dal tribunale in manette.

Tre anni da quando ho ucciso un uomo in prigione. Ora c'è una taglia sulla mia testa.

Tre giorni fuori e ho commesso un altro peccato per rimanere in vita.

E poi un altro con lei, la mia bella testimone.

E un altro con lei.

E un altro.

Non sto chiedendo l'assoluzione.

Tutto quello che voglio veramente è lei.

«Sono felice di sentirlo» disse. «Mi piacerebbe conoscerla.»

Qualcosa mi scosse il petto. Perché non riuscivo a fare le cose normali. Probabilmente non sarei riuscito a presentare Hannah a mia madre anche se ero sicuro che si sarebbero amate. Erano entrambe donne affettuose e di cuore aperto.

«Sì, vedremo. Fai buon viaggio, mamma.»

«Lo farò. Stai attento, Mando. Pregherò per te.»

«So che lo farai. Ti voglio bene.» Pronunciai quelle parole, ma pensai di provare un barlume di quella sensazione. O solo il ricordo del sentimento. Le mamme erano davvero potenti.

Attaccai mentre mi dirigevo verso il mio nuovo lavoro. Il don mi aveva detto di darmi malato ma fanculo, ci sarei andato. Fanculo gli Hermanos. Potevano venire a prendermi in cantiere se volevano. Avevo un'arma ed ero pronto.

Avevo bisogno di farmi una vita all'esterno. Nascondermi con Hannah per sempre non era un'opzione, per quanto mi divertisse. Sì, mi divertiva.

Era una parola che non pensavo avrei usato tanto presto.

Ero stato di nuovo dentro di lei più volte la scorsa sera. Coinvolto in una sessione epica mentre la mettevo in ginocchio sul letto e la scopavo con il pollice nel culo. Poi, prima ancora che il sole sorgesse, le avevo piazzato la mano a coppa sulla figa quando mi ero svegliato, ed era di nuovo eccitata. L'avevo fatta rotolare sulla pancia e le avevo allargato le gambe. L'avevo tenuta ferma con la mano sulla sua nuca perché le piaceva lottare un po'.

Era venuta due volte: era così dannatamente reattiva. Così coraggiosa.

L'avevo capito a un certo punto ieri sera. Il livello di vulnerabilità che mostrava poteva nascere solo da un immenso coraggio. Il suo esempio era l'unica cosa che mi mostrava la via per tornare ad essere di nuovo umano.

Non che io pensassi che ci fossero molti esseri umani come lei.

Era così divertente per me quanto sembrasse normale, come una normale ventenne. Si sarebbe adattata ovunque. Ma lei era tutt'altro.

Non riuscivo a togliermela dalla mente. Non riuscivo a togliermi il suo odore dalle narici. Non riuscivo a far sparire la visione di lei sdraiata sul letto che mi fissava. Lei era ovunque io guardassi. Era struggente.

Prima di uscire dal suo furgone che avevo preso in prestito, decisi che dovevo chiamarla. Sapevo che c'era Marco a fare la guardia, ma sentire la sua voce mi avrebbe tranquillizzato.

«Ciao, Fiori.» dissi quando rispose al telefono.

«Speravo fossi tu.» Sentii il sorriso nella sua voce.

«Com'è andata la mattinata finora?»

«Bene. Josie è arrivata puntuale e abbiamo parlato.»

«Marco è venuto? Ha detto che l'avrebbe fatto.»

«Sì, in effetti, sono fuori a parlare con lui proprio ora.»

Proprio mentre stavo per dirle di rientrare e mettersi al sicuro, sentii il peggior rumore immaginabile. Fu un forte *pop, pop, pop,* seguito da un urlo penetrante.

«Hannah!»

L'urlo non si fermò.

«Hannah!»

E poi ci fu silenzio...

* * *

Radicato nel peccato (Libro 2 della serie I peccati di Chicago)

Una volta che sei radicato nel peccato, non puoi tornare indietro.

Non avrebbe dovuto trovarsi nel fuoco incrociato

I miei nemici non dovrebbero essere anche i suoi.

Il mio passato è oscuro e i miei demoni sono pericolosi.

Dovrei lasciarla libera, al sicuro dalle ombre che ancora mi perseguitano.

Ma non posso lasciarla andare.

La mia ossessione è troppo forte.

È mia anche se non dovrei tenerla.

Ma io più di tutti dovrei sapere che la mafia non lascia andare nessuno.

Leggilo subito: https://geni.us/rootedit

OTTIENI IL TUO LIBRO GRATIS!

Iscrivetevi alla newsletter di Renee per ricevere Indomita, scene bonus gratuite e notifiche riguardo a nuove pubblicazioni!

https://subscribepage.com/reneeroseit

Altri libri di Renee Rose

https://reneeroseromance.com/italiano/

I peccati di Chicago

La tana dei peccati

Radicato nel peccato

Uomo d'onore

Non provocarmi

Non tentarmi

Non costringermi

Dominami - la serie

Padrone reale

Sì, dottore

Padrone russo

Padrone marine

Chicago Bratva

Preludio

Il direttore

Il risolutore

Posseduta

Il sicario

Il soldato

L'Hacker

L'allibratore

Il pulitore

Il playboy

Il guardiano

Vegas Underground

King of Diamonds

Mafia Daddy

Jack of Spades

Ace of Hearts

Joker's Wild

His Queen of Clubs

Dead Man's Hand

Wild Card

Gli alfa di montagna

Eroe

Ribelle

Guerriero

Wolf Ridge High

Alfa Bullo

Alfa Cavaliere

Fratellastro Alfa

Alfa ribelli

Tentazione Alfa

Pericolo Alfa

Un premio per l'Alfa

Una Sfida per l'alfa

Obsession Alfa

Desiderio Alfa

Guerra Alfa

Missione Alfa

Tormento Alfa

Segreto Alfa

La Preda dell'Alfa

Il sole dell'Alfa

Sangue Alfa

La luna dell'Alfa

Giuramento Alfa

La vendetta dell'Alfa

Fuoco Alfa

Salvataggio Alfa

Ordine Alfa

La Vergine e il Vampiro

Wolf Ranch

Brutale

Selvaggio

Animalesco

Disumano

Feroce

Spietato

Due Segni

Indomita (gratuito)

Tentazione

Deseada

Sedotta

Padroni di Zandia

La sua Schiava Umana

La Sua Prigioniera Umana

L'addestramento della sua umana

La sua ribelle umana

La sua incubatrice umana

Il suo Compagno e Padrone

Cucciolo Zandiano

La sua Proprietà Umana

La loro compagna zandiana (gratuito)

L'autore Renee Rose

L'autrice oggi bestseller negli Stati Uniti Renee Rose ama gli eroi alfa dominanti dal linguaggio sboccato! Ha venduto oltre un milione di copie dei suoi romanzi bollenti, con variabili livelli di erotismo. I suoi libri sono comparsi su *USA Today's Happily Ever After* e *Popsugar*. Nominata *Migliore autrice erotica da Eroticon USA* nel 2013, ha vinto come autrice antologica e di fantascienza preferita dello *Spunky and Sassy*, come miglior romanzo storico sul *The Romance Reviews* e migliore coppia e autrice di fantascienza, paranormale, storica, erotica ed ageplay dello *Spanking Romance Reviews*. È entrata dieci volte nella lista di *USA Today* con varie antologie.

Iscrivetevi alla newsletter di Renee per ricevere scene bonus gratuite e notifiche riguardo a nuove pubblicazioni!
https://www.subscribepage.com/reneeroseit

facebook.com/Autrice-Renee-Rose-101548325414563

instagram.com/reneeroseromance

tiktok.com/@reneeroseromance

L'autore Alta Hensley

Alta Hensley è un'autrice bestseller di USA TODAY di narrativa d'amore sexy, oscura e piccante. È anche un'autrice di bestseller inserita nella Top 10 di Amazon. Come autrice pluripubblicata nel genere romantico, Alta è nota per i suoi cupi e determinati eroi alfa, per le storie d'amore a volte dolci, per l'erotismo sexy e per i racconti avvincenti che narrano della costante lotta tra dominio e sottomissione.

Vive con suo marito, due figlie e un pastore australiano in uno chalet di legno nel bosco. Quando non è impegnata a combattere con i pipistrelli o ad ammirare un cervo, scrive di cattivi che si trovano sempre di fronte a una storia d'amore e un lieto fine.

Sito: http://www.altahensley.com|www.altahensley.com

facebook.com/AltaHensleyAuthor

instagram.com/altahensley

amazon.com/Alta-Hensley/e/B004G5A6LI

tiktok.com/@altahensley

www.ingramcontent.com/pod-product-compliance
Lightning Source LLC
Chambersburg PA
CBHW050034120726
47903CB00006B/2031